菱近詐騙

菱傳媒資深記者
前進中南半島詐騙園區的
第一手獨家報導

RWNEWS SQUAD
WITNESSES THE SCAM COMPOUNDS IN INDOCHINA

《菱傳媒》採訪團隊——著

菱近詐騙

——菱傳媒資深記者前進中南半島詐騙園區的第一手獨家報導

作　　者／《菱傳媒》採訪團隊：蔡日雲、王吟芳、林泊志、張麗娜、
蘇聖怡、林啟弘

翻　　譯／王秋燕、徐偉真

行政編輯／劉奕廷

執行編輯／陳秀枝

執 行 總 編 輯／賴心瑩

副社長暨總編輯／蔡日雲

發 行 人／陳申青

出版策劃／菱傳媒

114 台北市內湖區堤頂大道一段221號7樓

電話：+886-2-2792-2766

傳真：+886-2-2792-2763

製作銷售／秀威資訊科技股份有限公司

114 台北市內湖區瑞光路76巷69號2樓

電話：+886-2-2796-3638

傳真：+886-2-2796-1377

網路訂購／秀威書店：https://store.showwe.tw

博客來網路書店：https://www.books.com.tw

三民網路書店：https://www.sanmin.com.tw/

讀冊生活：https://www.taaze.tw

經　　銷／聯合發行股份有限公司

231新北市新店區寶橋路235巷6弄6號4F

電話：+886-2-2917-8022

傳真：+886-2-2915-6275

法律顧問／魏薇　律師

出版日期／2023年9月 初版一刷

定　　價／NTD 500元

I S B N／978-626-97697-0-4

序——電信詐騙的距離好近好近！

二〇二三年七月十四日
《菱傳媒》社長
陳中青

二〇二三年的七月中，電視上出現這樣的畫面：台中一位餐廳老闆被騙到柬埔寨一年後逃出來，他控訴柬埔寨詐騙集團誘騙國人到當地從事詐騙，還把受害人當「豬仔」轉賣，被不人道對待。救他出來的世界救援組織GASO的人說，光是台灣人至少還有上千名受害者滯留在柬埔寨或緬甸，若加上中國、馬來西亞、印尼、菲律賓等國的受害者，數量更是不勝其數。

更早的四月，所有台灣媒體都是這樣的報導：「台中靜宜大學一名二十歲林姓女大生搭機前往英國後失聯多日，但人卻在中南半島緬甸境內，有過二〇二二年發生的柬埔寨電信詐騙事件，家屬擔心女大生是遭人蛇集團控制。教育部表示，校方接獲女大生失聯消息後，隨即通報警方協尋；另自二〇二二年五月至今，共有六名學生赴海外打工遭詐騙，但目前僅有一人回國，其餘仍由警政署協尋中。」

台灣女大學生、中南半島、電信、詐騙……，這些本來都是獨立的辭彙，不相干的領域，現在卻都兜在一起，且是負面代名詞，不但各國頭痛，也讓台灣人難過，真的難以想像。

這些過去難以想像的事，現在都發生了。不是只有台灣，亞洲各國都有人被騙去這些偽稱園區的詐騙大本營；他們不只是跨國詐騙，還運用最先進的數位化電信技術騙人。GASO呼籲說，詐騙集團為每個人設置不同的腳本，再將人騙過去。大家千萬不要輕信他們的話語，因為說千言萬語，只為騙你一人上當。

也就是因為難以想像的事發生，有調查報導的價值，我們開始規劃進入台灣媒體沒去過的國家地域，試圖找到大家過去沒有關心過的答案。《菱傳媒》四月底組成六人的跨國採訪團，飛進四個中南半島國家，深入調查了解這些所謂電信園區的真面目，將台灣人被騙、被救的第一手訊息，拿回來告訴我們的讀者；讓台灣人，甚至其他國家無辜的民眾，看見這些園區的真面目，不要再上當。

這本中南半島電信詐騙報導專書，也是《菱傳媒》的第一本書，作為創刊近兩年的紀念，更是媒體專業、獨立的具體體現！

《菱傳媒》在二〇二一年十一月二十二日開始在網路上開站後，秉持著「只問是非，不問立場」的中立精神，製作各種獨家調查報導，透過各式各樣社群入口平台，希望發揮議題影響力，監督社會的發展。以中南半島為例，我們在二〇二三年五月二十二日先出紙本特刊，再出網路新聞；

接著六月製作YouTube影音，也上Podcast，同時與電視台合作；現在九月再來出書，期盼發揮議題多元的長尾影響力。而且選在九月一日記者節發行書本，也算是對這屬於記者的節日的回饋。

我們書上有記者個人前進目擊，人口販運最終站的現場報導，也有第一線採訪人員的心情寫照；我們也有很多照片故事，透過一張張臨場感圖片，被騙到異鄉的孤寂無助感穿透人心。當然，我們也詳細告訴讀者，《菱傳媒》新聞團隊如何製作獨家調查報導系列；希望透過真實故事，讓外界對調查報導有更深層的認識，對有志一同的記者同業，甚至還在學的同學，多些經驗的傳承，跟進《菱傳媒》揭發國際或台灣社會更多不公不義的事。

但這些，也不是只有台灣，包括亞洲其他國家在內的世界各國，都有電信詐騙受害者，所以我們也把報導翻譯成英文，期待更多國際社會的關注，一起來面對這些危害全球的詐騙集團。

因為詐騙案太多，我們與詐騙集團距離好近好近！就算在萬里外的中南半島，都好像園區就在隔壁巷口。所以報導後，我們更期待，這些慘無人道的畫面，能盡早消失，這些集團不再為非作歹，還國際社會一個善良秩序！

目次

緣起

我們先來做個基本的調查，你有沒有接過詐騙電話？

那種電話一接起來，話端那頭就開始有人哭哭啼啼，不是喊你爸爸就是叫你媽媽，哭著說自己被綁架了，或是用各種理由，要你趕快去匯款，不然他就會沒命的。

現在談起這種電話，我們大概會哈哈大笑說，傻子啊，誰會被騙啊？

但是當年行動電話還不普及時，詐騙集團以市內電話犯罪，利用家屬聯繫不上人的焦急心情，願意在短時間內花錢消災的心理，著實讓不少人受騙上當；詐騙集團多數利用人頭帳戶，短時間內找車手把錢領走，根本追不回受騙的錢，也不容易逮到人，是當時警政單位相當頭痛的犯罪模式之一。

隨著科技進步以及網路的普及化，電信詐騙手法也日新月異。

二〇二二年中，新冠肺炎還在蔓延時期，全球停擺的經濟往來，還在陸續恢復時，當時出入境各國，仍是件極其麻煩的事，得要準備相當多文件證明，經過非常繁瑣的申請程序。

但在那個出入境仍不容易的時刻，警政署及移民局卻開始對去柬埔寨的國人進行宣導，尤其是針對那些只買單程機票、沒有訂好返國機票的國人。

原來在疫情期間，中國進行大勸返，柬埔寨詐騙園區缺工嚴重，一樣說中文的台灣人，成為詐騙集團拉攏的對象，不少國人受到高薪誘騙，以為一張單程機票可以圓夢，沒想到，卻成了人生最大夢魘的開始。

《菱傳媒》著手規劃詐騙園區相關報導，是在二〇二三年四月中旬。當時靜宜女大生被父母通報失蹤，引發台灣社會高度關注。警政單位後來透露，女大生是從桃園機場出境，獨自搭上前往倫敦的班機，在泰國曼谷下機後，戲劇化地在緬甸東北果敢自治區的老街現身。更戲劇性的是，這還是女大生第一次出國，目的是追愛。

對於女大生的行為，輿論譁然，女大生原本告訴父母，春假期間會從台中返回桃園的家，但女大生沒有回家，也不是父母舉報的失蹤，而是獨自搭機出國，還是假道曼谷經由陸路通過泰緬邊境的美索與苗瓦迪海關，再獨自到距離苗瓦迪有一千三百公里遠的中緬邊境城市老街，老街是惡名昭彰的黃賭毒猖狂地區，更是中緬兩國當局相當頭痛的詐騙園區橫行地。

後來警政單位與國際救援組織合作，確認女大生是在「有心人」接應下，才去到老街。警政署與救援組織透過各種管道與力量，請老街勢力放人，但女大生就是不願意返台，還稱：「我男友不走，我也不會離開。」

女大生的個案，有太多謎團。不久之後，國際救援組織證實，「她實際上是被詐騙到老街」。

究竟是什麼樣詐騙手法，讓女大生寧願割斷親情，也要與認識不久的男友在一起？當然，這是女大生選擇的人生。但是，也成為我們想要更進一步了解的疑問。

為了解答疑團，我們計畫到中南半島幾個詐騙集團猖獗的園區與國家、地區，進行實地採訪。

第一章

序曲
——緊鑼密鼓準備

大型調查報導往往需要動用大批人力、時間與金錢，堪稱是團隊作戰。為了打勝戰，戰士出征前需要先擬定作戰目標、作戰計畫以及戰力部署等，規劃中南半島詐騙園區調查報導前期作業時，我們曾密集開會討論、沙盤推演。即便最單純的交通移動，例如相關人員如何從A地點推進到B地點，該從陸路、水路還是搭機？若採陸路該包車好還是搭客運？如果交通工具出狀況，應變措施是什麼？

有鑑於這次前往的地點，多數散落在國家邊境，這些城市治安普遍不佳，當地人會講華語的人很多，行前準備時甚至事先約定，一旦突然發生危險狀況需要警告同伴時，還約定好高呼「密語」，藉以警告同伴小心。

執行大型調查計畫案，從主題、方向、訪問對象與呈現方式等，到住宿、交通、生活上所有細節，都必須反覆思考討論與做好準備，目的只有一個：確保安全與降低失誤率。

一　鎖定主題

《菱傳媒》是在二〇二一年十一月二十二日創刊的網路媒體，由一群資深記者組成，標榜「不問立場，只問是非」的態度，堅定作為監督政府的第四權。我們的新聞主要是以網路作為呈現方式，但這群合作的工作夥伴，都具有長期紙本採訪與製作經驗，十分珍惜紙本刊物價值。因此社方也制定計畫，以發行紙本刊物作為發展目標之一。

一年後，二〇二二年十一月二十二日，我們的紙本特刊創刊號問世，鎖定監督政府施政為出發點，科發基金運作宛若成為政黨小金庫問題、治安惡化黑幫問題嚴重，以及兩岸局勢軍情發展，創刊號都有相當精彩的深度調查報導。

第二期紙本特刊在二〇二三年三月二十二日出刊。

新冠肺炎肆虐全球三年，猝不及防地，全球面臨世紀變局，經濟重挫，隨著疫苗研發以及病毒變異傳染力降低等因素，疫情在二〇二二年下半年開始趨緩，國際間的交流也逐步恢復。

二〇二二年年底，《菱傳媒》祕密派了二位同事前往中國，理由是，中國是病毒起源與擴散國，在疫情漸舒緩、各國恢復交流往來之際，中國仍採嚴厲的管制措施，一場烏魯木齊民宅火災，封控拖延了救災，造成嚴重傷亡，成了燎原星火。青年學子開始在各地發起抗議行動，他們手持白紙，無聲對抗當局，一場A4白紙革命應聲而起。

當時中國各地隔離狀況，各城不一，因為人流控管鬆綁，疫情大爆發，醫療與藥物資源應變不及，全國人民大搶藥、急診室人滿為患，人人自危。為了實地觀察中國內部「末代隔離」混亂狀況，以及後疫情階段中國內部的變化，社方評估後決定派員前往中國。我們也創下疫情後，第一個派員前往中國採訪的台灣媒體紀錄。

第二期特刊最早的構想是將到中國採訪的內容放到特刊，並計畫在中國開放國際交流後，二度前往中國，比較疫前與疫後的政經和社會變化。不過，鑑於中國尚無新聞採訪自由，前次前往是以觀光名義，評估同仁二度到中國的風險後，社方基於安全考量，打消計畫。

後來第二期特刊以光電作為主題，獨家揭發台南米倉後壁，被業者以蠶食鯨吞方式掠奪土地、圖謀種電的陰謀，事實上，政府對農田有極為嚴密的保護方案，嚴格禁止二甲以上的農田更改地目。

不過，正所謂「上有政策，下有對策」，消息來源向《菱傳媒》透露，有業者私下以人頭方式，收購或租用二公頃的農田，化整為零在後壁種電。

《菱傳媒》第二期特刊在二〇二三年三月二十二日出刊後，引發大量迴響與政府重視，綠電是政府政策，但光電損及農糧卻非政府與環團所樂見。不久後，台南市政府來函嚴正聲明表示，市府經過清查並無相關申請登記。不過，我們是根據證據有所本才做出的報導，目的之一是對執政當局提出警示，未來也會持續關注後續處置與發展動態。

作為以監督政府為目標的《菱傳媒》，在五月二十日總統就職日這一天，勢必應要檢討政府施政的調查報導才是，而且應該要出版紙本特刊，隨時警惕政府。

於是第二期與第三期作業時間，只有短短的二個月，要製作什麼主題，重量夠又可能對政府施政有重大警示意義的？時間緊迫，我們分頭構思。

此時，新聞中出現了靜宜女大生先是失蹤、父母出來尋人，經過峰迴路轉後，政府方面查證確認，女大生其實是隻身出境了，她先去了曼谷，最後在緬甸北部的老街詐騙園區現身。女大生被尋獲後，第一時間表明自己是去做行政工作，在政府及救援組織極力努力安排下，女大生與其他受害者相比，有著優厚的條件可以離開當地，但女大生終究沒有走。

這讓我們不禁懷疑，詐騙集團究竟是如何運作？是如何拐騙受害人？又是如何控制受害者？受害者一定就是受騙者嗎？還是有更多人是因為經濟因素，出於自願但不願意承認受騙？政府面對這些求助者（或受害者家人）又提供了什麼援助？

跨境詐騙不只是台灣國內問題，更是東南亞各國面臨的新型態犯罪。這些疑點，都有待我們去逐一解開。

二　決定採訪國家

二〇二三年三月底，因為靜宜女大生失蹤案，而衍生到緬北老街一事，被台灣社會高度關注。我們也開始思索，究竟有多少台灣人，是受到高薪誘惑誤入歧途，走上詐騙不歸路？

而詐騙集團在東南亞國家中，除了在柬埔寨和位於緬泰邊境苗瓦迪中的ＫＫ園區之外，緬北老街、大其力和勐拉等地，甚至是緬泰寮邊境的金三角地帶，詐騙集團勢力盤根錯節，複雜到連極權的緬甸軍政府都束手無策。

二〇二三年五月中，東協各國聚在印尼召開峰會，緬甸因為人權問題、未能落實和平計畫，遭到東協抵制無法與會。中南半島國家中，緬甸詐騙園區分布的城市與地區最多，東南亞各國也有為數不少的人民，被騙到這裡受到非人性的對待，這也是東協抵制緬甸的因素之一。

我們透過管道聯繫上全球反詐騙組織人員，探詢前往當地採訪的可能性。初步得到的答案，其實都不樂觀。

東南亞治安不好，如何保障記者在當地採訪安全，是我們製作採訪計畫時的優先考量。與當地台商和救援組織人員深聊之後，更獲知不管是哪個國家的詐騙園區，都有自己一套制度與組織，甚至還擁有自己的武裝勢力與保全，不僅當地政府頭痛，只要受害者國家政權出面施壓，局勢還會更添複雜性，不是我們想要進去採訪就能如願的。

不過，我們也思索著，作為報導真相的媒體，究竟有多少台灣人曾經或是目前正在東南亞詐騙園區，被詐騙組織囚禁、毆打甚至致命的？台灣政府與東南亞國家沒有正式邦交，政府執行了多年的新南向政策，並沒有讓東南亞國家政權對台灣政府更友好，尤其是中國「一帶一路」大撒幣的計畫中，東南亞被列入主要對象，這些國家自然傾中。

「全球救援組織可以派人陪你們到苗瓦迪。」一位朋友捎話給我們社長。

這對擔心第一線採訪同事安危的我們來說，無疑是一劑強心針。

緬甸苗瓦迪地區有熟門熟路的志工照應，之後我們開始討論前往柬埔寨的可能性。

台灣到柬埔寨經商的台商很多，但對於金邊治安，大家都口徑一致說：「很危險。」當街搶劫、綁架、擄人勒贖時有所聞。他們在沒有當地人作陪下，也不太敢獨自出門。

至於緬甸北部與東北部，與中國接壤的邊城老街、木姐和大其力，因為戰事頻傳，一開始，社方對於是否派人去，一直有著猶豫，希望能在確保現場同事的安全情況下，再決定派員。

「亂邦不入，危邦不居」，古有明訓。不過作為記者，讓真相公布在世人面前這件事，遠大過古人的訓示。

「不入虎穴，焉得虎子？」作為揭發事實真相的記者，沒有百分百的安全，我們反覆討論著：柬埔寨一定要去、緬甸苗瓦迪園區也一定要去，緬北更是勢必得派人跑一趟，至於那被救援組織嘲諷是「詐騙模範生」的寮國金木棉部分，等最後還有餘裕人力時，讓同事順道飛過去探一下即可。

就這樣，一來一回，情報蒐集、互相交流討論與評估。我們確定了直搗東南亞四國的各個詐騙大本營。

柬埔寨、緬泰邊境的美索與苗瓦迪，以及金三角。

三 部署人力

《菱傳媒》第三期的紙本特刊，訂在五月二十二日，出刊日期是很重要的截止點，出版時間往回推，印刷和美術編排時間，得控制在兩周之內，也就是說，五月中旬前，我們得完成所有的採訪、規劃、完稿與定版。

我們在四月中旬確定了以跨國詐騙集團的運作，作為採訪方向之後時，接下來要做的便是如何部署採訪人力。

《菱傳媒》是個小型網路媒體公司，要維持日常獨家新聞的發布又要兼顧深度調查採訪，在人力運作上是個大考驗。

以五月中旬前截稿為底線，若以一個採訪地點一組人力規劃的話，一個文字為主，另一位攝影，互為搭配，是最理想的方式，但是四個地方需要八個人，還需留下部分同事負擔每日新聞供需，任務相當沉重。

新聞部與社長多次討論，沙盤推演各種狀況後，柬埔寨這組狀況相對最為單純，因為國際救援組織在柬國金邊有辦公室，可以作陪與協助安排行程，加上有台商引薦，只要配合對方可以作陪的時間與日期，再購買機票即可前往。

我們先設定了一男一女同事搭配，男同事泊志接到我聯繫要出國採訪的電話時，人還在日本福岡與家人度年假。他在不知道地點也不知道採訪主題的情況下，二話不說，接下採訪任務，休假返國五天，就要再度出境。

泊志是很資深的地方記者，採、寫、攝影俱優，與他合作的是資深司法記者吟芳。為了節省與後勤行政的溝通與時間成本，他們這一趟的行程，是自助旅行經驗十分豐富的吟芳代為安排，包括機票與住宿。

第二組的泰緬邊境的苗瓦迪園區，就相對複雜。一直在第一線參與救援任務的全球反詐騙組織（GASO）志工Sammy是我們重要的陪同志工，不過，他同時也接到BBC希望他陪同前往苗瓦迪的採訪需求。Sammy希望兩個媒體的時間可以盡量搭近一點，他就不必舟車往返跑兩趟。

苗瓦迪園區的採訪，原本是被我們列在第一個出發的，但陰錯陽差，卻成為最後出發的一組。這一個地區我們請政治資深記者麗娜負責，與她一起搭配的是資深攝影同事啟弘。

與苗瓦迪同時考量的是緬北與金三角的人力安排，這次採訪團成員，若不是第一次到中南半島，就是只有到景點的旅行經驗。

這些國家，總編輯都曾獨自去過，總編告訴社長，緬北的局勢，是這趟採訪行程中，變數最大的，無法事先規劃，再加上有戰事，「實在不放心讓同事自己去」。

當然，社長對是否一定要到緬北採訪，仍有猶豫。安全，當然是最重要的考量因素。

後來總編提出新的規劃，她與資深同事聖怡一同前往緬北，再包下大其力與寮國金三角部分採訪，如此就可以減少另一組的人力與時間耗費。社長最後拍板，如果要去這一區，希望攝影可以一起同行。

依此構想，緬北由總編、聖怡和啟弘，三人一組前往緬北；緬北行程結束後，啟弘再飛到泰國曼谷與麗娜、Sammy會合；總編與聖怡兩人再飛往緬北大其力或泰北清邁，繼續最後一個金三角園區的採訪任務。

四 出發前的功課

進行一個跨國的調查採訪，大量經費與人員投入是必須的。鎖定報導詐騙集團議題之後，我們分頭聯繫與找出相關的組織與人脈，進行訪期資訊搜集以及重要諮詢管道。

1、民間

全球救援組織是我們此行聯繫的主要管道，也是協助我們完成這項艱巨任務的重要功臣。

全球反詐騙組織（Global Anti Scam Organization, GASO）大多數人都是志工，且大多是受害人，他們被救出之後，團結起來成立這組織，就是希望營救更多需要被營救的人。也因此他們自嘲這組織有如「復仇者聯盟」。

透過他們，我們先在出發前聯繫了部分已經被救出且回來的台灣受害者。希望透過訪談，初步了解詐騙組織的騙人模式與騙錢手法。

鑑於各國國情與詐騙集團勢力各有不同，採訪同事分別到了不同國家後，再透過他們安排的志工陪同，協助安排我們想要去的地點，還有想要訪問的人，畢竟他們在當地有不錯的人脈，可以縮短我們自己去聯繫的時間；還有一點是，藉由他們實際的救人經驗，可以提醒同仁採訪時注意事項以及重點。

2、官方

中南半島各國與中華民國政府，全無邦交。政府努力多年，推出「新南向政策」等多項措施，也只有在經濟與民間上有些許斬獲。長久以來，官方與台灣公開關係的發展未能向前，中國因素當然是重要的一環。儘管如此，台灣的外交官在中南半島各國仍孜孜矻矻地努力著。

我們此行前往的柬埔寨、泰國、寮國和緬甸，只有泰、緬兩地有駐地辦事處；這兩個官方管道，也是我們獲取正確資訊的重要管道之一。

出任務前，我們也私下向曾駐在當地的關鍵外交官請益。抵達當地後，再與當地駐外人員聯繫，一方面確保官方正確資訊暢通，一方面也可以藉以了解當地實際狀況。

3、個人

個人管道也是資深記者可以運用的重要人脈資源。不論朋友、台商或是個人過去經歷認識的任何資源，在大型調查任務上，都會被運用上。

曾去過柬埔寨、泰國、寮國或是緬甸的台灣人，大多是去旅遊的，這類經驗對我們的採訪助益不大。曾在這些國家居住過甚至是經商的台商，是極其重要的資源。

透過朋友關係，我們獲致的資訊，雖不一定正確，但一定會比官方更多元；透過這層關係，也可以再往外聯更多想要聯繫的人與事。

台商與僑界常是台灣媒體在外採訪的重要資源管道。這些人因為經商的關係，有些甚至可以聯繫上當地的官方管道。透過台商與僑界，往往會有不同的收穫。

當然，這些管道是出發前資訊搜集與規劃的重要參考，甚至到現場後，必要時可以提供各種不同協助的重要方式。

但若都不可得，也可以到當地後，利用採訪技巧，藉由下榻旅館的工作人員或是各種場合可以遇到的各類人等，試探式地聊天之後，再進一步探詢可能的協助。

五　呈現方式

確定了採訪四大地點，確定了分組，也確定了出發時間，接下來要確認的就是呈現方式。

《菱傳媒》是個以網路為呈現方式的媒體，但我們也出版紙本特刊。面對媒體多元化的發展，影像以及聲音的傳布也是重要管道；當然，出版書籍更是完整記錄與留存所報導事件的最好方式。

一開始，我們以紙本特刊出刊日期作為最初截稿時間，紙本呈現加上網路刊出，是最基本的態樣。完成這兩項任務後，我們還陸續規劃並進行以YouTube影音呈現、以Podcast頻道播出，以及編纂成書籍的方式，全方位提供且分享給不同閱聽大眾，滿足不同閱眾族群的需求。

第二章

前進柬埔寨

一、出發！朝未知的國度前進

林泊志

「你回台灣之後，能馬上到東南亞出差五天嗎？」總編輯急促地問著。

「可以！但，是什麼樣的採訪任務？」

「詳情回台灣再說，這項採訪任務屬於機密，先不要對外說，包括家人，你安心休假。」

一分鐘不到的簡短對話，內心一直被牽動著。

COVID-19疫情趨緩，許久未能出國的我，偕家人前往嚮往多年的日本旅遊。

四月二十日，日本九州由布院天氣晴朗，雖是四月天，當地氣溫約莫攝氏二十度，是適合散步的天氣。在由布院街頭漫步近二萬步後，已是傍晚時分。

從由布院車站望去，海拔一千五百八十三公尺的阿蘇九重國家公園內的火山「由布岳（Yufudake / Mt. Yufu /ゆふだけ）」近在眼前，原本清晰可見的山頭已是雲霧繚繞。

隨著天色漸沉，街上人車漸少，熱鬧喧囂的由布院車站轉為寧靜。原想趁搭車返回博多市前，前往附近的名產店採買帶回台灣的禮品，然而傍晚五點一到，正要走進店家，裡頭年約半百的女店員以雙手在胸前打個叉叉，告知該店已結束營業，而其他店家也紛紛拉下鐵門結束一天的忙碌。

黑夜來臨的街頭，山上吹拂而下的涼風陣陣襲來，身體直打哆嗦。空氣中帶著一絲寒意，氣溫已降至攝氏十二度，四月天正是春寒料峭的時節。

車站前的馬路，沿路的鎢絲路燈瞬間亮起，鵝黃色燈光帶來一絲薄暮的靜謐。由布院車站列車行駛在鐵軌上的聲響，帶著規律的節奏。花了一百日元進到車站內享受短暫足湯後，搭乘列車往博多市時，接到總編輯的來電。簡短對話，心思從東北亞轉往東南亞。

返台後著手了解這項出國採訪任務，才得知是前往中南半島的柬埔寨，了解當地的詐騙園區現況，當下有些錯愕，畢竟這個國家二〇二二年才因詐騙集團當街擄人、人口販運甚至爆發「活摘器官」傳聞，占據世界各大媒體的版面。

對於柬埔寨幾乎是陌生，吳哥窟、親中、經濟發展落後，是腦中浮現的第一印象。但沒有時間多想，距離出發前的準備時間不多，只能趕緊花三十六美元上網辦妥eVisa，同時蒐集當地相關資料；透過Google街景試著了解當地的發展情形。不過街景圖都還停留在二〇一三年，呈現的建築物多是低矮老舊，車輛不多，街道不見號誌，巷弄髒亂、兩旁多有垃圾，滿街黃土更不奇怪。

行前採訪會議時，長官交代著東南亞的治安狀況，被三令五申提醒著夜間盡可能不要落單或在街頭上遊走，背包放在胸前，手機、錢、重要物品得分開放置，避免被搶。因為剛從發展完善的日本九州返國，隨即要前往各項建設正要起步的柬埔寨，落差之大，內心多了幾分糾結。也因對這個國家了解不深，加上要直擊採訪詐騙園區，出發前內心多了幾分忐忑與不安。

出發前一晚，或許是因為出國採訪的興奮，加上對於未來數天採訪工作的不確定感到的不安，整夜睡睡醒醒，清晨五時許從宜蘭奔赴桃園機場與同事吟芳會合。自稱上輩子可能是東南亞人的吟芳，過去走遍東南亞許多國家，最愛泰國，唯獨柬埔寨從未到訪，此行也是她首度踏上這陌生國度。

柬埔寨街頭各式各樣的交通工具

二、三小時三十分直搗詐騙核心

林泊志

從桃園機場搭乘班機，費時三小時三十分鐘，飛行約二千三百公里終於抵達柬埔寨金邊國際機場，一座比松山機場還要簡陋的國際機場。

抵達金邊的當下，氣溫高達攝氏三十八度，這樣的高溫在台灣鮮少遇到，卻是當地的常態。走出空橋，熱氣穿過玻璃直接襲來，機場內開著冷氣，而我卻仍能明顯感受到當地的熱。

金邊機場不大，儘管行前已經透過網路繳納三十六美元向柬國政府申請eVisa，但抵達時，當地海關還是以人工查驗身分，海關的設備仍是相當簡陋。這個國度最為人詬病的就是貪腐，官員要小費的情況比比皆是。當地海關向國外旅客，尤其是華人，索要小費的情況更時有所聞。「此處無須付費」，海關櫃台上以簡體中文及英文寫著，原以為海關會有動作，但慶幸這情形在我入境時沒有發生。

如何紮實完成採訪任務，是接下任務後不斷思考的事，除了讓讀者能夠更清楚知道詐騙集團在柬埔寨猖獗的情況外，更希望能多了解柬埔寨當地的真實情形，避免以片面的訊息，對這塊土地的人們造成太多衝擊。行前時間緊湊，還是試著在網路上有限的資料中，盡可能爬梳可以深究的新聞方向，發掘出與台灣的連結。

在前往金邊的飛機上，腦海中不斷思考：中國「一帶一路」政策，帶給柬埔寨哪些改變？而中美角力與衝突的第一線，對中南半島甚至東南亞可能帶來的政治牽動，中國深植柬埔寨，這個地理位置正好位居中南半島中央，曾經的赤色共產國度，其政治鐘擺未來會如何擺盪或傾斜，將是研究地緣政治，尤其東協國家發展的重要觀察對象。

一連五天的柬埔寨採訪行程，採訪團隊將深入金邊及詐騙核心區的西哈努克（Sihanohkville）等地，了解柬埔寨這個國家與人民；只是能夠了解多少我無法預測，畢竟時間過於短暫。但仍期待在訊息傳遞時，我都是親身參與、感受，親眼見聞後，再落下每一字句。

三、努力從貧窮翻身的金邊

林泊志

兩年一次、邁入第三十二屆的東南亞運動會（Southeast Asian Games, SEA Games）二〇二三年五月五日至十七日由柬埔寨主辦，這也是六十四年來，柬埔寨首度舉辦此一盛事。聖火在傳遞東南亞各國後，四月二十八日當天終於返回柬埔寨首都金邊。柬國政府明令，當天下午五時三十分，金邊市內所有寺廟都要敲鐘擊鼓，迎接聖火，而這天正巧是我們抵達之日。

傍晚匆忙的街頭，雖未能一睹聖火傳遞過程，但街頭上往來的人車眾多，各式嘟嘟車在街上奔跑著，在金邊擁有全世界唯二的「毛澤東大道」上，街頭大型LED看板正播放著柬埔寨總理洪森率隊傳遞聖火過程。

出機場後，透過當地最常用的Grab叫車平台前往落腳處，看著金邊街景，剛從日本回到台灣再飛柬埔寨的我百感交集，隨口問同行的吟芳怎麼看？她順口回說：「跟嘉義、台南的鄉下好像。」「金邊就像是二十年前的中國、四十年前的台灣！」金邊台商對於金邊的描述一點也不為過。

在這個國家的首都，道路並不平穩，主要道路雖已鋪上柏油，但依舊坑坑巴巴，就算搭車行經，也能感受到「震動的快感」，但比過往的漫天黃土已經好上太多。

路上大多沒有標線，沒有快慢車道，遑論讓行人好好走路的人行道。一些路段的人行道會用鐵鍊鎖住，行人難以通行，紅綠燈只有在重要路口才會出現，但對於當地人來說，多是參考用。

街頭販賣各式冰涼飲品，販售甘蔗汁、椰子水、水果與小吃的店家比比皆是，甚至有人推著餐車在街頭叫賣。傍晚時分更可看見拾荒者騎著三輪車，沿著街道在大小垃圾桶中尋找可用之物。

此外，金邊許多大樓正大興土木，不少企業集團在當地蓋起大樓，當然也有許多蓋到一半的毛胚屋許多大樓建案都以中文寫上大樓、建案名稱，傳遞著這些大樓清一色都與中國脫不了干係。

多年以來，許多人到柬埔寨從事房地產投資並從中獲取高額利潤，房價不斷被炒高，讓當地居民更難生活下去，只能往外遷移。而這些利益，從金邊當地的實際狀況看來，似乎還沒有落到百姓身上。

貧窮與建設共存的衝突感，金邊隨處可見。

四、恐怖西港密布詐騙園區

林泊志

柬埔寨詐騙集團橫行，我們跟隨全球反詐騙組織（GASO），深入當地詐騙集團最為盛行的柬埔寨首都金邊，及「一帶一路」下發展出來的經濟特區西哈努克（Sihanoukville），一窺詐騙園區真貌，透過實際走訪，更了解詐騙園區的運作方式。

「這些都是用你們台灣人、美國人被騙的錢蓋的！」採訪團隊偕同GASO人員與司機一行五人，四月三十日一早驅車從二〇二二年十月啟用的金港高速，從金邊前往人稱「西港」的西哈努克市，深入二〇二二年轟動國際的詐騙園區。

全程近二百公里，費時約二小時，採訪團才剛駛入被稱為「中國城（China Town）」的詐騙園區集散地，這裡四處可見興建中或才蓋一半的大樓。根據GASO的說法，台灣人在該處從事詐騙最多的園區，即是中國城裡的「凱博」園區。

採訪團隊抵達凱博大門時，外頭已停了多部車輛，門口有多名保安看守。基於安全考量，我們先在車上短暫拍攝，隨後轉往園區另一角落，試圖了解園區狀況。從園區外可看到一整排各式店面，園區由十多棟高樓組合而成，GASO人員說，光是凱博園區裡頭就有二十四棟建築物，「每一棟都在做詐騙」。

所謂的詐騙園區，是由一、二十棟大樓所組成。據從園區逃出的人透露，一樓是各式賣店，二樓是詐騙工作區，而員工宿舍在三樓以上，園區外觀通常都有三米以上的高聳圍牆，還會裝上蛇籠，進出只能從特定出入口，還會有多名保安看守，一般人從外頭很難窺視園區內部的運作情況。

從凱博逃出的台灣人小明（化名）獲救後表示，當初在臉書上看到「國外打工薪資優渥」的招聘廣告，於是與對方聯繫。對方稱是從事電子遊戲業，要到國外打工還包機票、住宿跟伙食，令小明相當心動。二〇二二年四月間小明與對方相約見面後，身分證就被沒收，還把他控制在旅館內，等護照、機票全都辦妥後，小明就被人押到機場，獨自搭機到柬埔寨，但到達工作地點後，才發現被騙。

小明說，來自中國的詐騙集團成員，沒收他的護照還限制他行動，只要不從就毆打，還恐嚇「不聽話工作就要把我轉賣拔除器官」，若要贖身就得先支付二萬美元才會放人。小明所在的機房有一百多人，來自台灣、中國、新加坡、馬來西亞、越南及泰國等地，平日都透過Instagram及WhatsApp用投資虛擬貨幣或假投資手法隨機詐騙。詐騙集團首腦是中國人，下頭還有兩名年約三十多歲的中國幹部負責管理，其中一人負責金流，另外還設有小組長，每人管六七名成員。

「如果做錯事會被他們用手銬銬住，用電擊棒威脅。有一個女生報警被抓到小黑屋，後來我就沒有看過她了。」小明說，在園區內工作每月工作十五天才休息一天，只能在園區內活動，雖不會被管制行動，但晚上十一點前得回宿舍；平時大多在宿舍間活動，跟其他同事攀談下，才發現有多人是台灣人，全都是被詐騙集團拐去。因詐騙集團有發一支手機給他們進行詐騙工作，他曾試圖夥同其他台灣人逃跑未果，慘遭毆打。之後他乘隙傳所在地點的定位給家人求救，原以為哥哥匯了二萬元美元的虛擬貨幣給詐騙集團就能贖身，但詐騙集團仍不放人。最後是他以死相逼，一氣之下拿剪刀刺老闆並挾持老闆上車，才順利逃離獲救。

與凱博園區僅一街之隔的是「金水」園區，GASO人員說，該園區以中國人為主，二〇二二年當地進行掃蕩後，原都已人去樓空，二〇二三年三月間還可走進園區內一窺內部情況，但記者到訪前兩周，園區內的人員陸續回籠，原本可進入的小門已封閉，無法進入採訪。

黑衣保全在圍區周圍警戒

我們在園區外面的街上拍攝，金水園區高聳的圍牆逾三米高，從每棟大樓的陽台可發現，已有多處懸掛晾曬的衣物，還有人在陽台活動。一樣是無法窺視內部的情況，但可從一樓招牌發現，一樓應是各種餐廳、店家。正當採訪團在街頭持續拍攝時，凱博園區一家物業管理的保安注意到了我們，多名身穿黑衣的人員立刻走出來查看，其中一人還拿著無線電不斷呼喊，採訪團見狀只好先行上車離開。離去的同時，已有多名黑衣人騎乘機車趕抵。

除凱博、金水之外，當地最為知名的詐騙園區，還有被視為詐騙始祖的「皇樂」，其外觀與一般娛樂城無異。從皇樂逃出的阿男（化名），二〇二二年透過朋友的友人介紹，上臉書「偏門工作」社團詢問，三月間阿男與其他四人一起被帶到機場搭機前往柬埔寨。原以為是跟到澳洲打工一樣，到柬埔寨打字，工作薪水約四萬五到五萬，但抵達西港後，卻陸續被帶去四家公司面試，每家都說是做詐騙，薪水只有八百元美元。阿男因身無分文也沒法抗拒，最後被帶往「皇樂」，工作了三個月。

阿男說，當時聯絡不上台灣仲介時，柬埔寨公司對他明講，指他是被賣過來，一人三萬美元，還要他乖乖做滿一年就可以回台。他透露，他的工作就是透過臉書、交友網站專騙歐美人士。詐騙集團要他們一直用Google翻譯跟對方聊天，如果聊得很好，後續就會由其他人接手，從事類似資金盤詐騙：一開始叫對方小額投資某個網站，例如三十美元，等對方投資很多後再收掉網站。

阿男表示，他的護照被沒收，不能出園區，平時只能透過網路對外聯繫，上班時得把手機交出。原本他也想逃，但聽中國同事說若反抗就會被打或轉賣到其他公司；想到西港離機場要七八小時車程，若是被賣到比較不好的公司，一旦警察要來救他時，不好的公司可能就會把人轉賣到其他公司。最後阿男乖乖做了三個月，透過同行的友人家屬向台灣警方求助，最後才成功被救出。

另外，西港當地知名的詐騙園區還有「綠巨人科技園區」，據資深刑警透露，裡頭主要都是台灣人從事詐騙。小勇（化名）也是在臉書「偏門工作」社團找工作，起初以為是線上博奕，底薪四萬五千元，加上抽成，每月最少十萬元，小勇因此心動前往柬埔寨，被帶往綠巨人園區。他說，園區外觀是綠色，有陽台，有欄杆，房間內上下鋪，一個房間可住八人，他一行五人同住一間，「像是電影裡的監獄」。

豬仔嘆報警也沒用

小勇被告知要到社群網站養帳號，找網路上女生照片，假扮成那些女生到虛擬貨幣圈子具影響力的名人臉書，從追蹤者中鎖定中年男子聊天，看對方能不能使用他們開發的虛擬貨幣錢包App進行投資，而該App可監控被害人錢包內的虛擬貨幣情況。

此外還有教戰守則，一開始都會讓客戶領出小額，也會給利息，把客戶胃口養大，若順利釣到客戶，還會誆騙有高利息活動，讓客戶把其他的錢換成虛擬貨幣轉進錢包，直到那些客戶想要收手時，就把這些錢占為己有，讓客戶沒辦法把錢包中的虛擬貨幣轉出。

小勇當時報警想逃，但隨即被詐騙成員發現，對方朝他巴頭、狂踢出氣，同行五人全都被關押在小房間內，等候交付贖款，後來被帶往當地憲兵部門；但詐騙集團卻委託律師討錢，因居間談判的人嗆聲要告到中國大使館，對方才收手。小勇感嘆說：「在柬埔寨當地報警也沒有用，因為我們報警隔天，他們就知道我們報警了。」

我們也走訪位於金邊市區的兄弟園區與比鄰的環球園區，兩座園區全都座落在車水馬龍的大馬路旁，以二〇一七年三月開通的金邊河內友誼大道作為區隔。兄弟園區路旁持續有工程正在進行，園區外黃沙漫天，各式車輛穿梭，整座園區猶如一座加工廠，雖有多個出入口，但採訪團抵達時僅其中一個出入口開放。門外設有小商攤，進出有專人看守。進出園區多是豪車，只要車輛一出，大門隨即關閉，引路的GASO人員說：「車上都是詐騙幹部。」

由於兄弟園區仍在運作，GASO人員交代要低調，避免引起注意。我們只能利用手機記錄相關畫面，或躲在角落才可拿出相機拍攝，同時還得注意園區大門的看管人員情況，若有異樣，隨時可後撤。

拍攝後採訪團轉往一旁的環球園區，大樓高聳，正面為一半月形狀，園區四周依舊是高牆佇立及蛇籠圍繞，路旁僅一大門及一小門可供進出；但與兄弟園區不同的是，該園區十分冷清，一問之下才知道，環球園區目前已清空。

中國「一帶一路」在柬埔寨大興土木，金邊高樓不斷竄起；而西港設立經濟特區後，近年來也不斷興建大樓，一度呈現欣欣向榮景象。西港原開放可從事線上博奕，但洪森政府在二〇一九年八月十八日宣布禁賭令，使得原有的線上博奕只能做到當年年底。為了繼續獲利，這些線上博奕公司陸續轉為線上詐騙，橫行全球，更進而轉變成為人口販運等事件。雖柬國政府二〇二二年在中國及國際壓力下，對詐騙園區展開掃蕩，一度讓原本囂張的詐騙集團沉寂好一陣子。西港陸續出現上千棟爛尾樓，四處掛著出售、出租廣告牌，但才歷經數月，當地的詐騙集團近來已陸續回歸，有死灰復燃跡象。

皇樂詐騙園區被視為詐騙始祖

綠巨人科技園區，裡頭主要都是台灣人從事詐騙

五、正牌警察當街索賄

王吟芳、林泊志

中國「一帶一路」戰略下，柬埔寨西哈努克（Sihanoukville）開闢成經濟特區，隨著建設導入，柬國政府開放賭牌，使當地瞬間成了犯罪溫床。國際詐騙集團猖獗，其中之一正是因為當地存在嚴重的貪腐情況，官員收受賄賂、基層警察收小費的情況時有所聞。我們前往西港採訪詐騙園區時，也意外遇上當地正牌警察以司機違停為由當街索賄，驗證當地官員貪腐的一面。

二〇二二年爆發當街擄人充工的柬埔寨西港地區，多名遭拐騙赴當地從事詐騙的台灣人，被救出後紛紛指控當地警方與黑幫及詐騙集團勾結，柬埔寨官員向民眾索賄一事也是時有所聞，「有錢好辦事」似乎已成柬埔寨當地的行事鐵律。

採訪團深入西港地區這天，原要探究當地掃蕩詐騙園區後的成績，但抵達園區後，多名保安見記者以手機拍攝，立即從屋內衝出，並拿出無線電通報，我們與ＧＡＳＯ成員擔心橫生枝節，決定先離開轉往其他園區探訪。途中我們先到附近一家中國餐館用餐，不料用餐到一半，司機卻被店員叫出去。

眾人步出餐廳時，赫然發現我們車子前方緊貼一輛車，只見司機與一名男子談話。原以為是柬國司機與戴著墨鏡的當地人士有車禍糾紛，上前欲了解情形，卻撞見司機唯唯諾諾與該男子攀談，接著兩人又走到車旁祕密談話。記者跟上前，意外撞見司機手上握有多張美元，當下記者即反應過來，懷疑男子意圖索賄，偷偷開啟手機錄影，記錄整個過程。

該名男子身穿深藍色繡有警徽及「POLICE」字樣的上衣、卡其褲，戴著墨鏡，皮膚黝黑，一手拿著無線電，一手用手機呼叫另名男子。不久後，另名同樣裝扮、較為年輕男子隨即駕車趕到，兩車採前後包抄方式，斜停在採訪車後方，不肯讓採訪團隊的廂型車離去。

兩名男子在現場拿著無線電左走右繞，隨後詢問「Who is driver?」接著年輕的男子就說，因為當地不能違規停車，採訪車逆向停車，所以要被拖吊並罰款。

雙方當街交涉，年輕男子一再強調，已叫拖吊車，罰款是一百元美元，罰款是要交給拖吊車，並非給他們。兩人就在現場左顧右看，表示拖吊車快到了。正當眾人追問時，年輕男子說，眾人可以到附近警局，同時還得扣車一星期。

因後續還有採訪工作，採訪團最後與兩名男子協商：「若給付一百元美元，是否就可以離去？」兩人點頭說「嗯」。為了確保兩人收錢後，人車離去不會受阻，因此採訪團部分人員連同司機先行上車。

年紀較大的男子揮手叫著女記者，要求把一百美元放到副駕駛座上，女記者聽從指示交付款項後，人車隨即離去。離去的同時，並未見到拖吊車到來，兩名男子也未開立任何罰單，最終一百美元的下落不明。

擔心兩人是假冒的警察，採訪記者把兩人畫面截圖，隨後傳給當地的台商，請求台商友人協助從穿著上辨識是否為當地的「真警察」，最後獲得肯定的答案。

六、移民局勾結小販收黑錢

王吟芳

柬埔寨求職詐騙事件被害人T先生，四月底逃出園區後被送到金邊移民局軟禁，他透過管道向《菱傳媒》採訪團傳遞在移民局經歷的不合法、不人道待遇，痛批移民局「根本是柬埔寨政府設立的詐騙園區」！由於T先生在移民局連飲用水取得都有困難，記者收到求助訊息後前往送水，竟意外直擊移民局官員進化版的索賄新招。

T先生是台灣南部人，二〇二二年十月偶然聯繫上很久沒見面的朋友，對方介紹他到柬埔寨應徵知名博奕集團的線上博奕平台客服，他上網查過公司具合法博奕牌照，不疑有他，二〇二三年二月搭機到柬埔寨上工，不料上班第一天就被要求以線上對賭方式對會員進行投資詐騙。

T先生當場要求離職，幹部則要他拿錢賠償，包括機票、簽證、車資及介紹費等，合計美元六千元，折合新台幣約十八萬元。由於他的護照進公司時就被收走，身上也沒有六千美元，就這樣被扣留在園區員工宿舍長達一個多月。後來他向外交部越南辦事處求助，透過辦事處給的微信帳號聯絡上當地警方，兩天後園區保全突然衝進宿舍大聲辱罵，並搶走他的手機還原設定，隨後將他與行李一起送到當地警局。

到了警察局，T先生才發現原來他的護照一直被扣在警局這裡，做完筆錄確認身分後，他又被送到金邊內政部防賭局。T先生說，原本以為到防賭局再做一次筆錄後就可以自行離開買機票回國，沒想到在防賭局待了兩天後又被送到移民局，他形容「這是另一個噩夢的開始，從防賭局到移民局整個過程就像來到另一個園區，由柬埔寨政府設立的園區」。

從防賭局轉送移民局過程中，T先生向GASO等救援團體及《菱傳媒》求助，表示他沒有犯罪也未逾期居留，卻莫名先後被軟禁在防賭局跟移民局，期間三餐吃自己，叫外賣每頓都要給官員二點五美元的小費，連白開水也要自行購買，小費高得嚇人，官員還會問他想不想快點離開，要的話得交付五千美元。

此外，在金邊移民局只有中國人跟台灣人不能住在有院子可以放風的房間，但若交七百美元就能馬上安排。每天也只有下午五點可以利用倒垃圾的機會走出房間，其他時間都必須待在裝了鐵窗的酷熱房內，六七人擠一間。由於當時適逢五一勞動節假期，記者得知後立即與T先生相約，在假期過後首個上班日，記者將到移民局寄送礦泉水跟吃飯用的筷子給他。

行前，記者先向熟門熟路的NGO打聽，得知他們先前到移民局替等待遣返的詐騙案被害人寄送物資時，只要從門口開始以五千瑞爾（柬埔寨貨幣）為單位「一路撒錢」，就能順利將東西送到裡面，因此決定如法炮製。

五月二日當天上午，記者提著四大瓶各一千六百西西、總重六公斤的礦泉水以及一包筷子，頂著豔陽，從機場大廳穿越沒有斑馬線的六線道，來到對面的移民局。一進大門無人攔阻，正慶幸省下五千瑞爾「過路費」時，立即被守門的官員發現，大喊兼招手叫記者回到大門前的窗口，並將玻璃窗打開。記者依照NGO夥伴指示，立馬從錢包裡掏出五張一千瑞爾現金雙手奉上。不料守門大哥竟然搖搖頭，面無表情地拿起桌上一瓶易開罐汽水，另一隻手指向門口賣飲料的攤販，然後又比了個「三」的手勢。

這下換記者懵了，滿頭黑人問號，猜想他的意思可能是要把三千瑞爾交給飲料攤老闆，於是拎著四罐礦泉水快步走向對街飲料攤「繳費」。沒想到攤主跟一旁的朋友面面相覷，還是搖頭。

難道是水逆的關係嗎？還是天氣太熱曬得人頭昏腦脹？連續答錯兩題後，記者滿頭大汗再回到窗口，心想完蛋了，這水要是送不進去就白來了！但守門大哥反應很快，發現記者空手而回，馬上打開手機螢幕靠近嘴巴唸唸有詞，再把螢幕轉向記者，上面寫著一行中文字：「買三罐飲料。」

記者如獲至寶，再跑回飲料攤，心想「原來現在移民局收費方式已經更新」，但接下來的發展更讓人詫異！加起來市價大約五百瑞爾（不到新台幣四元）的三罐汽水，飲料攤老闆竟然開價一萬瑞爾（約新台幣七十六元）！這表示移民局現在不但更新收費方式，連價碼也翻倍漲！

果不其然，記者提著三罐汽水回到窗口後，守門大哥收起撲克臉，面色稍霽地開窗接過汽水，還向記者微微點頭，下巴移向門口示意「交易完成請進」。

當天，記者在寄送給T先生的塑膠袋內放了四大瓶礦泉水跟兩罐可樂，以及一包十雙筷子，但寄物處的官員表示筷子不能寄送，T先生可以在這裡自己買，只收下飲料。不過事後記者與T先生聯繫，他表示只收到水，「可樂被他們喝掉了」。

T先生氣憤地說，他因拒絕行騙逃出園區，還向警方報案，簽證也沒有過期，卻被當成囚犯一般關在移民局，柬埔寨政府的所作所為實在太離譜。他最後希望透過《菱傳媒》轉告國人：「如果可以，奉勸在這裡受困園區的台灣人，千萬不要報警，因為報警等於只是轉換園區而已，請盡可能地偷跑出來辦緊急護照回國，不然這裡的警察官員，真的很黑。」

七、GASO女孩向前衝

王吟芳

二〇二二下半年起，國內不斷傳出有台灣人被誘騙到柬埔寨詐騙園區，遭到毆打、拘禁甚至轉賣到泰緬的消息，也讓參與營救的非政府組織「GASO」躍上媒體版面，成為全球「打詐先鋒」。令人意外的是，這個名為「全球反詐騙組織」的成員多為女性，創辦人Xellos是來自新加坡的年輕女孩，本身也是「殺豬盤」的被害人。

「殺豬盤」一詞最早來自中國，指的是詐騙集團透過網路交友與被害人培養感情（尋豬），取得信任後一步步誘導被害人加碼投資虛擬貨幣等假交易（養豬），等到被害人投入大量金錢後就斷絕聯繫（殺豬），被害人在遭遇感情與金錢損失的雙重打擊，往往一蹶不振，有些甚至選擇輕生。

因為安全顧慮，Xellos從未在媒體上露臉，她對記者提起起心動念創立GASO的往事時，語氣裡仍聽得出滿滿的怒：「因為那時我已經有自殺念頭了，我必須要做點事。我就兩個選擇，第一跳樓自殺，第二換成正能量，想怎樣去搞死這些詐騙犯，你不死就我死嘛！乾脆我搞死你好了！」

就這樣，她在二〇二一年六月架設了www.globalantiscam.org網頁，宗旨就是打擊網路詐騙與衍生的人口販運。一開始加入的成員除了一兩個男生，其他幾乎全是女性，也都是各類詐騙案的被害人，分別來自新加坡、台灣與馬來西亞。目前GASO成員已經逼近八十人，來自世界各地，其中大部分是另有正職工作的志工。二〇二二年雖已在美國設立總部，但因網路電信詐騙及人口販運集團巢穴多聚集在東南亞，GASO主要活動範圍仍在亞洲。

Xellos說，前年剛成立時沒人手，沒經費，往往救了人出來，卻連住的地方都沒有。後來GASO與各國警方建立聯繫平台互通情報，針對台灣被害人援救方面，除了刑事局國際科與外交部越南辦事處人員，還有許多熱心台商提供暫時住處與經費借支，讓救援工作順利進行。二〇二二年被騙來柬埔寨的台灣人突然人數暴增，組織一度要彈盡援絕，幸虧有包括曾任交通部長的林佳龍等人捐款應急，才維持到現在。

持續壯大的GASO目前有四大部門，包括情報、通訊、市場研究與業務操作。在情報部門負責虛擬貨幣犯罪分析的Colleen，笑稱自己加入GASO是「自投羅網」：「我被騙之後，知道有GASO這個組織，我就去問他們說，嗨，我會做虛擬貨幣，你們需要人手嗎？」

二〇二〇年間，一位自封「區塊鏈大師」、「亞洲技術天才」的馬來西亞籍男子Ronald Aai宣稱，投資人可將手上的比特幣、以太幣等虛擬貨幣存入他創辦的「Cloud Token（雲錢包）」平台，透過獨家研發的AI機器人「量化交易」技術進行操盤套利，穩定獲利百分之六到十二，在亞洲吸引上千人加入投資，但不到一年就無預警下架，詐騙金額高達新台幣九億元，Colleen就是這個案子的被害人。

一頭長髮、話音輕柔的Colleen是馬來西亞人，「自從被騙了之後，我就開始自學虛擬貨幣追蹤，因為我要找我的幣，去了哪裡？為什麼警方追不到？這個騙子現在就在台灣，為什麼沒有一個國家的警察願意去追？這就是最噁心的地方。」

根據GASO調查，虛擬貨幣投資不但是近年新型態的詐騙手法，也是詐騙集團洗錢的方便管道。Xellos說：「現在人口販賣的錢都轉到USDT（泰達幣）了，他們叫做『打U』，有時我跟同事開玩笑也會叫他『打U給我』。事實上這是很嚴重的問題，因為歹徒走虛擬幣的話，各國執法單位對這塊不了解、不想學，人抓不到，錢也追不回來。」

Colleen也說，虛擬貨幣最大的問題就是洗黑錢零風險。「你在柬埔寨詐騙之後，你的錢如果是虛擬貨幣的話，就轉啊轉，洗啊洗，去了越南人或泰國人或馬來西亞人或台灣人的帳號。你若是騙台灣人，那個帳號就不會是台灣人的，而是別國的帳號。為什麼會這樣？因為詐騙犯都知道一旦跨越國境，警察就不想要追了。」

Xellos跟Colleen都認為，詐騙集團就是火燒不盡，警察也不可能一次性把這麼多人抓起來，就算抓起來，到法院也不一定能定罪，「那我乾脆就打你的錢，讓你賺不到錢，會比較少詐騙」。這也是他們不斷透過官網與媒體合作，宣導各類型騙局與手法的原因。

她們說：「這就好像前面有一口井，路又很暗，沒有人看得到，走過去的人一定會掉下去。你要想辦法把這個井封起來啊！你應該要做一些事情才對！」

柬埔寨西港一位老嫗在安全島上向來往車輛乞討

八、柬埔寨版和平飯店

王吟芳

過去兩年來數千名台灣人被「高薪工作」等廣告誘騙，搭上飛機抵達柬埔寨後，才發現已經步上人口販運集團的圈套。但台灣與柬埔寨沒有邦交，最近的外交部辦事處又遠在越南胡志明市，當政府公權力一籌莫展時，幸虧有一群來自台灣民間的無名英雄默默接手協助救援，目的就是「讓我們的孩子平安回家」。《菱傳媒》採訪團隊飛抵柬埔寨找到出錢出力的台商，其中柬埔寨版「和平飯店」負責人更是首度受訪，暢談兩年來不為人知的心路歷程。

柬埔寨台商總會前會長、現任僑務委員張清水，是民間救援團隊的定海神針。

原本在台灣做鋼構的張清水是前立委張清芳的哥哥，十多年前來到柬埔寨開闢事業第二春，目前在首都金邊開設工廠。我們到訪時，救援團隊成員正巧打電話通知他，有一名被安置的台灣女子前一晚自行離開飯店，目前下落不明。

掛掉電話，張清水嘆了口氣說，女孩從台灣過來打工，在這裡被打得很慘，後來在園區鬧自殺獲釋，先後經全球反詐騙組織及台商協助安置在宿舍與飯店等待遣返，而回台前必須繳交逾期居留一年多的罰款四千多美元，則由他去跟移民局協調。「罰是一定要罰的啦，就是拜託讓我們少繳一點。」

柬埔寨跟台灣沒有邦交，總理洪森又是出名的親中，加上中國在柬埔寨投資的規模無比龐大，更凸顯台灣政府在救援工作上的無力施展。每逢有台灣籍被害人被送到移民局，能代表台灣出面打探、斡旋的就只有張清水。刑事警察局與外交部僅能派員協助辦理被害人的護照與入國證，等家屬匯錢買好機票，就能把被害人平安送回台灣。

光是二〇二二年整年，透過張清水居間協調回台的被害人數就超過三百人，最高紀錄一天跟移民局談妥釋放三十一人，刑事局為此還特別頒獎表揚。張清水則認為自己責無旁貸：「我們國家在這裡沒有代表處，最近的代表處在越南，也管不到這裡，但我是僑務委員啊！我不救，誰來救？」

有台商透露，在柬埔寨做什麼都要靠關係，張清水的人脈遍布政界、商界、宗教界，加上個性古道熱腸，連在國外都會接到請託的電話。二〇二二年韓國瑜夫人李佳芬也透過管道，請張清水幫忙協助兩個關在金邊移民局的台灣人，當時張清水剛好返台探親，半夜接獲消息馬上電話遙控，兩天後兩名台灣人就順利搭上返台飛機。

張清水說，這兩年處理的案件中，也有一部分被害人基於各種理由不願回台。其中有一個高雄人被騙到西港，他跟太太大老遠從金邊開車過去西港移民局協調，但年輕人獲救之後還是不想回台灣，原來是因為在台灣酒駕被通緝，想留在這邊找工作。「我說留在這裡幹嘛？回去把酒駕罰金繳清就好了。這裡不是文明國家，留下來難保不會再被轉賣，到那時我也救不了你。」

除了張清水，我們也找到另一位參與民間救援工作的重量級人物，就是柬埔寨版「和平飯店」的負責人「A董」。

一九九五年由周潤發主演的港片《和平飯店》，描述的是一家被當作「避難所」的旅店，只要進到和平飯店住宿，飯店主人都會保他周全。而A董在金邊開設的飯店，在近兩年的民間援救工作中就是扮演被害人避難所的角色。

民間救援主力GASO成員告訴記者，柬國政府不准飯店容留無護照的外國人，但人口販運被害人護照通常都被詐騙集團扣留，逃出來時不但沒有護照，也身無分文，A董冒著生意做不下去的風險，願意挺身而出收留無處可去的台灣人，無私無我的人道精神極為可佩。

據了解，A董過去低調參與救援工作，二〇二二年對於媒體訪問一概拒絕，這次破例與《菱傳媒》採訪團隊分享心路歷程。A董說，逃出來的人都很辛苦，十個有八個沒有行李，也沒錢，有的還負傷，「必須讓他們有一個安頓的地方」；但既然是避難所，就要低調保密，以免園區查到飯店地址，會來把人捉回去。

A董回憶，當時柬埔寨政府找上國內各家旅宿業者，叫警察來要求業者簽字，保證所有外國人進來都會檢查護照與簽證。「簽字我們照簽，但是人我也照救。」為了彼此的安全，飯店要求被害人入住後躲在房間裡，不要出來，遇到警方查訪，飯店工作人員也要當這些人是隱形人。

A董說，從二〇二二年開始一直援助到現在，遇到的狀況非常多，被害人有的衣衫不整，有的跳車受傷，還有來來去去不願回台灣的，最麻煩的就是有些人在台灣沒有親屬，找不到人接應返國。

「救援困難，最大問題還是在資金。」A董解釋說，被害人一進來，第一件事就是要重辦護照，需要一百多塊美元，萬一簽證過期，還要繳一天十美元的罰款，再來就是報警也需要給小費，林林總總都要花錢；如果在台家屬無法匯錢過來，救援團體就要代找資源，甚至自掏腰包。這兩年來，出錢出力的單位包括台商、宗教團體與全球反詐騙組織GASO等，大家咬牙苦撐，但台灣政府在這方面提供的協助卻非常有限。

九、求高薪中文成顯學

林泊志

世界銀行指出，柬埔寨二〇二一年人均GDP（國民生產毛額）為一千六百二十五點二美元。「柬埔寨在疫情發生前的經濟成長每年超過百分之七，使柬埔寨成為東南亞增長最快的經濟體之一。」除了經濟快速成長，亞洲開發銀行網站上對柬埔寨的概括描述，還有「這個國家有百分之十七點八的人口生活在國家貧困線下」。柬埔寨最新的國家貧困線為一萬零九百五十一瑞爾（柬埔寨貨幣），即二點六五美元。然而柬埔寨政府對於貧窮的數字一直存在著意見。

來到柬埔寨金邊的第一天，我和吟芳搭著嘟嘟車抵達位在金邊桑園區外圍的公寓，每天住宿費用大約五十美元。得知我們來自台灣，店家派出懂中文會話的女服務員為我與同事辦理入住。

服務員看起來二十多歲，外貌清秀，瘦弱的身子，個頭不高，但臉上總是帶著一抹微笑。言談間女店員的中文應對算是流利，一度以為她是華裔後代，詢問後才知道她是道地的柬埔寨人，中文是過去向來自台灣的一貫道道親學習的。好奇問她為何想學中文，她不改微笑地說：「因為懂中文的薪水比較好。」

貧窮在詐騙集團橫行的柬埔寨四處可見。到訪這幾天，雖然街頭常見拾荒客以及四處乞討的人，不分男女老少，但許多柬埔寨人正努力嘗試擺脫貧窮，方法之一就是學習中文。

嘟嘟車司機為討生活自學四語言

中國與柬埔寨的交誼近年大幅躍進，除在基礎建設、經濟發展上給予實質的援助，更在二〇〇九年十二月於柬埔寨正式設立首座孔子學院，提供當地人民學中文的管道，使得在中國「一帶一路」後，兩國的關係更加緊密。

中國官方統計，當地的孔子學院教學點已遍及柬埔寨六個省市，設有二個孔子課堂、十九個漢語中心和兩個大學中文系。二〇二二年年底，中柬兩國更簽署備忘錄，在柬埔寨國民教育體系中正式納入中文教育。

柬埔寨皇家科學院國際中文教育學院院長蘇碧娜（Vuth Sophakna）在二〇二二年年底接受媒體訪問時說，柬埔寨各類中文教育機構已超過百所，還在持續增加中，正在學中文的人數超過十萬。中國在柬埔寨大量投資，雙方經貿各領域交流頻繁，替柬埔寨創造大量商業及就業機會，「學中文已成為柬埔寨民眾生活與發展的重要關鍵」。

經濟發展下，來自中國的遊客增多，柬國官方統計，二〇一九年柬埔寨國際遊客約六百六十一萬人，其中二百三十六萬人來自中國，是國際旅客的最大宗，金邊、暹粒及部分沿海地區是他們的旅遊首選。從金邊或西港的街頭市招觀察，隨處可見的中文招牌，就是最好的證明。

四十四歲的嘟嘟車司機Chan Saphea，是我與吟芳準備離開金邊王宮時遇到的；他見我倆步出王宮主動上前攀談，招攬我們搭他的車，時不時說幾句中文攀談，吟芳問我意見，見他使勁攬客最終還是答應。

抵達距離王宮約一公里附近的獨立紀念碑後進行短暫拍攝，Sapheа相當積極地遊說，要我倆可先在附近逛逛拍照，他在停車處等候，之後可以帶領我和吟芳前往下個景點探訪。也因他積極地自我推銷，我與吟芳決定當天之後的行程就全由他協助帶路。

搭車過程中，吟芳好奇地與Sapheа攀談，才得知他有五個小孩，是家裡唯一的經濟來源，沒日沒夜開著嘟嘟車賺錢養家。除了柬文外，他還懂英文、中文和越南語等四種語言，中文是買書自學，以柬文拼音慢慢學，因為「到語言學校學中文，學費很貴」。

之所以想學中文，就是中國觀光客是柬國國際旅客當中最大宗，這些年還有非常多的中國公司、分支機構、工廠到柬埔寨設立。Sapheа說，除了英文會聽能講，也積極學習中文，招攬華人搭車以增加收入。

歷經戰亂及集中營的屠殺，柬埔寨的知識分子為數不多，雖然這些年柬埔寨的識字率大幅提升，官方資料顯示只剩一成的人是文盲，但當地台商說，很多柬埔寨勞工可能連基本的柬文都看不太懂。在柬埔寨懂中文與不懂中文的員工，薪資可相差一到兩倍。高薪是柬埔寨人學習中文的重要誘因。

中國「一帶一路」下，造就柬埔寨的經濟發展，但就以柬國最主要的成衣、製鞋廠工人來說，二〇二二年最低薪資為一百九十四美元，柬國政府於二〇二二年九月才宣布調漲工人薪資，只是從一百九十四美元提高到二百美元微幅調整；而市場上的中文翻譯薪資卻落在五百至一千美元不等。

在金邊台灣全家超商遇到的柬埔寨女店員「小黑」，她也告訴我們，自己曾在中餐館工作，餐館為了做華人生意，找來華語教師教員工中文，因為員工得懂中文才看得懂菜單，方便點菜。小黑也搭上了列車，認真學中文，所以能夠與華人簡單對話。

從經濟、教育到文化，中國在當地經營之深，難怪柬埔寨會琵琶別抱。

十、中東共建金港高速公路

林泊志

抵達金邊機場後，欣喜著沒有被海關刁難、要小費，走到簡易的行李轉盤前等候著行李出關。

「什麼！攝氏三十八度！」在台灣鮮少遇到的高溫，成了來到金邊的日常。雖然機場內有著空調，但仍可感受到熱帶國家的溫度。才剛踏上這塊土地，走進這個陌生國度，內心帶著緊張與不安，但同時也嘀咕著對於高溫的種種不快。

「七星海・長灣　柬埔寨的下一個驚喜！」行李轉盤上，以簡體中文寫著標榜「智慧產業園區」、「柬中綜合開發試驗區」的中企地產銷售廣告，若不是廣告上有著高棉文，還真有一種置身在中國城市的錯覺。

柬埔寨四季如夏，陽光帶著一股炙熱，街頭到處可見的金黃阿勃勒正在用力綻放。假如能以顏色來形容一座城市，「黃色」，對金邊來說，應再適合不過。

來到金邊的這幾天，每天清晨五點半必定醒來，清晨攝氏二十八度的熱氣，已從屋外鑽進冷氣房內。

每天一早都會走到陽台，看著車水馬龍的金邊街頭，深感柬埔寨人的勤奮，而車子八點不到就已占滿街頭。

落腳的公寓就位在金邊桑園區的外圍，從居住的公寓可瞧見市區裡正由中國建築企業負責興建的大樓不計其數。餐館、賣店，街頭上總可看見寫著簡體中文招牌的店家。「我不是在柬埔寨嗎？怎麼感覺是在中國二線城市。」這樣的對話，每天在出門時內心中總是如此呢喃著。

柬埔寨金邊市區土地面積約六百七十九平方公里，是台北市二點五倍，二〇一九年時人口已超過二百二十八萬，占柬埔寨總人口逾百分之十三。金邊市區最繁華的就在桑園區，裡頭的BKK一區，就像是台北市的信義區，大坪數的別墅豪宅，富人出沒，生活機能完善，像勞斯萊斯這種名車，在這一區的街頭是相當普遍可見的。

中國「一帶一路」後，柬埔寨有著劇烈的改變，過去金邊市區少有紅綠燈，近年都陸續裝上。不過這並沒有改變各種車輛爭道情況，市區道路十分壅塞。

我和吟芳與GASO人員在四月三十日這天，一早包車前往詐騙集團聚集的西哈努克市（Sihanoukville）。原以為早點出門能趕緊上高速公路，但光是在市區裡就費了一個多小時，要不是司機阿寶取巧走小路，可能得花上更多時間。

柬埔寨的高速時代來臨

連接柬埔寨政治、經濟中心金邊及對外貿易重鎮西港的「金邊－西港高速公路（簡稱「金港高速」）」，是中國路橋工程有限責任公司投資、建設、運營，完成後擁有五十年經營權，整條金港高速費時三年多、斥資約二十億美元興建，二〇二二年十月一日起試營運，十一月一日正式開通。「柬埔寨進入高速時代！」金港高速公路是中國「一帶一路」政策下，中柬共建的第一條高速公路，對兩國來說有著重要意義，中國及柬埔寨媒體更是廣為宣傳。

雙向四車道的金港高速，全長約一百八十七公里，橫跨柬埔寨五個省市，速限一百公里。過去從金邊沿柬埔寨四號公路前往西港，最快得花上五個小時，若天氣或路況不佳，至少得走六至八小時，如今這條高速公路開通，只要兩小時就可從金邊到西港。

前往西港當天，正好是假日，起初以為會塞車，但一上高速公路，車流並不如預期。奔馳在高速公路上的多數是名車，像是Lexus、保時捷及勞斯萊斯。或許從車輛的品牌分辨使用者的身分太過武斷，但從這些車輛來看，金港高速的使用者有著不小的經濟力。

車子沿著高速公路奔馳，印上簡體中文的中企廣告一個一個接續出現眼前，還有滿是中國元素的貓熊符號廣告。公路兩側只見農田綿延，遠方的山頭被開鑿，岩塊裸露，田間可見白色水牛群正在咀嚼綠草。可能是乾季缺水，綠草看起來有些許營養不良，而白水牛瘦骨嶙峋，與台灣的壯碩水牛有著強烈對比。

柬埔寨國土為台灣的五倍大，人口不到一千七百萬，比二千三百萬人的台灣少六百萬人。雖說柬埔寨是農業為主，近年來也發展工業，但金港高速兩邊的農地，不像台灣有著完善的灌溉系統，田中央有時可見數間簡陋的高腳屋，屋頂與外牆是鐵皮搭建，屋內以木頭作為樑柱搭建。沿線這樣的房子零星，與金邊市區的高樓大廈、水泥建築迥異。

高速公路兩旁高聳的電塔一座接著一座，柬埔寨近年來發展迅速，工業、服務業的導入，電力需求每年都會成長一成以上，供應吃緊，除柬國自有的電力外，也向周邊的泰國、寮國及越南購電。LowCarbonPower網站數據顯示，柬埔寨二〇二一年的電力供應，有百分之三十是靠燃煤，進口則有百分之二十九，至於水力發電則占百分之三十三，取之不盡的太陽能僅百分之三。據了解，包括水力、太陽能及燃煤發電等，多數是由中國「一帶一路」下所投資。

中國元素與中國品質

外表年紀大約三十歲上下的阿寶，壯碩的體格帶著一絲靦腆，說話總是輕聲細語，是柬埔寨當地人，他稍懂中文，但都是簡單字彙。行駛的途中，阿寶放起音樂，但全是中文歌曲，阿寶哼著曲子，但因太過大聲，吟芳擔心干擾拍攝，所以小叨唸了一下。在行駛一百多公里後，阿寶小聲詢問：「要不要進去？」我示意ok，車子不久便駛入服務區。但空氣帶著一股炎熱，我們才剛下車就已是滿身大汗。

金港高速雙向沿線各有四座服務區，服務區並不大，服務區主要站體外掛著大大的「MAO」，和毛澤東的「毛」譯音相同，是何意？遍查網路資料並無下文，就只好各自推敲。

服務區內販售各種零食、飲品及咖啡，但規模不大，只能說像是台灣的超商。和台灣超商店員高效結帳速度大不相同的是，服務區的收銀台就是一張桌子一台收銀機，三名工作人員，一人負責清點，一人以收銀機結帳、收費，另一人則幫忙顧客裝袋。

服務區裡的廁所十分簡陋，雖然金港高速二〇二二年十月才開通，但有些小便斗已故障無法使用，廁所內飄著一股尿騷味，洗手檯的水龍頭五座有二座不出水，有些水龍頭還搖搖晃晃，令人直搖頭。服務區裡的大小管線還裸露著，無法相信是才剛開通不久的嶄新服務區。魔鬼藏在細節裡，「中國品質」從這些細節中表露無遺。

離開服務區後不久便抵達西港收費站，但入口處早已大排長龍，好奇之下拿起相機拍下排隊場景，車子也跟著其他車一起排隊。

阿寶細語說著，收費站的通關設計讓人相當搖頭，雖然有如台灣ETC車道設計，卻沒辦法快速通過，依舊得逐一排隊、檢查。詢問阿寶，下車拍照會不會被抓、被驅趕？阿寶要我直接下車拍。

拎著手機跟相機下車，朝收費站走去，立刻有一名狀似收費站主管的男子朝我走來。原以為他是打算要把我趕回車，但他卻只用中文說道：「可以不拍堵車嗎？」原以為是沒聽清楚，再次跟他確認，他則重複上述要求。簡單溝通後，他並沒有多加為難，我順利地拍攝了西港收費站。一趟路下來，七人座廂型車得給十二元美元的過路費。

結束西港採訪，原車走金港高速折返金邊，與一早的緊繃相比，心情輕鬆許多。

遠方山上雲霧奔騰，山頭突被白霧籠罩，暴雨瞬間迎面襲來。「這是颱風吧！」偌大的水滴打在車身、擋風玻璃上，劈哩啪啦作響，前方高速行駛的名車紛紛開啟閃黃燈，緩速前進，就算雨刷使勁地搖擺著，視線還是模糊不清。大雨滂沱，欠缺排水系統的村子，紅色滾滾泥流在村內四處漫溢，這或許就是當地的日常。

正當柬埔寨開心迎接高速時代的來臨，懸殊的貧富差距在柬埔寨各地顯而易見地存在，成衣、製鞋業的月收入薪水約二百美元，大約是六千元新台幣，低薪、貧困在這個國度裡，人民的生活能否隨著高速公路帶來經濟發展而有所提升？經濟成長的果實能不能全民共享？還是只有某些高官或富豪才能享有？內心對於柬埔寨的未來滿是疑問，像極了到訪的那幾天，柬埔寨的天空總是蒙上一層灰，更像走在雨季來臨時的這場滂沱大雨，突來巨變，朦朧不明。

金港高速服務區站體外掛著大大的「MAO」

金港高速收費站採用ETC及人工收費模式，車輛大排長龍

十一、貧民區內窺見人心溫暖

林泊志

「金邊男子在街上亂開槍後逃逸，警方在搜捕中！」「冒充警官以查毒勒索民眾錢財，柬埔寨男子落網！」——從柬埔寨返台後，還是會習慣性透過當地的媒體翻查柬國資訊，這趟採訪讓我對柬埔寨多了些關注，也慶幸我和同事吟芳能順利完成工作，全身而退。

身處與詐騙集團幾乎畫上等號的柬埔寨，心底有一股莫名不安；但在這陌生國度的街頭，卻總是看到勤奮的百姓騎著車，載運著大小不一的瓦斯罐或是充當接送人群的運輸車，朝著各自的方向前去。

曾經的「東方小巴黎」金邊，如今街頭滿是簡體中文市招的店家。柬埔寨過去被稱為「高棉」，十五世紀以來，外敵入侵與內戰不斷，一九七五年，當時只有八百萬人口的柬埔寨，赤柬在中共、毛澤東的支持下短暫統治，造成逾二百萬人口的死亡，其中多數是菁英。這段悲慘的歷史，在金邊市區「吐斯廉屠殺博物館（Tuol Sleng Genocide Museum）」被記述著；這座博物館的前身是一所高中，在赤柬政權下成了S-21集中營。

歷經大屠殺，柬國菁英幾乎消失殆盡，儘管官方在二〇二三年三月時宣稱，識字率已提高到百分之九十，全國大約只有一成的人口是文盲，但薪資及生活水平卻未得到顯著提升，貧窮仍然是到處可見。

水逆的意外迷航

五月一日勞動節，一早氣溫比剛抵達金邊時稍微涼爽，原打算前往中國駐柬埔寨大使館附近的「小偷市場（即俄羅斯市場）」探訪。同事吟芳叫來的嘟嘟車一抵達後，兩人便拎著隨身採訪包出發。

出發後不久，發覺司機走的方向與目標地點相反，原以為是為了閃市區車流抄近路，但拿出手機定位，發現嘟嘟車行走的距離，比要前往的目的地俄羅斯市場多出二三倍，方向完全相反，身處詐騙橫行的柬埔寨，內心擔心該不會遇到真詐騙。

「我們要去的地點好像不在這邊耶！」我急忙說著。

「啊？定位弄錯了嗎？」「剛剛叫車的時候我們不是有確認過地址？」「這個地址不是俄羅斯市場嗎？」可能是我語氣急促，吟芳趕緊拿起手機查看定位。

「再十分鐘就到了，到了之後再叫車回市場好不好？」吟芳安撫著。

「沒關係！其實我也很好奇我們的目的地是哪！」

談話之際，正走在柬埔寨金邊一號國道的嘟嘟車，沿著當地的莫尼旺大橋（The Monivong Bridge）前進，這是座交通流量十分龐大的橋，連接湄公河分支的巴薩河（Bassac River）的兩端。河畔整排密集鐵皮高腳屋，高矮參差不齊，與河另一端的高樓大廈大為迥異，也因落差大，立即吸引目光。正當還在好奇裡頭住著哪些人、有哪些故事，嘟嘟車拐進一座截然不同的大型社區，抵達叫車最終地點。

與市區之紊亂大為不同，這裡街道乾淨整潔，有門衛看管及專人打掃街道、替沿路的植栽灑水，生活機能完善。正好奇「這裡是哪？」一名女子撐著洋傘走出，吟芳快步追上她。

「炳發城！」她說，「是開發商近年在金邊打造的大型社區。」這位從中國深圳到金邊的妙齡女才抵達三天，也住在裡頭。她說了當地的房地產種類與狀況，雖非金邊最精華地段，光每月租金就要九千多人民幣，大概是一千三百美元，折合新台幣將近四萬元。

誤闖豪宅區，心中懸著河畔高腳屋，前去途中，市區車流紊亂，空氣懸浮黃土灰塵，路中央分隔島坐著一位白髮老婦，雙手合十向往來的人乞討格外醒目。

「Five Star! OK?」嘟嘟車停在當地一處老舊政府機構前。一旁販售涼水的小吃攤，倚著醫院圍牆做起生意，我拿起相機拍攝街景，引起攤商好奇眼光，禮貌性點頭致意後，繼續往河畔前行。

電桿上凌亂的電線、電話線交纏成密密麻麻、大大小小的各種十字形狀，轉角處販售著各項物品的店鋪，外觀擺設像極了台灣七〇年代鄉下的「柑仔店」。往巷內前行，中年男子揮汗如雨坐在路邊清洗大小碗盤；拿出相機欲拍下他辛勤一面，他卻靦腆地撇過頭，一旁四五位大嬸用著柬埔寨語慫恿他後，他轉頭向鏡頭做出鬼臉，隨我拍攝。

河畔鐵皮屋樣貌逐漸清晰，兩側凌亂狀似無尾巷，卻又隱約有小道可行走。和吟芳走進了屋內，裡頭擺著兩張撞球檯，兩名少年在互尬球技。吟芳詢問能否加入戰局，兩名少年相視而笑點頭。吟芳與男孩打球打得起勁，一名女孩走近，張著大眼微笑地走過，朝一旁二十多歲女子走去。地板上有著「地主神位」、「聚寶堂」的神龕，好奇居民是否為華人後代，我便開口詢問，但在場幾名年輕人都搖頭。

好奇心驅使下，漫步前往兩旁民家，小巷擺設凌亂，屋外擺放有著殘羽的各式鳥籠，滿身灰塵的白毛小狗站在入口處，好奇地盯著我們。

愈往裡走，空氣中瀰漫一股帶有甜味的鰻魚罐頭味道，原來是從推車上的幾袋油炸物品中飄出，旁邊一袋狀似皮蛋的食物，看似可口，但強光灑下令人看不清實體。走近細瞧，才發現是被炸得酥脆的青蛙，以及用紅辣椒調味的油炸黑蟑螂，一陣反胃感突然襲來——「天啊！這個我真的不行！」

已近正午的巷弄仍是昏暗，蟑螂橫行，水溝裡飄出一股特殊氣味，有民家還以木炭生火煮飯，也有幾戶正油炸當地「特殊小吃」。一名老哥在窄巷裡大顯身手，拆解已有歲月的機車引擎保養；四名孩童站在屋子門前，凝視門上深色玻璃窗，仔細查看才發現他們在看屋內正播放的電視劇，這一幕像極台灣上個世紀六〇年代農村的景象。

離去時，四名孩童追了出來，看到我們回頭，他們停下腳步相視而笑。居民們走出查看，臉上掛著笑容。巷口一家冰店前，兩名年輕人慵懶地坐在門前滑動手機，電器行老闆忙著維修出不了聲的喇叭音箱。我與吟芳自我介紹是來自「台灣」，老先生以英文說出令人開心的一句：「Taiwan is good!」前一刻還在擔心會不會被搶，走入這裡後卻感受到居民友善與純樸，是連日採訪來最為輕鬆的一刻。

查了資料，這是Khan Chbar Ampov，中文稱為「鐵橋頭區」，在金邊東南方郊區；過去是鬱鬱蔥蔥的農田，栽種玉米、龍眼和香蕉等農作物，居民以農為主；因金邊的發展，該地區一九九八年被劃入市區範圍，二〇一三年有了屬於自己的行政區；當地政府及地產開發商近年湧進，打造新式的商辦、賣場及住宅，開闢道路、污水系統，是金邊發展中的新興市鎮。

在巷子裡頭繞轉，遇到坐在屋前的林先生，與他閒聊後得知，他二十多歲時曾赴烏克蘭留學，返柬時月薪才二十美元，後通過考試進入政府部門，在當地文化部門工作二十多年。林先生的祖先從中國汕頭移居金邊，到他已隔三四代，家人都還會說華語；母親張老太太的先祖是來自中國廣東的客家人，她靠著賣咖啡賺錢養育三男三女。

他說，現今柬埔寨新進公務員薪水約二百五十美元，只夠一人餬口；像他工作二十多年，每月薪水僅六七百美元。問他如此薪水算高嗎？一旁的張老太太無奈地搶先回答道：「很少啦！」

看著金邊的發展，林先生的家從郊區成了市區，原以為他對即將到來的開發會感到高興，但談話間他臉上少了喜色，因為「（地價）已經炒得太高」，一平方碼的地皮就要價四千美元。

沿著莫尼旺大橋往金邊市中心移動，車流湧現，車水馬龍終日未曾停歇，是聚集外省到金邊工作人口的棉芷區與最為繁榮的桑園區交界處。

正午氣溫已是攝氏三十五度，路旁不到三歲、光著身子的男童當街拿著塑膠瓶舀水沖涼。男童水汪汪的大眼純淨明亮，只是好奇地看著拿相機拍他的我。

比他大沒幾歲的哥哥，忙著撿拾寶特瓶、鋁罐做資源回收，女童則幫母親削甘蔗備料，一家四口在路旁兜售涼飲，對於往來奔馳的車輛，似不在乎。如何活下去、怎樣改善生活，或許是他們一家的當務之急。

過去這些年，中國「一帶一路」政策下，中資企業在柬埔寨各地進行土地開發，房地產交易相當熱絡，旅遊業也欣欣向榮；但被劃為中柬經濟特區的西港，因為發展過快，衍生出如今超過一千一百棟的爛尾樓等著處理；這些大樓占西港整體建築七八成，大多是中國投資，曾經的絢麗如今卻成了燙手山芋。

過去在中共資助下，赤柬曾短暫執政，卻使柬埔寨陷入動盪，菁英、人口銳減，後來更有外敵入侵。

令人感嘆的是，柬埔寨在歐美接連制裁下，選擇與中國親近，想藉中國「一帶一路」，讓柬埔寨改頭換面，然而土地、道路、電力、教育、經濟等重要的命脈，最終幾乎都掌握在中國手中。

歷經苦難的柬埔寨未來如何翻轉？如同到訪時在吐斯廉屠殺博物館裡正綻放、象徵「希望、新生」的雞蛋花一樣，默默地等待著。

金邊婦人在油炸黑蟑螂

十二、首相名錶VS炸蟑螂

王吟芳

柬埔寨之行的倒數第二天，陰錯陽差，我們來到莫尼旺大橋旁的河畔貧民區，時間接近中午，窄巷內不少人家開始準備午餐。沿河搭建的鐵皮高腳屋室內空間不足，一個婦人索性把一大盤油炸黑蟑螂放在門口，只見數百隻炸得漆黑油亮的蟑螂拌著炒香的蒜頭與紅辣椒，雖然早就耳聞柬埔寨有這道平民美食，但害怕蟑螂的我，親眼見到還是心頭一驚。

走出貧民區，在莫尼旺大橋的另一端，就是金邊市十四個行政區中最精華的ＢＫＫ1使館特區，與橋邊鐵皮屋形成強烈對比。在金邊，如此突兀的貧富對比隨處可見，柬埔寨中文媒體《柬中時報》二〇二二年引述世界銀行發布的調查數據，指二〇二二年柬埔寨仍有超過兩成的國民生活在貧窮線下，也就是說大約有四十萬的柬埔寨人，每天生活費不到二點六七美元。

這麼窮的國家，為何會吸引中國與台灣的詐騙集團跨國前來設立基地大本營？長年研究東南亞情勢的佛光大學教授陳尚懋認為，原因與法治觀念薄弱、貪腐嚴重脫不了關係。

就在二〇二二年，有一票名氣響噹噹的國際媒體，包括半島電視台、英國廣播公司BBC跟德國之聲，先後被柬埔寨總理洪森的姪子洪圖告上法院，挨告的原因都是製作了柬埔寨淪為詐騙集團溫床的相關報導，直指詐團首腦與柬埔寨當地政軍要員及權貴勾結，半島電視台甚至挖出位於西港的詐騙園區幕後集團，與洪圖有密切合作關係，導致常有被害人趁機報警，最後來的人不是警察，而是園區主管，下場就是慘遭毒打一頓，或者被轉賣到其他園區。

事實上，洪森執政三十年來，家族成員常被質疑為特定產業護航並從中獲利，包括洪森本人，也常成為外媒及NGO修理的對象。

反貪腐組織「全球見證（Global Witness）」應該是洪森最痛恨的NGO，二〇〇七年他們公開一份報告，指洪森家族涉入非法伐木與開採森林，將柬埔寨美麗山林授權給紅頂商人開闢「植栽園」，實際上則是讓商人得以將珍稀林木盜砍一空外銷國際，再坐地分贓；二〇一六年，全球見證又發布調查報告，點名洪森家族成員利用政治力量控制各大知名品牌如蘋果（Apple）、LG等在柬埔寨的經銷權，藉以累積超過數億美元的資產。

洪森到底多有錢，從他的臉書就看得出來。過去曾有外媒報導洪森是名錶控，收藏包括百達翡麗、江詩丹頓與理查米爾等動輒上千萬的天價逸品，質疑以洪森治理的國家之窮困，他自己也宣稱總理月薪僅二千五百美元，換算不到十萬新台幣——「錢從哪裡來？」

但洪森毫不避諱，光是二〇二三年一到四月他在臉書秀出的名錶，就包括市價七千萬新台幣的百達翡麗6300G、二億六千萬的百達翡麗6002Gsky moon陀飛輪，以及有錢也買不到所以查無市價的江詩丹頓閣樓工匠9700C，連總理夫人露面時手上戴著的理查米爾寶石鑲嵌鑽錶，市價也高達新台幣一千六百萬元。所以，錢到底是從哪裡來的？

話說二〇二二年柬埔寨主辦東協峰會，洪森作為名錶控兼東道主，會後贈送與會各國領袖二十五隻豪華手錶作為峰會紀念品，照慣例他也同步分享在自己臉書；這隻錶有金色指針、透明錶殼和棕色皮革錶帶，上面印有「東盟柬埔寨二〇二二」與「柬埔寨製造」等字樣。洪森PO文還強調，這些手錶都是由柬埔寨技術人員準備和組裝的，足以顯示柬埔寨科技發展成熟。

洪森贈錶的新聞一出，自由亞洲電台（Radio Free Asia）隨即跟進報導，指出這些手錶是由柬埔寨太子集團旗下的太子鐘錶製作組裝，而太子集團控股主席陳志，則是二〇一四年獲得柬埔寨國籍的中國公民。

熟悉柬埔寨政商結構者，對太子集團應不陌生。二〇二二年八月，一名馬來西亞華裔男子陳萬慶從西港園區逃出後受訪，稱他被騙到西港勝利天堂度假村從事電信詐騙，公司經理曾向他透露，該度假村幕後老闆就是太子集團；還說太子集團與柬埔寨當局關係密切，在國內掛名房地產開發商，實際上是在世界各地建立詐騙業務鏈，擁有完善的洗錢系統。不過，太子集團對此也發出澄清聲明，稱集團是被不法人士冒名誆騙海外求職者到西港，否認涉入詐騙行業。

十三、街邊小販有大用

王吟芳

初到金邊，某場晚餐聚會時一個台商告訴我們，可以把這裡想像成四十年前的台灣、二十年前的中國。但是，在大概了解了柬埔寨的歷史之後，我感到深深的悲哀，因為可以預期未來的柬埔寨，就算再花四十年，也不可能像現在的台灣一樣安定繁榮，因為它就是一個被詛咒的國度。

很難想像，這裡在西元九世紀到十三世紀之間，曾經是舉世無敵的高棉帝國，首都吳哥城更是工業革命前全球面積最大、人口最多的城市；近代卻因大國征戰、赤柬肆虐，外加執政者貪污腐敗，搞得半世紀以來民不聊生。

今天（五月二日）中午就要結束採訪行程離開柬埔寨，趕在搭機之前，我到機場對面的移民局探視正在等候遣返的台籍詐騙案被害人，在移民局親身經歷官員討小費索賄嘴臉。妙的是小費不是交給守門的官員，而是要拿給在門口擺攤的小販。

這讓我想起，出發前曾看過美國普立茲獎得主布林克里寫的《柬埔寨——被詛咒的國度》，書中也提到類似的街邊小販，情節相仿。

布林克里在一九七九年還是菜鳥記者時，被報社派到柬埔寨採訪越南入侵與柬埔寨人大逃難慘狀；二〇〇八年他重回柬埔寨，花兩年時間觀察這個國家，經過聯合國接管、產生民選政府後的實際狀況，從書名就可以知道他的結論。

其中一章提到，柬埔寨很大一部分的問題來自政府貪污，可悲的是，他們的賄賂教育竟然是「從小扎根」。他說，柬埔寨的媽媽們，會在孩子上學之前交給他們一點錢，讓孩子在踏進教室時把錢交給老師，沒交錢的孩子可能會在學校被刁難、罰站、考低分，老師收到的錢，會有一部分或大部分上繳給校長。換句話說，這個國家的賄賂文化是從小養成。

此外，學校期末考的時候，同學們會先收集現金，在考試鈴響之前交給監考老師，然後就可以肆無忌憚地作弊傳紙條；如果監考老師不肯收，他們可以到學校外面向門口小販買答案卡；至於答案卡哪裡來的，小販收了錢之後往哪裡去，想也知道。

根據布氏引用的統計數據，柬埔寨的人民因為太過窮困，只有五分之一的人有辦法送小孩去上學，在這些人裡，順利完成小學教育的人數不到一半；然後這些接受基礎教育的極少數人，他們受教育的目的，就是要進入政府，因為可以名正言順地收取賄賂。

這本十年前出版的書，放在今天看，一點都不違和。

十四、美中角力下的雲壤軍港

林泊志、王吟芳

親中的柬埔寨，在「一帶一路」的項目下，把西哈努克港打造成經濟特區，而當地的雲壤海軍軍港除了有共軍進駐外，更在中國資助下，二〇二二年六月開始升級打造深水港，未來可供中國航母、潛艦停靠，引發美國憂心及抨擊。《菱傳媒》採訪團隊，深入直擊雲壤軍港，發現外牆已加高，入口處及內部正如火如荼大興土木，積極改建。

《菱傳媒》採訪團隊赴柬埔寨西港採訪詐騙園區現況外，西港當地近來備受國際關注的雲壤海軍基地（Ream Naval Base）也是此行目的地之一。採訪團隊驅車沿著當地的四號公路，銜接四十五號公路，經西港國際機場後，直達雲壤軍港。

採訪團隊抵達時，整個海岸線都擺放著水泥箱涵，原本雲壤軍港的營區大門，已用藍色鐵皮封閉，兩側圍牆全都更新加高。混凝土圍牆高約三米，外頭難以窺探基地內部狀況，而原本看守的警衛，正在鐵皮屋內打瞌睡。

為能了解基地內部的實際情形，我們沿著基地外圍逐一查找，多個原本通往基地的入口均有人員把守。

從外圍往基地內部觀察，發現有多部吊車、挖土機正在營區內部作業，也有許多座黃土堆。記者發現，營區內部有多棟建築正在興建，許多建築工人在屋頂上進行箍筋、板模作業，而建物外的鷹架上，懸掛著「人人創造質量　人人享受質量」、「安全為了生產　生產必須安全」等標語。

從軍港另一側觀察，正巧當時一艘編號一一三四號快速攻擊巡邏艇正駛離軍港，往外海方向前進，港區內有許多工人正搬運材料，要在碼頭進行興建作業，整個軍港正在加速擴建。軍港碼頭旁停靠著四艘柬埔寨皇家海軍的巡邏艇，包含兩艘中國贈送給柬埔寨的二百噸級P46C巡邏艇。

根據國防部《海軍學術》雙月刊二〇二三年二月刊載〈中共建立海外基地對其海權發展之影響——以柬埔寨雲壤港為例〉一文指出，柬埔寨雲壤海軍基地是中共在東南亞的第一個海外基地，地理位置的重要性，更涉及到區域地緣戰略的結合與運用。

位在柬埔寨西南的西哈努克（Sihanoukville），西臨泰國灣，往南延伸就進入印度洋，基地面積約一百九十英畝，中國將在港內興建兩座深水碼頭，與柬埔寨各使用一座，將有助大型艦艇泊停。

文中指出，雲壤軍港從二〇一〇年至二〇一六年間，長年都是柬埔寨與美國年度演訓及海軍演習的地點，但二〇一六年十二月柬國與中國軍隊首度舉行金龍聯訓，二〇一七年一月柬國即片面終止與美合作。

二〇一九年柬中兩國簽訂密約，特許共軍進駐雲壤海軍基地，使用逾三成區域，效期三十年，每十年自動展期，軍港升級工程由中國出資升級擴建。二〇二二年六月起，中國加速雲壤海軍基地的升級工作，要建立「一串珍珠」，讓中共海軍的航母及潛艦得以停靠，完成後，更是中國在東南亞第一個海軍「前哨站」。

該文認為，雲壤軍港處於中國第一個海外基地東非吉布地與南海島礁之間，不但可支援商用貿易、縮短海軍船艦整補週期，更可維持遠洋行動，而該基地讓共軍進駐後，也可加強對印度洋水文資料蒐集掌握，強化海軍的控制力，有助共軍遠洋海軍的發展，監視東印度洋周邊國家海洋行動，蒐集他國海軍情報。

此外，中國「優聯集團」也拿下在柬國戈公省（Koh Kong）的「七星海國際機場」計畫，承建並營運，租約達九十九年，機場跑道長度達三千二百米，是柬國最長的機場跑道，引發外界擔憂，若用於戰機、轟炸機及運輸機起降，將威脅到周邊的泰國、越南及新加坡等地。

另外，研究中共政治、軍事，與作戰概念為主的國防安全研究院中共政軍與作戰概念研究所副研究員黃宗鼎，二〇二二年六月發表〈中國為何要在柬埔寨設置基地？〉一文，認為中國竭力爭取在柬埔寨雲壤建立軍港，一定程度與其無法在越南金蘭灣與菲律賓蘇比克灣租借港口有關。

文中認為，中國進駐雲壤軍港後，中國發展的北斗導航衛星系統也會導引到東協國家，建立「一帶一路空間資訊走廊」，布建北斗地基增強系統基站，積極在南海區域建構軍用應急通信量能，以利解放軍的調動、遙測外軍活動及武器精確制導。

至於擴建後的雲壤海軍基地，也能讓五千噸的船隻靠泊，提供中國南海艦隊三艘「海洋水聲監視船」在南沙海域執行探測美軍潛艦活動之餘，就近補給。

由於雲壤海軍基地讓中國海軍進駐一事，已多次引發國際質疑聲浪，柬國官方對此不但嚴詞否認，甚至邀各國駐柬外交官、武官前去營區內查看，呼籲外界「停止幻想」，同時認為美國不斷「炒作謠言」，只是因為不希望看到柬埔寨取得發展，擔心美國在地區的影響力被削弱。

至於中方對此也聲明，強調援助柬埔寨雲壤海軍基地升級改造項目，是對柬國的正常援助活動，旨在加強柬海軍維護海洋領土完整的能力，否認外界質疑。

研究東南亞多年的佛光大學國際長、公共事務學系教授陳尚懋指出，中國透過「一帶一路」對東南亞經貿影響大，同時採用大國外交，與中南半島五國發展出密切關係。除硬實力外，近年來更透過文化輸出，從文化層面影響東南亞。

他舉例，中國在疫情前，透過漢辦、孔子學院、孔子課堂、漢語教師等，每年都有大量實習、外派人員前往泰國，光是華語教師就有一千五百人，但台灣每年才十人。此外，除了推廣華語之外，更提供書籍、教學資源等，文化上逐漸發揮影響力，透過政治、外交、經貿及教育文化，全方位介入該國。

陳尚懋說，中國之所以選擇柬埔寨作為重點發展國家，除雙方政治體制、理念相同外，加上國家鄰近，且柬埔寨內部貪腐嚴重，中國的影響力可直接滲透，而柬埔寨雲壤軍港未來若有中國駐軍，他認為「影響很大」！

陳尚懋認為，就地緣政治觀察，中國一直希望取得一個能安全進出印度洋的通道，畢竟中國的石油多數是透過海上運輸，從印度洋走麻六甲海峽進入南海再到中國，其中新加坡的背後是美國勢力，也有美軍駐守，加上南海爭端衝突，使得這條海上通道增添許多不確定性。

為了確保運輸通道暢通，中國近年來不斷拉攏緬甸，打造緬甸深水港，透過中緬經濟走廊把天然氣、石油等直接運送至中國，另外也鼓吹泰國開闢克拉地峽運河，縮短運輸路線之外，也能藉由柬埔寨西港將物資送至，讓海上運輸安全獲得確保。

對於中國海軍未來在雲壤海軍軍港升級擴建後將進駐一事，雖中柬雙方迄今尚未承認，但他認為，若未來真有中國軍隊使用雲壤軍港，在中美角力下，美方必定反對，而此舉也將引來與柬鄰近友美的泰國、越南等國不滿。陳尚懋指出，為確保東協內部的團結，東協成員間強調共識決、協商等，而柬埔寨雲壤軍港的議題，未來將會先挑戰東協內部。

柬埔寨王家海軍編號1134號巡邏船出海

柬埔寨雲壤海軍基地大門

第三章

人口販運最終站
——苗瓦迪詐騙園區實錄

一、前進美索

張麗娜

四月底接到長官的任務，前進東南亞採訪詐騙新聞。剛接到任務時，心情是複雜的，一來是擔心當地的治安及風險，二來擔心能否勝任，順利完成長官交付的任務。輾轉幾天的擔憂，最後不敵新聞的熱情，決定接下此任務。跑了二十多年的政治新聞，這是一個全新的嘗試，也很有挑戰。

幾天後，長官的指令更明確了，這次分配到的題目是前往惡名昭彰的緬甸苗瓦迪（Myawaddy）詐騙園區（俗稱ＫＫ園區），該園區被稱為「東南亞人口轉運的最終站」，以活摘器官、綁票撕票聞名。聽到任務分配，雖然已有心理準備，但還是忍不住打了個哆嗦。

緬甸對我來說是個陌生的地方，出發前先在網路搜尋苗瓦迪、ＫＫ園區等相關訊息，因為看的都是詐騙新聞，殺人棄屍、活摘器官，愈看頭皮愈發麻；直到出發前兩天改看緬泰邊境遊記，緊張的情緒才得以舒緩，讓此行看起來不再那麼恐怖。

苗瓦迪是位於緬甸東南部的邊境城市，與泰國邊境城鎮美索（Mae Sot）僅一河（莫艾河Moei

river）之隔。該地之所以出名，也與詐騙案有關。二〇二二年八、九月間台灣人到東南亞打工的詐騙案曝光，新聞延燒三個星期，其中媒體報導最多的除了柬埔寨外，就是緬甸的KK園區，受害者被毆打凌虐、強暴、殺人棄屍、活摘器官新聞不斷，KK園區儼然成為整個苗瓦迪詐騙園區的代名詞。

其實整個苗瓦迪地區，像KK這樣的園區就有四十多處，從事詐騙的人口估計高達三十萬人，比KK更恐怖的園區所在多有。

苗瓦迪由緬甸克倫邦掌控，克倫族占緬甸人口的百分之七到百分之十，在緬甸是僅次於緬族和撣族的第三大種族。由於克倫邦追求獨立，因此與緬甸軍政府衝突不斷，苗瓦迪北部水溝谷地區更是長年深陷戰火。二〇二三年四月初，緬甸軍方邊防部隊與克倫邦武裝分子再度交戰，迫使五千難民越過緬甸邊境逃往泰國避難。

過去緬泰兩國人民可以從邊境關口自由跨越入境，不過受到新冠肺炎（COVID-19）疫情的影響，兩國邊境自二〇二〇年三月二十三日開始封閉，之後又因二〇二一年二月緬甸發生政變，導致關口繼續關閉，當地邊境居民中斷正常交往近三年時間，直到二〇二三年一月才得以重啟，恢復交流。

緬泰邊境封閉這段期間，苗瓦迪對外也是封閉的，要前往苗瓦迪園區從事詐騙的各國籍人士，不管是自願或非自願，從美索坐船偷渡進入是唯一的方式；而我們此行基於安全考量，選擇前進與苗瓦迪一河之隔的泰國美索，近距離探索苗瓦迪園區內不為人知的故事。

此行，由我跟另一名資深攝影記者啟弘負責這次的採訪，同行的還有一位全球反詐騙組織

（GASO）成員Sammy。我們從五月五日啟程到五月九日返國，雖說有五天的時間，但扣除搭飛機往返曼谷，以及從曼谷坐八個多小時的車前往泰國邊境的美索，來回至少十六小時，真正能採訪的時間並不多，對我們來說，這是一項很「硬斗（台語，意指艱鉅）」的挑戰。

行前我們對這次的任務十分保密，甚至對家人都不能透露細節，僅能簡單交代要出差五天，一來避免家人擔心，二來也可確保此次任務順利完成，以免橫生枝節。

Sammy從二〇二二年開始擔任GASO志工，已數度前往東南亞詐騙園區實地進行救援工作。為了順利完成任務，出發前一天，我們特地與Sammy碰頭，了解此行可能的採訪內容及可能遇到的風險。聽完Sammy一個多小時的解說，才讓我們心底踏實了不少。

記者正在拍攝詐騙園區，泰國軍人荷槍實彈要求查驗證件

二、博奕賭場變詐騙園區

張麗娜

關於東南亞詐騙的崛起，有一說，與中國的「一帶一路」戰略政策有關。

二〇一三年中國「一帶一路」大舉投資柬埔寨，大量中方資金湧入，不只基礎建設，更選定西哈努克港（簡稱西港）發展成媲美澳門的娛樂天堂。原本是歐美度假勝地的西港，頓時成了「經濟特區」，截至二〇一九年六月，中資在當地約有五十座興建中的賭場和幾十家酒店；由於大批投資客前來，西港炒樓、炒房，地價、房價水漲船高，翻了好幾倍。

不過，隨著博奕、紅燈區的發展，西港龍蛇雜處，也成為黑幫鬧事、治安敗壞的地方。為整頓當地治安，二〇一九年八月十八日柬埔寨首相洪森突然下了禁賭令，禁止所有的網路和街機賭博活動；加上中國開始嚴打網路賭博詐騙，兩國以聯合執法的名義，由中國武警公安派人到柬埔寨，在當地的中國人嚇都嚇死了，就趕快溜了。人走了錢也走了，柬埔寨一下從賭博的天堂掉到地獄。據柬埔寨移民總局表示，當時約有四十萬中國人因為網路禁賭令離開柬埔寨。

此前，西港有大量中國人居住，靠著賭博做殺豬盤，誘騙人玩線上博奕，在賺錢像喝水一樣簡單的情況下，根本不會考慮轉型，直到柬埔寨不再發放合法賭博牌照，大量華人才紛紛離開柬埔寨。禁賭令使當時的西港變得非常混亂，「中國人騙中國人」狀況頻頻發生，常有中國人因錢被腰斬殺害、身首異處。

由於不少投資客一夜之間撤資，加上COVID-19疫情延燒，西港從繁華的不夜城變成了空城，但「園區」沒有因此熄燈，而是悄悄轉型。早年就在柬埔寨這邊避風頭的台灣幫派，與隨著「一帶一路」轉進的中國黑幫勢力，以及柬埔寨地區的黑幫分子聯手，將這些被禁賭、禁毒之後的空缺，改用網路詐騙的營運方式填補上去，這也讓博奕賭場搖身一變成為詐騙園區。

以往詐騙集團背後多為中國籍金主，須仰賴大量中國籍員工運作，不過隨著中國大量勸返國人，轉型後的園區缺少中國人，園區在無人可用的情況下，開始誘騙其他華人前往，台灣人也因此被盯上；台灣人不管是自願或被詐騙前往柬埔寨的人數，逐漸攀上高峰。

據柬埔寨旅遊部二〇二二年九月的報告指出，當年一月至七月，入境柬埔寨的外國人達七十四點三萬人次，其中台灣人達一點二萬人次，比前一年同期人次增加五倍。而台灣警政署二〇二二年八月也公布一項數據指出，近一年赴柬埔寨後仍未返國的人數有四千六百五十七人，其中九百人失聯，三百零五件報案，這項數據較柬埔寨旅遊部明顯保守許多。另外根據北市警局二〇二二年八月統計，當月有二十七人前往柬埔寨，百分七十五的人有詐欺、組織等前科。桃園市刑大也公布，清查四百七十六人當中，有一百五十六人有詐欺背景。

一位不具名的官員指出，雖然不少台灣人是受騙才進入園區的，但其實這些受害者中有七成是自願前往的，其中不乏幫派透過宮廟等管道吸收的小弟，甚至高達五成都是透過朋友介紹過去的，僅有二至三成是新型態的網路詐騙。

GASO成員Sammy也說，二〇二一年國人前往柬埔寨的也才一千多人，但二〇二二年卻攀升到一萬多人，而這些大多數是十八歲至三十五歲的台灣青年；然而整個社會渾然不覺，沒有人知道，因為他們就是社會邊緣人，直到毆打等很糟糕的事情傳回來，大家才開始注意到。

Sammy說，台灣在少子化之下，人已經夠少了，然後百分之五的人整個被拉出去，這時候才發現一萬多人過去，沒多少人回來，所以整個東南亞充斥著台灣人。很多人說：「這些都是自願者，去了活該！」這句話有一半是對的，因為過去的人七成知道是去做偏門的事情；可是如果台灣社會可以把一些人真正撿起來，而不需要仰賴所謂第二層的社會安全網，如偏門工作、幫派、陣頭這些東西，他們也不需要用這種方式才能生存。

「COVID-19疫情的延燒，也讓網路詐騙更為惡化。」Sammy說，原本做這些偏門工作如幫派、陣頭、按摩等工作，在疫情之下全部被卡掉了，政府一聲令下禁止八大行業營運，這些人沒有工作就會負債，負債堆到一定程度後，家庭或朋友沒人可以幫他，他們只能出去賺錢；所以很多都是自願的，而且是一個拉一個，高薪詐騙的比例根本不到一成。

「去的人有七成是自願的，而回來的人有七成是求救的。」Sammy說，因為混得好根本不想走，就是混不好的才想求救，比例為二至三成；但若非自願而是被騙過去的，每個人都想求救。而這些受害者中，也有百分之五十是被朋友騙的，因為有些人想要回來就得要抓交替，園區會規定要你騙多少人來才可以回去。

另外二至三成則是所謂的「新型態詐騙」受害者，例如你在台灣信用不好，對方會告訴你國外不知道你的信用，所以你可以在泰國貸款，還可以幫忙做代購賺錢，有的則是被招聘到賭場做發牌員，這些事聽起來也還好，薪水也不高，一千六百美元（折合約四萬八千元新台幣）就有人做；這些人在台灣可能失學、失業、負債，或是孤兒、身心障礙、家庭疏離、原住民等，「由於社會沒辦法把這些人接起來，他們就掉進來了，掉進來之後就回過頭來影響到我們」。

Sammy直白說，台灣過去為什麼治安好？是因為幫派沒錢養小弟。他自有一套理論地說：「現在幫派收進來第一件事，就是把他丟去東南亞——你要錢就自己騙，我給你腳本，你騙不到的話是你對不起公司，你對不起大哥，不是大哥對不起你，我把你賣掉你都沒有怨言。然後給你當個組長，做兄弟可以這麼有辦法，讓你去強暴女生，讓你去打人，訓練你的殘暴。也簽投名狀，一起去做壞事。然後待不下去的人就來求救，而待得下去的人，帶回台灣的就是所謂的東南亞黑幫文化。」

「過去台灣黑幫要控制小弟，是給你住在酒店，一天還給你多少錢供吃供喝，把你當少爺供著，因為你要幫他頂罪，頂洗錢罪；可是現在哪有這麼囉嗦？全部讓你上網求個職，你就被控制住了，本子（存摺）交出來，全部給你安眠藥關在房間裡，因為他們在國外就是看到這樣做事啊！這樣做事不是很方便嗎？我幹嘛給你錢？拿電擊棒什麼的，控制住就好了啊！你覺得台灣現在跟國外（黑幫）有什麼差別嗎？沒有什麼差別啊。」Sammy這樣說著。

不過，隨著詐騙案黑幕陸續曝光，二〇二二年八月台灣媒體更是大篇幅報導，警方也不得不正視問題的嚴重性，更大動作到桃園機場舉牌，勸國人不要前往柬埔寨。而柬埔寨政府在國際媒體輿論壓力下，二〇二二年九月十八日前進西港進行大掃蕩，不少詐騙受害者才有機會獲釋；不過也有不少與警方關係良好的園區事先就得到消息，早已轉移陣地到緬甸的大其力、苗瓦迪等地重起爐灶。

三、會駐泰官員找情報

張麗娜

在大致了解東南亞詐騙案的情況後，我們正式啟程，踏上前往泰國美索的旅程，希望透過第一線的採訪，將美索對岸苗瓦迪園區的實況帶回台灣。

五月五日一早，我與Sammy從桃園機場搭乘九點二十五分的華航CI831班機前往曼谷。飛機航行三小時四十五分鐘後，於台灣時間中午十二點十分順利抵達曼谷蘇凡納布機場；由於曼谷與台灣有一小時的時差，抵達時為當地的上午十一點十分。另一位同事啟弘則剛結束緬北的採訪，我們約在機場碰頭，他的班機早我們約半個小時抵達，出了海關後，順利接到人。

到了曼谷，不免要拜會一下台灣的駐泰官員。我們聯繫了一名駐泰官員，對方對東南亞詐騙及國人救援相當熟悉。於是我們花了五百泰銖叫了計程車到曼谷市區，一路上只見Sammy忙著回覆各方來的簡訊，時不時地與個案家屬報告救援進度。由於市區車多，約莫一小時左右，才抵達曼谷市區。我們拖著行李步入購物中心，心想若是旅遊行程該有多好！不過這樣的念頭一下就被拉回現實，只好快步閃離琳瑯滿目的百貨櫥窗。

我們與駐泰官員約在餐廳，官員客氣地說要請我們吃飯。但我們才剛用完飛機餐，一點都不餓。四人坐下來，簡單點了杯飲料，接著自我介紹，述說此行的任務。

駐泰官員一開始即表明不願具名採訪，但倒是很樂意提供台人如何被騙到東南亞，以及目前東南亞詐騙園區的概況。席間，官員與Sammy也頻頻交換目前待救援台人的情報，我們仔細聆聽，時不時切入主題，想要得知更多的訊息。經過一個多小時的交流，讓我們對整個東南亞的詐騙情況，有了更深層的認識，這些資訊，對後續的採訪提供了很好的素材。

四、八小時的「豬仔公路」

張麗娜

在結束與駐泰官員的訪談後，已經是下午四點多了，我們叫了一輛廂型車，展開長達八小時的前進美索旅程。

雖然曼谷有國內航班飛美索約只要五十分鐘，但每天來回都只有一個航班，加上我們想實際體會一下「豬仔」坐車被運送的感受，因此選擇包車前往。

從曼谷到美索只有一條公路，這也是詐騙集團運送「豬仔」到苗瓦迪的必經之路，全長四百八十多公里，全程不停歇車程就要七小時。我們在中途休息站用餐加上洗手間，因此花了約莫八個小時才抵達。

司機是個泰國人，路上話不多。Sammy頻頻看手機回簡訊，時不時拿起手機講電話。我與啟弘則是盡情地拍攝影片，為此行留下完整紀錄。

不過，八小時的車程實在太長，好在這條公路十分寬敞，沿途多是平地，路況良好，免去顛簸之苦。我們一路上也多次到休息站買水、上廁所，約莫傍晚七點，天色已經昏暗，公路兩旁的路燈逐漸亮起。

路上車子不多，司機直速前進，晚間八點半左右，我們大概走了一半的路程，到了一個叫北欖坡的地方。司機找了一處休息站先把我們放下來，他獨自去把車停好。我們三人進入一家肯德基點餐，用簡單的英文點了三份漢堡餐，結果店員告知只剩兩份了，我們沒有選擇，只好將就點了兩個漢堡餐；所幸看到架上還剩兩隻雞翅，趕緊叫店員全包了。

這裡的肯德基價位與台灣差不多，我們花了二百八十二泰銖，快速用二十分鐘解決這頓晚餐，再到一旁的7-11買水及一點食物給司機大哥。上車前看了一下天空，發現月亮很圓，查了一下手機，果然是農曆十六。

我們繼續往美索的路上前進，行前Sammy告訴我們進入美索會有三個崗哨，會有軍人持槍盤查、要求檢驗護照及簽證。晚間十一點二十一分，我們抵達進入美索的第一個崗哨，司機緩緩地將車子停妥，一名軍人過來看了看，司機打開車窗簡單交談幾句，我們連護照都還沒拿出來就放行了。我心裡納悶著，是司機跟他們很熟了，還是本來就沒那麼嚴格？總之輕輕鬆鬆我們就過了第一個崗哨。

車子持續前進，默默地我們又過了第二個崗哨；這次司機連停下來的跡象都沒有，我們就在不知不覺中過了第二個崗哨。直至十二點二十九分，我們順利地通過第三個崗哨，軍人依舊簡單盤問後即放行。

漸漸地，我們進入了美索市區，街燈亮了許多，也開始有了紅綠燈。經過當地的唯一的一處shopping mall（購物商場）時，司機大哥還不忘介紹一番；不過隔著一條道路的距離，在伸手不見五指的街道上，我只看到一處放射狀的燈光亮著，無緣見到shopping mall的模樣。

進入美索第一個安檢哨

五、風塵僕僕探獲釋印尼人

張麗娜

我們抵達美索這一天，剛好有四名印尼人被救出，這四人是Sammy協助這次印尼救援二十人中被釋放的第一批，當時他們被集體安置在The Secret Garden旅店；由於他們一整天沒吃什麼東西，雖然已是深夜，我們決定先到7-11買個餐點前往探視。

抵達The Secret Garden時已是深夜一點，我們付了這趟車資八千五百泰銖後，司機先行離開。我們拖著行李，先跟旅店櫃台說明來意後，順利地上樓到房間探視。房內只見三名年輕的印尼男子，另一人因發燒，在他處休息。我們簡單問候及送上食物、止痛藥後，隨即離去。

Sammy說，這次從百盛園區被救出的印尼人共計二十人。百盛園區為緬北果敢白家所有，園區內部實施高壓統治，印尼人常被毆打、電擊，不被當人看，也不給薪水。該案救援談判非常久，過程中受害人傳出被凌虐的影片，引起整個印尼震驚，印尼國內還因此舉行反販運人口遊行，要求苗瓦迪放人。印尼總統佐科威（Joko Widodo）還親至自致電GASO請求救援，包括菲律賓、馬來西亞、新加坡等東南亞國家也都高度關注此事。

在印尼大使館談判過程中，一開始園區要求每人五萬美元的贖金，但印尼政府不願意，有些人還因此被轉賣到其他園區；後來其他園區發現這批人是「地雷」，怕引起糾紛不敢接收，最後園區只好同意放人。我們抵達時第一批四人已被釋放，剩下的十六人隔天也被軍隊救出，最後由印尼大使館接送返國。

探視完剛釋放的四名印尼人後，我們請旅館櫃台人員幫忙叫計程車，抵達我們入住的The Teak Hotel時已是深夜兩點。辦理入住手續後，進到房內看著一張大床很是欣慰，不過今天拍了一整天的影音必須上傳雲端，好讓報社了解情況；上傳完成再洗個澡，都已經是三、四點了，睡覺的時間僅剩不到三個鐘頭。我躺上床上，不一會兒功夫，已經不醒人事了。

六、環亞集團的「駐泰辦事處」

張麗娜

五月六日，是我們在美索的第一天，六點半天剛亮就醒了，三人約好七點在旅館餐廳用餐。早餐是自助式的，有美式沙拉、麵包、牛奶、咖啡和中式的飯、菜、粥可以選擇，菜色還算豐富。我們一邊用餐，一邊安排著今天的行程先後順序。

第一站，先到附近美索街上拍攝環亞大樓。該大樓距離我們入住的飯店很近，走路過去，抵達的時候還不到九點。

環亞大樓是一棟四層樓高的建築，牆面塗上著亮黃色的油漆，十分醒目；一樓大門口標示著「環亞國際控股集團」，一旁還有標語用簡體字寫著「万千繁华、汇于一城」八個大字。

環亞大樓的左邊是一家中餐館，門口用繁體字寫著「客家菜館」，頓時覺得倍感親切，右邊則是一家賣拜拜用品的商行。Sammy透露，做他們這一行的，都會需要拜拜。我心裡想著，這是否是一種祈求救贖的企盼，不過也只是想想而已，沒有答案。

大樓的對面則是一家「泰國燚燚烟草公司」，招牌底下還用簡體中文寫著「出售中国香烟、蓄卡、信用卡、微信、支付宝、刷卡套现、换汇、转账」等業務。

不知道是我們來得太早，還是剛好星期六休假，環亞大樓門是關著的，不過從玻璃門可以看到內部有拜拜的擺設，牆上則掛著監視器。Sammy向我們介紹附近的環境，形容該處基本上是環亞集團的「駐泰辦事處」，專門放豬仔護照的地方。

Sammy說，園區的公司基本上都認識美索的旅行社，園區要釋放人，若是要從泰國離境，就要辦簽證，所以園區內豬仔的護照都會放在這裡，附近還有一棟是環亞集團所屬的酒店，要送出的豬仔都住在裡面，只要護照到了，就會打電話叫豬仔來拿。

Sammy也說，環亞園區一期就叫AA園區，二期叫興華園區，裡面很多台灣人。維基百科指AA園區就是KK園區，其實兩者是不一樣的。他說，AA園區管得比較嚴，很神祕；興華園區的人，他大概「撈」了五十個人出來。不過他也笑說，之前追殺他的就是環亞集團，但那又是另一個故事了。

七、旅館驚魂記

張麗娜

來到美索的第一天（五月六日），行程很緊湊，拍完環亞大樓，我們要到當地的Erawan Hotel，探視剛被救出的六名菲律賓人。

為了交通方便，我們下載當地最常用的Grab叫車。不久，車子來了，我們坐上一名女司機的車，約莫十分鐘的車程，就到Erawan Hotel了。車費很便宜，才八十二泰銖。

此行，Sammy還約了一名荷蘭媒體記者Justin一同訪問，Justin是美國籍。我們問了一下旅館櫃台人員菲律賓人的房號，對方告訴我們在對面那一棟樓。我們跨過了馬路，在一處低矮的樓房裡，找到了我們要採訪的六名菲律賓人。

這六名菲律賓人昨天才從四季園區被救出，四季園區屬KK系統，規定外國人免賠付即可離開，情況較為單純。整個過程由菲律賓大使館出面找物業協調，當天六人就被釋放到園區門口，再安排司機送出。不過園區還是不滿人被救走，放人前先對受害者進行報復，六人被救出後，身上包括大腿、屁股、手肘都可見大面積的瘀青。

我們進了房間，六名菲律賓人二男、四女，除一名男生在洗澡外，其他五人排排坐在床邊，等著接受我們的訪問。他們都很年輕，看起來約莫只有二十出頭。一名穿著短褲的男子，迫不急待捲上褲管，讓我們看他後大腿處一大片瘀青。

Justin拿出麥克風，先用英文問他們：是哪裡人？會不會講英文？怎麼來園區的？來了多久？有沒有被不公平地對待？菲律賓人男子一一回答相關問題，稱當初是看臉書廣告來的，廣告宣稱到曼谷的機票免費，後來有人跟他們聯繫，他們一群人就來了，來了之後才發現原來是做詐騙的，但他們的護照已經被扣押，只好在園區內待了七個多月。

他們說，園區內管控很嚴格，裡面體罰、挨打是家常便飯，想逃跑更是不容易——因為要渡過莫艾河，而且到處都有守衛配槍站哨；而且他們還會轉移陣地，過程中有人想要反抗，但是還是沒辦法，完全沒機會逃跑。

訪問才進行了五分鐘，門外開始一陣喧囂，一名女子用泰語夾雜著不流暢的英文叫囂著，原來是旅館的老闆娘。經過一番溝通，我們終於了解她的意思。她告訴我們她不同意我們在這裡做訪問，還堅持要我們刪掉剛剛手機裡拍的相片，我們不從，雙方就這樣僵持著。

後來又來了兩名壯漢，其中一人會講一點中文，還是強調這裡不能拍照、不能訪問。過程中，老闆娘不客氣地推了Justin一把，惹得Justin相當不悅，大聲回嗆說：「you have no right to do this!」

此時Sammy用英文跟對方說：「你要多少錢？我可以給你。」對方毫不考慮就說一千五百泰銖，Sammy爽快地給了錢，但事情還沒了，對方堅持要我們刪掉手機裡的照片。

啟弘與Sammy不得已，主動刪了照片。老闆娘看我沒有動作，用手指著我，要我也把照片刪一刪。我不情願地刪了幾張後，乾脆直接把手機給其中一名男子，還跟他說：「你看有哪裡不妥的自己刪了吧。」只見對方滑了滑手機相簿，結果一張照片都沒刪，就原封不動地還給我了。一時之間，我也搞不清楚究竟該竊喜還是該哭。

不久，菲律賓大使館的人來了，說要帶其中一名孕婦去醫院就診，該孕婦是其中一名男子的妻子。在知道我們被旅館這樣對待後，大使館的人也頻說抱歉，直說應該要安排個地方讓我們採訪才對。眼見採訪無法繼續進行，我們三人向菲律賓人簡短致意後，快步離開這間不友善的旅館。

離開那群人的視線後，我問Sammy這樣的索賄、干擾很常見嗎？Sammy說：「索賄是小事情啦，他們勒索、扣留證件都很常見，你以為酒店沒有保安喔？有的，他們也有槍啊！所以我們都客客氣氣的。他們都很囂張，但他們也是幫忙嘛。因為這是菲律賓大使館的事情，牽涉到別的國家，麻煩到別人，我們不要把別人家的關係搞壞。」

Sammy接著說：「其實老闆娘的態度也是人之常情，她收留這些沒有簽證的人，她是會有麻煩的，人家若要追究，她也會出事，她怕園區的人找上來，合理啦。」

之後我們檢討時發現，其實剛剛即便刪了照片也沒關係，iphone手機的照片會保留三十天，照片刪了還是救得回來的，所以剛剛白擔心了一場。

不過，Sammy還是跟我們說，其實剛剛滿危險的，隨時都有可能出事，如果是在緬甸，我們可能現在就在軍隊或在園區被賣掉了。「我是實話實說，過了那一條河就沒有一個好人，隨便的民宅你跟他們求救都是一樣的。他不是對你有什麼意見，而是他只要通報園區，就會有人來處理，只要看得出你是逃跑的，就會把你賣掉。」

Sammy說，對他們來說，你就是「行走的鈔票」，你知道他們一個月薪水多少錢嗎？大概只有一百元美元，但把你賣掉就可拿到一萬美元，等於五年不用工作，他們只要聯絡園區就好，園區都打點好了。園區其實不是要給錢，不是要買人，而是要讓他們不敢逃跑，「即使你跑出去，也會被我們的人抓回來，然後我們會好好地修理你」。

接著我們叫車，離開Erawan Hotel時，已經是上午十一點十二分了。

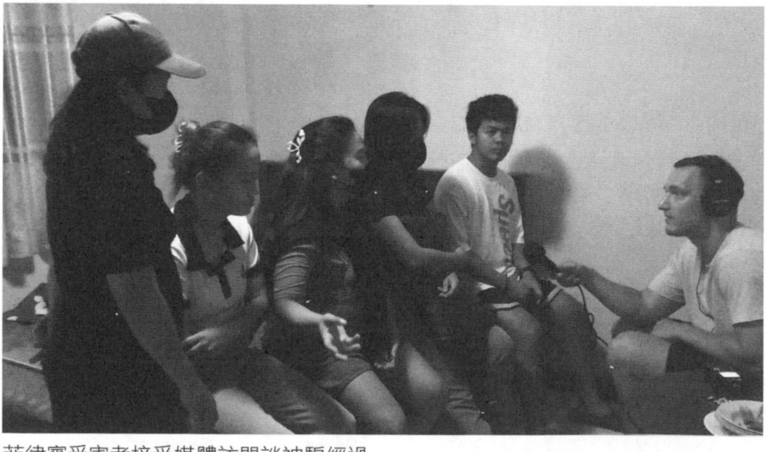

菲律賓受害者接受媒體訪問談被騙經過

八、揭苗瓦迪神祕面紗

張麗娜

五月六日下午四點我們要再接兩個台灣人，中間空檔時間，我們找了個會講中文的當地司機，開車到此行美索需要拍照的地方，如泰緬友誼大橋（Thai-Myanmar Friendship Bridge）、移民局等，並沿著莫艾河探索苗瓦迪與美索交界處。

我們第一站先到泰緬邊境的友誼大橋，距離很近，七分鐘車程就到了。友誼大橋美索端的橋頭入口處有移民局的辦公室，辦公時間為每日上午六點至下午六點。

泰緬友誼大橋建立於一九九七年，橫跨莫艾河連結泰國美索和緬甸苗瓦迪，橋上設有關口，負責檢查往來人車證件，兩國人民只要有政府核發的通行證即可過橋，而外籍人士則需要當地的簽證才可以通行。

不過，受到二〇一九年新冠肺炎疫情影響，此邊境口岸於二〇二〇年三月二十二日起暫時關閉，之後又因二〇二一年二月緬甸發生政變，導致關口繼續關閉，當地邊境居民中斷交往近三年時間，直至二〇二三年一月十二日才重啟，恢復正常交流。

我們下了車到橋下繞了一圈，從橋下抬頭看友誼大橋，只見兩國人民或開車或徒步，載著或扛著大包小包的物品，不急不徐地緩緩前進，從橋的這頭走到那頭。此處是緬泰地區的貿易重鎮，據說過去橋上往來十分熱絡，如今雖已開放邊境，但熱絡情況已大不如前。

我們就在美索這端遙望苗瓦迪那頭，河岸有著一圈一圈不明顯的鐵絲網，據說過去會有人從草叢中拿著緬甸的東西來叫賣，不過現在橋下只見軍人帶著槍戒備著，叫賣情況已不復見。

離開友誼大橋時已接近中午十一點四十分左右，接著車子沿著莫艾河往北走，路上穿過了幾處民宅，接著是一大片的樹林。司機沿著小路前進，約莫五分鐘的車程，抵達一處貨運碼頭，讓我們可以從美索端，遠遠地拍攝對岸的苗瓦迪園區。

其實，泰緬兩國交界的莫艾河上，有著大大小小約三十多個碼頭，有些是載人的，有些是運貨的。不過，兩國邊境封閉這三年，人貨是禁止往來的，而這些口岸則成為人蛇集團從美索偷渡豬仔到苗瓦迪的唯一途徑。

我們原本計畫前往碼頭拍攝偷渡的情況，不過Sammy聯繫到的當地保全及公安都無法陪同，若貿然前進，可能會被當作偷渡客，後果難料。於是我們暫時打消拍攝偷渡口岸的計畫，先到較安全的點進行拍攝。

我們先是到了一處貨運碼頭，河岸頗為寬闊，對岸景致一覽無遺，可以看到一間寺廟及幾處約四層樓高的園區，河邊還有幾輛貨車緩緩前進。由於還未到雨季，河水水量不多，無緣見著河上運貨的情況，只有一艘破舊的小船停在岸邊。

待了十五分鐘左右，我們上車繼續沿著河岸，往北前進。

車子經過一片樹林，最後來到了一個山頭，山頭是一間不小的寺廟，但並無人煙。我們下車一看，為眼前的景致驚呆了，左邊就是莫艾河，而對岸景色更是一覽無遺，能夠找到這樣的觀察及拍攝點，我們喜出望外，激動得差點就要向司機大哥獻上飛吻了。

啟弘此行帶的長鏡頭終於派上用場了，他立即找個隱密處，開始拍攝對岸的一舉一動。

我們在美索端的山坡頂上，從左前方看下去，幾乎可以看到整個苗瓦迪。兩岸隔著一條莫艾河，苗瓦迪那頭，前排樹立著幾棟漆著藍色屋頂的三四層樓白色建築，岸邊則是兩層樓的黃色建築。這些建物都沿著河岸興建，遠方則有不少建築物散落著，而美索端則是寬闊平坦的河川地及樹林。

緬甸六月至十月才是雨季，我們去的時間剛好是枯水期，莫艾河水量不多，水看起來也沒很深，但河面上仍有兩艘小船及兩艘橡皮艇，其中三艘在苗瓦迪端停靠著，僅有一艘橡皮艇正在行駛，上面有三人撐著竹竿渡河，往來兩岸。

苗瓦迪端的河岸上則有三名打著赤膊的男子，兩人看起像是在河邊洗衣，另一人則挑著兩個水桶在河床上走著。沿著河岸還有一條黃土小路，可以看到有機車及汽車緩步行走。

我們在這個點拍了約二十分鐘，之後因為司機大哥下午一點在美索還有約人，所以我們就先返回美索飯店。

回程途中，我們經過泰緬第二座友誼大橋，這座大橋與第一友誼大橋相隔約五公里，長度七百六十公尺，二〇一九年完工通車，一樣是跨過莫艾河連結美索與苗瓦迪，並設有邊境檢查哨。唯一不同的是，這座大橋主要供兩國車輛運送貨物之用，所以檢查哨前排著長長的大卡車、連結車，形成一條長長的待檢車龍。

不久，我們回到了飯店，就近用了午餐，稍做休息後，預計下午四點，迎接兩名從東風園區釋放的台灣人。

九、陪獲釋台人進奇特的旅店

張麗娜

五月六日下午一點二十分，苗瓦迪東風園區兩名台灣人被釋放出園區門口，分別是二十三歲的小胖與二十四歲的阿瘦（化名），兩人在全球反詐騙組織GASO的安排下，帶著大包小包的行李，搭車離開東風園區，下午四點抵達到御龍灣碼頭，兩人坐船渡河，再繼續搭車抵達美索的First Hotel安置。

下午四時許，我們已抵達First Hotel等待。不久，一輛廂型車駛進旅店大門口，只見一名泰國司機帶著兩名穿著T恤、短褲的台灣人，拖著一卡行李箱，肩上扛著後背包緩緩走來，司機像是交差式地拍了張照，然後兩名台灣人付了一萬八千泰銖給司機。Sammy說，這是渡河費，一般價碼約一萬八到二萬二泰銖不等，然後司機完成任務就離開了。

First Hotel看起來是間有點歷史的旅店，裝潢及家具用了大量的木頭，一樓的冷氣及大燈都未開，空氣中飄著一股霉味，除了窗戶透進來的光線外，大廳基本上是昏暗的。

Sammy領著小胖及阿瘦到櫃台辦理入住手續，兩人看到我們拿著相機跟手機錄影，偷偷地問了Sammy：「他們是誰？」Sammy告知是台灣媒體後，兩人臉部浮現一抹怪異的表情，看來他們事先不知道我們會來。

由於旅店已經沒有冷氣房了，兩人被安排到一間只有電風扇的房間，午後三十七度的高溫，非常悶熱，但沒有辦法，兩人只能答應先將就著，等有冷氣房時再換房。

櫃台拿了一副超大的鐵環鑰匙，看起來足足有一台斤那麼重，像是古代有錢人家大門上的鐵環，也有點像監獄裡的鑰匙串。我心底有些納悶：都什麼年代了，怎麼還有這種「古物」？不過，好像只有我有這個疑問，他們不以為意拿著鑰匙，拖著行李就往二樓房間走去。

兩人的房間被安排在二樓的最裡頭，要走進房，得先經過一道長長的走廊。奇特的是，走廊上約有二十人分成兩邊坐在地上，我們必須穿越他們才能抵達房間。我對這群人的身分感到好奇，心想：是不是因為是偷渡過來的，只能暫時安置在這裡，等待接應？但這個問題，問了也沒有答案。

穿過人群抵達房間後，小胖跟阿瘦放置了行李，Sammy簡短告知兩人後續行程。由於兩人是偷渡客身分，要出境必須到移民局自首，接著則是一連串的流程，包括到警局做筆錄，並在警局牢房待上一天，隔天送至法院繳交偷渡罰金約二千泰銖，之後會在移民局待上七天，再由移民局派車送回曼谷，交給我駐泰代表處安排返國事宜，前前後後扣除周末假日，真正返台差不多要花兩個星期的時間。

兩人這次能夠釋放，一來是與公司的合約到期，二來則是阿瘦的母親向GASO求援，再由GASO向我駐泰辦事處商討救援事宜，最後GASO人員出面與園區溝通放人，駐泰辦則協助兩人返台。

阿瘦的母親也事先匯了五萬台幣到駐泰辦事處，作為辦理機票、住宿、繳付渡河費、罰金、交通費之用。其實小胖跟阿瘦身上沒有多餘的錢，兩人好奇地問Sammy，還有多少錢可以花用？Sammy則說，目前還有三四萬台幣，要他們不用擔心。

由於他們兩人釋放當天是星期六，移民局要到星期一才有辦公，因此兩人會在旅店住上兩個晚上，星期一再到移民局「自首」。

兩人折騰了一天，放置行李後已是飢腸轆轆，於是我們便在Sammy的帶領下，頂著三十七度的豔陽天，步行到附近鬧區陪同兩人覓食。

兩台名灣人被釋放安置在一間奇特旅店

十、一包檳榔五十美元

張麗娜

我們一行五人朝著鬧區走去，小胖跟阿瘦對於我與啟弘的存在，顯得有些不自在，一路上他們三人走在前頭，我與啟弘在後頭拍著他們背影，他們兩人有一搭沒一搭地回應著我跟啟弘的問題。

由於天氣實在太熱，一時之間也找不到有冷氣或合適的餐館，我們經過一攤飲料店時，決定先買點涼的消暑，我們的目光被單子上的「珍珠奶茶」四個字吸引，決定買四杯試試。付了一百二十泰銖後，我們邊走邊喝著。

啟弘開口問小胖及阿瘦，第一口珍奶的感覺如何？兩人才開口道，其實園區內也有珍奶，只是價格貴了些，而且沒有台灣的好喝。兩人也從口袋掏出了一包菸，在路邊吞雲吐霧起來。啟弘再問第一口菸的感覺如何？只見兩人回答，其實園區裡也是可以抽菸的。

路上，小胖拿出了一包檳榔咀嚼，Sammy則作勢叫啟弘拍那包檳榔，並說園區裡的中國檳榔特別貴，一包可以賣到五十塊美元，約台幣一千五百元，那種是配合抽獎賭博用的。不過，小胖笑說，這包比較小包啦，但也要六百泰銖。

Sammy沿路介紹哪裡有好吃的，哪裡有商場可以買日常用品，哪裡有便宜的洗頭、按摩，只要四十泰銖，像個導遊似的。而我已經熱到受不了了，心底嘀咕著：「在台灣好好的，為什麼跑來這裡受罪？這種天氣，我一刻也不想待著。」

走了半小時，我們回到環亞大樓旁的「客家菜館」用餐；決定進去的原因是Sammy說好吃，重點是還有冷氣，於是我們不加思索地就進去了。老闆娘也立刻打開冷氣，讓我們清涼一下。小胖跟阿瘦看了看菜單，點了盤爌肉、炸豬腸及一盤炒蛋，享用了重獲自由的第一餐。

兩人對於我們的採訪，先是不太情願的，直說要先吃飯，要我們把想問的問題跟他們說，他們想好了，明天再讓我們採訪。我們當然不依，一來是怕他們糊弄我們，二來是怕他們「串供」，於是我們提出了可以臉部打馬賽克及用化名的方式報導，他們才漸漸打開心房，跟我們述說他們如何從台灣到柬埔寨，又為何從柬埔寨千里迢迢來到苗瓦迪。

他們一邊吃著飯，我們一邊採訪。

阿瘦先開口說，他們是二〇二二年四月在網路上看到柬埔寨徵才廣告，廣告寫著底薪十萬台幣，在柬埔寨西港做博奕。兩人在同伴的邀約下前往應徵，但進到園區後才發現從事的不是博奕，而是「打電話跟人聊天」，小胖委婉地說著。但我們心知肚明，其實就是進行所謂的網路詐騙。

兩人在柬埔寨園區工作了四個多月，因柬國對詐騙園區展開九一八大掃蕩，園區也被波及，只好轉移陣地到緬甸苗瓦迪地區，兩人被安排從泰國坐船偷渡進入到苗瓦迪東風園區。由於園區是採封閉管理，員工不得離開園區，兩人遂在園區內展開了長達八個月的生活。

小胖形容，園區生活就像當兵新訓一樣，工作、吃飯、休息都在園區，至於園區有多少人、幾個單位，因為是封閉的，他也不清楚。在一旁的Sammy忙著補充說，園區很大，以前大約有五千人，過年後好像多了很多人，園區內有辦公室、操場、宿舍、飯堂，有些園區還有妓院、賭場。

被問在裡頭都吃些什麼，兩人話不多，倒是Sammy搶著說，裡面有飯堂，都吃中國菜，若有錢也可叫外賣，但園區物價比外面高出許多。他舉例說，裡頭有一家新開的東風餐館，四個鴨頭就要二百二十泰銖，但不好吃。他接著說，園區內也可以抽菸，但菸很貴，最貴的是台灣涼菸，一包可以賣到五十塊美元。我打斷Sammy談話，要小胖跟阿瘦自己說，不過兩人直接回說：「Sammy大哥講的都對。」

園區內有沒有薪水？小胖說，他們與公司有簽一年的約，園區有給薪水，一個月約八百美元（約台幣二萬四千元），前幾個月有薪水，但後來就沒有了。他也說，業績好的可以賺到錢，但若沒有業績，薪水都要被扣掉，還要負擔園區的費用，離職時會清算，看須賠付多少錢。

「他們在園區內，錢不夠就跟公司借，薪水沒拿到，欠債卻愈來愈多。」Sammy說，辦公室租金每個月要三萬美元，加上宿舍、餐廳、水電、物業費，園區每月固定支出就要三萬八、四萬美元，園區租金貴，相對地物價也貴，裡面的7-11賣得也要比外面貴上兩倍。

Sammy也說，園區內有會館，裡頭有妓院、賭場，但一般人進不去，叫小姐還是要到宿舍來。「只有業績好才能到會館去，要老闆帶你去才能去，這不是你消費得起或消費不起的問題，而是資格的問題。」被問到兩人有沒有去過，只見兩人低調地說：「沒業績下班直接抓去操練，哪有時間給你去那些地方。」

小胖接著說，他們每個月只能休息一天，每天工作十四至十六個小時，由於做的是「歐美盤」，即透過電話詐騙歐美人士，多是詐騙投資虛擬貨幣，因此他們從晚上十一點半工作到隔天下午，若業績達標則可早點休息。被問及業績如何，兩人靦腆地以「業績一般般」帶過。他們坦言，做了一整年，其實也沒賺到錢。小胖還說，「若有業績就可以提早賠付回台，就是業績不好，所以只能撐到合約期滿才能走人。」

Sammy說，兩人的救援案半年前就收案了，他們當時就可以走人，但那時候園區要求賠付三萬九千美元（約一百多萬新台幣），他們不想要媽媽花錢，因此就多做了半年。Sammy說，其實他們多撐這半年，也不容易。阿瘦說，因為不想家人擔心，所以也會跟家人聯繫，報個平安。

在園區內是否有凌虐、體罰？兩人坦言，在園區內業績不好會被帶到集訓處體罰，在大太陽下曝曬四五個小時，被要求做交互蹲跳、伏地挺身、仰臥起坐、跑操場等，但他們也說，只要乖乖聽話就不會被打。

Sammy則補充說，東風園區屬KK系統，跟台灣淵源很深，所以對台灣人很好，算是比較正規的公司。不過，他也透露，最近園區內的集訓處操死了一個人，集訓處立刻被撤掉，這間體罰人的公司連夜被請走，東風稱「我們很正規的，不隨便殺人」。而小胖與阿瘦也說，進來園區一年了，他們沒被打過，但也坦言有看過不少人被體罰。

當初他們是應徵到柬埔寨西港做博奕，被問到覺不覺得自己也被詐騙？兩人語帶保留，僅說當初只想要賺錢，「這是自己選擇的路，來都來了，就把它走完」。不過，小胖也說：「如果當初多做一點功課，多看一點新聞就知道了，或許也就不會來了。」那麼，之後回台灣要做什麼？小胖說，只想找個正常工作。阿瘦則說，想要去考駕照，開卡車。

Sammy意有所指地說，由於兩人是偷渡進出苗瓦迪，這次到美索也算偷渡，一旦返國依規定五年不能再來泰國，而之前的柬埔寨，也是只有入境沒有出境資料，「所以兩人走這一遭後，這輩子應該也就從良了」。

聊了兩個多小時，小胖與阿瘦用完餐了，我們也結束了採訪，然後各自回到飯店，這時已將近晚間八點。我們各自回房休息，約略記錄一下今天的重點，繼續安排明天的行程。

十一、邊境遇險記

張麗娜

五月七日，我們在美索的第二天。因為前一天的採訪十分順利，我們的任務完成了大半，壓力頓時減輕不少。其實，此行原本有計畫前往御龍灣碼頭，拍攝坐船偷渡的情況，不過Sammy無法聯繫到當地保全或公安帶我們過去，若驟然前往，風險太大，基於安全考量，最後只好作罷。

不過，我們仍決定持續前進美索與苗瓦迪邊境，先到最南邊拍攝KK、AA等園區，再沿莫艾河一路往北走，從美索端一窺苗瓦迪北、中、南三大園區。時間夠的話，也希望拜訪北部水溝谷的難民營，實地了解緬甸難民逃到泰國的居住情況，下午再回到市區拍拍警察局、法院、醫院、寺廟等。

我們一樣由前一天會講中文的當地司機開車載我們前往，早上用完餐後，十點準時從飯店出發，行前司機特別交代要帶護照，我們檢查了一下，就上路了。

我們的車子沿著莫艾河往南開，由於車程約要一個小時，沿途司機跟我們聊著當地的情況。路上幾乎只有我們這一輛車，道路兩旁多是農地或樹林，但由於農地已收成，見不著上面的作物了。

不久，經過了一些村莊，路上遇到三三兩兩的行人，司機開口說，這些都是克倫邦的，因為他們穿著類似沙龍的服裝。司機還說我們的打扮就是華人，因為我們的穿著跟他們不一樣。

車子走著走著，經過了一處類似變電所的地方。Sammy說，這變電所除了供電給泰國，也供應苗瓦迪地區，所以二〇二三年三月中緬泰聯合掃蕩詐騙園區時，就可以直接斷電、斷網，讓園區無法上網詐騙；不過風頭過後，現在又恢復供電了。

Sammy也說，這裡很多都是緬甸人，因為他們沒有在管國境的，所以遇到他們就會很麻煩。「緬甸人都很危險的，若有人從園區逃出來，很容易被抓回去的，我們下車的話也會有危險，很容易被當偷渡客的，所以護照一定要帶著。」

Sammy接著說，附近的緬甸人幾乎都已經被園區收買。緬甸的特色是每一戶都要有一名男丁去當兵，他們會被軍人保護，但也要幫軍隊做事，軍人那邊要他們幹嘛他們就幹嘛，軍人是幫園區的，所以他們也是幫園區的。

不久，我們看到了對岸一棟黃色建築，Sammy說，好像是ＫＫ系統下的東風園區。由於路上沒什麼車子，我們打算下車用長鏡頭拍一下畫面。司機在路邊停了車，示意我們趕快拍一拍，如果能在車上拍就不要下去，因為還是會怕有警察來巡邏。啟弘很快地下了車，迅速地用長鏡頭拍了幾張照片，我們就快速上車離去。

不久，我們車子來到了一處空地，對岸就是ＫＫ園區的別墅區，由於視野良好，我們決定下車開拍。

隔著莫艾河那頭，有著高高的圍牆，牆上掛著鐵絲網，兩層樓高的別墅一棟棟地豎立著，我們這頭還可清楚聽到電鑽鑿地施工的轟轟聲。對岸正在大興土木中，但不久來了一輛摩托車，我們回頭一看，是一名手持衝鋒槍的軍人，他停下摩托車，朝著啟弘及Sammy的方向走來。軍人講了幾句泰文，但我們聽不懂，直到軍人說出passport（護照），我們才知他要我們拿出護照查驗。

我回頭看到這一幕，心裡有些害怕，一邊想著究竟要不要把正在拍照的手機收起來，但發現軍人正在查驗他們兩人的護照，我索性轉個身到軍人後方，朝著他們的方向拍攝整個查驗過程，但仍擔心被發現，於是手機不時移動位置，避免拍照太過明顯。

只見Sammy告知軍人，我們是記者。軍人看了看，也就放行了，然後獨自騎上摩托車離去，留我們在原地，繼續未完成的拍攝。

約莫過了十分鐘，拍攝告一段落，我們上了車。司機告訴我們，稍早其實還有一名警察過去找他，問我們在幹嘛，司機簡單應付了一下；但不久又看到一輛警車過來，司機見狀覺得不妙，才叫我們趕快上車。

接著我們的車駛離該地，Sammy說：「好在司機機警，不然我們是可以出事的。」

他進一步說，如果我們身上是濕的，就會當場被抓走，被抓走的話，搞不好不是進警察局，而是直接被抓回去園區——他們有一定的默契，因為送回去的話，他們有錢可以拿。

Sammy接著分析說，第二輛警車應該是第一個警察叫來的，兩輛車來回在這裡穿梭，一直看我們，一旦他們圍過來，我們可能連反應的時間都沒有。好在司機機警，發現他們態度不一樣，叫我們快走，不然被抓走，事情就大條了。

司機則說，他開的是計程車，對方會以為他是來載人的，而KK園區那邊的渡口又沒開，計程車憑什麼出現在這裡，一定是來接人的，我們可能會被當作人蛇帶走。

Sammy也說，剛剛軍人來盤查時，若我們拿不出護照，也肯定是會被帶走的，因為這裡是邊境。「你長得像華人，他怎麼知道你是不是偷渡入境的，一定是先帶走再查。」好險我們有帶護照，司機也夠機警，才躲過了這一劫。

Sammy解釋說，這裡的軍人、警察多是跟園區有掛勾的，只要把逃出來的人送回去，都是有錢可以拿的。台灣的軍警多是正義的象徵，聽到這裡的軍警可能多數與犯罪集團掛勾，我確實有點不寒而慄。

驚魂未定，由於時間也接近中午了，我們決定先回市區，簡單買個燒肉便當回飯店吃，吃完再繼續下午的行程。

十二、親睹全球最大詐騙園區

張麗娜

不到十二點半，我們就出發了。接下來，我們要探索的是苗瓦迪北部規模最大的詐騙園區——亞太城，而從美索到水溝谷，約要一小時的車程。

我們沿著莫艾河持續往北走，下午一點四十分左右抵達水溝谷與美索交界處。不過有了上次的驚魂記，這次我們沒有下車，僅在對岸拍攝園區的那頭。

Sammy說，亞太城過去都是農地，後來蓋了很多大樓，主要是亞太集團這七八年搞出來的，這裡原本什麼都沒有，整個造鎮都是亞太集團做的，他們還幫泰國蓋機場、公共建設。亞太城裡有非常多的園區，但亞太集團只是房東，因此園區裡做什麼他不會管，所以也成為詐騙園區的溫床。

「整個亞太城都是亞太集團的，土地是他的，房子也是他的。」Sammy解釋說，亞太城就像柬埔寨西港一樣，裡面還有很多很多的園區，亞太城是目前全球最大的詐騙園區，有三萬人規模，而且多是自願的，而先前的KK只有兩萬多人。以整個苗瓦迪三十萬的詐騙人口估算，這兩個園區人口將近占了苗瓦迪的五分之一。

亞太城的老闆也大有來頭，Sammy繼續跟我們說著這位東南亞詐騙首腦佘智江的故事。亞太國際控股集團董事局主席佘智江是中國商人（四十歲，又名佘倫凱），擁有柬埔寨國籍，二〇二二年八月在泰國曼谷落網，並引渡回中國受審。據指出，佘智江不僅在緬甸擁有私人軍隊，更曾在台北一〇一設點，投資博奕、詐騙、區塊鏈公司。

據指出，佘智江一九八二年出生於湖南邵陽一個農村，家族世代務農，而他為了賺錢，曾做過直銷、廚師、修車，還開按摩店、擺地攤等，短短幾年就換了二十多份工作。隨著網路世代來臨後，佘智江也搭上熱潮成立遊戲開發公司，自告奮勇帶了「四萬元人民幣」勇闖海外發展，赴菲律賓從事網路賭博，旗下項目包括位於馬尼拉的「亞太水療」。佘成功在短短幾年內海削千億，成為東南亞僑商圈鼎鼎大名的商人。

二〇一四年，佘智江因在菲律賓開設非法彩票業務，被山東省的法院定罪（佘未到場），同案八名嫌疑犯被判重刑，自此他一直被中國列為逃犯，更被國際刑警組織（Interpol）祭出紅色通緝令。

不過，佘智江行事卻逐漸高調，並且用上佘倫凱等多個化名，冠上柬埔寨湖南總商會等十一個社團的榮譽會長或創會會長頭銜、香港緬中友好協會永遠榮譽會長，還一度擔任中國僑聯轄下的中國僑商聯合會常務副會長，登上了《中國僑商》雜誌的封面。

二〇一七年，佘智江高調宣布斥資一百五十億美元，在緬甸發展「亞太新城」。根據規劃文件，亞太新城位於緬泰接壤的克倫邦州的水溝谷，占地十八萬畝，是一座匯集「科技、賭博、娛樂、旅遊、文化、農業」的「智慧城市」，依託「中泰緬經濟走廊」，力圖成為「一帶一路建設中的示範性旗艦項目」。

然而，亞太城實際上卻是用於承接菲律賓馬尼拉、柬埔寨西港等遷移過來的網路賭博行業，內有多家線上博彩公司，向中國大陸為主的客戶推薦、運營網路賭博遊戲。而二〇一八年十一月，他更受到菲律賓總統杜特蒂的邀請，參加了招待習近平的歡迎晚宴。

根據國際刑警組織發出的紅色通緝令稱，二〇一八年一月至二〇二一年二月，佘智江與他人串通註冊公司，研發網路賭博平台，設立紅樹林、易購、易優國際等網絡賭博網站，招募賭徒三十三萬人。佘智江獲得的不法收入共高達一點五億人民幣，並已全數轉移到境外。

二〇二〇年六月，緬甸政府組建特別法庭，調查亞太城可能存在的非法賭博問題。中國駐緬大使館發布聲明表示，緬甸亞太城是第三國投資，同「一帶一路」倡議毫無關係；中國正會同緬甸，加大力度打擊非法賭博等跨境違法犯罪活動，支持緬甸調查處理亞太城問題。

我們聽著Sammy講述亞太城與佘智江的故事，車子也漸漸駛離了亞太城，而原本我們打算前往的緬甸難民營，司機大哥告訴我們，若沒裡面的人安排，一般人是無法前往的，也因此我們只好放棄，回到美索市區繼續探索當地的寺廟、醫院、警察局、法院及風土人情。

十三、安返曼谷

張麗娜

五月八日，是我們在美索的第三天，也是最後一天。今天只有一個任務，就是送兩位救援出來的台灣人——小胖與阿瘦到移民局「自首」。

我們上午九點多出發，先到旅店接了兩人後，再一同前往移民局，抵達時接近十點。而原本預計半個小時就能完成的筆錄，卻因發生一些插曲，讓整個過程進行了二個半小時才結束。

我們到移民局下了車後，由Sammy陪同兩人進去做筆錄，由於兩人是從柬埔寨過去的，沒有緬甸簽證，Sammy代為跟移民局警官說明整個經過。不過，兩人在筆錄過程中，直說他們從緬甸過來的交通是Sammy安排的，這讓警方一度以為Sammy是偷渡客的幫助犯，因而遭到調查。

為了洗刷幫助犯的罪名，Sammy提供所有的證據，包括如何救援印尼人、菲律賓人及跟聯合國怎麼合作，加上泰國軍方跟警方是不同系統，他也告知泰國軍方如何收錢，怎麼帶人離開美索，以及所有園區的分布及情況。

過程中，泰國警方也分享他們曾救過三個印度個案的經歷，之後移民局長官包括副局長都來了，並與Sammy交換聯繫方式，取得了一個很好的對接。他們表明，未來不管是台灣人或其他國人的救援，他們都會協助。

做完筆錄後，小胖與阿瘦被留在移民局，晚間移送警察局拘留，隔天赴法院繳交偷渡罰金二千泰銖，約一星期後送去曼谷，之後再由我駐泰辦事處協助遣返事宜。

結束移民局的行程後，我們退了房，準備返回曼谷。

其實，原本我們前一天是打算訂從美索到曼谷的班機，但因已訂不到機位而作罷，最後只好再訂包車，搭八個小時的車程返回曼谷。

這次出美索時，三個崗哨的檢查明顯比來時嚴格許多，不但都要查驗護照，還要求檢查COVID-19疫苗接種紀錄卡，Sammy因為沒有攜帶，還被罰了五百泰銖。

我們每過一個崗哨，持槍的軍人在查驗後，也會要求我們與座車一同拍照，留做紀錄。

抵達曼谷時，已經是晚間九點，離開令人身心都感到疲累的地方，雖然時間已晚，但心情卻難得地放鬆了。

十四、苗瓦迪園區的這些與那些

張麗娜

這幾天，Sammy 一有時間，就會跟我們講述關於苗瓦迪詐騙園區的故事，例如詐騙園區如何形成、內部管理以及園區內各國員工的待遇等。

苗瓦迪是緬甸東南部克倫邦的城市，與泰國邊境城鎮美索僅一河之隔，苗瓦迪脫離緬甸政府管轄，而是由緬甸第三大族克倫族的軍隊所掌控，而克倫族追求獨立自治，與緬甸軍政府衝突不斷，而園區則成為苗瓦迪經濟的重要來源。園區與軍隊間也存在共生關係，園區對外採封閉式管理，園區內則是「黃、賭、毒」全包，活摘器官時有所聞，因此被形容為人口轉運販賣的最終站，「有命進來，卻不見得有命出得去」。

苗瓦迪地區分為北、中、南三大區塊，北邊是水溝谷的亞太城，中間是苗瓦迪市區，南邊則是ＫＫ等園區，這三區分別由不同的軍事單位管理：北邊是克倫邊防軍（ＢＧＦ）及苗瓦迪邊防軍，中間是木桶將軍，南邊是ＫＫ將軍管轄。不同的將軍處理事情有不同的做法，因此園區與園區之間差異很大。Sammy指出，其中KK園區對台灣人最好，但那些壞事情發生較少的，反而是北邊水溝谷的亞太城，因為BGF邊防軍是較親政府軍的，治安比較清明一點，比較不會亂殺人。

Sammy說，這三大區內的詐騙園區估算有四十多處，從事詐騙的人口高達三十萬人。每個園區分別由不同集團（物業）經營，但基本上集團（物業）就只是房東而已，園區對外打點好軍隊、政府、警察，然後對內自訂規則、聘僱保安，每一個辦公室每月租金三萬至四萬美元，租給這些從事詐騙的公司，這些公司在裡面幹什麼，房東不會管，要開超商、詐騙、洗錢、販毒、做軍火都可以。北邊園區制定的規矩則會嚴格一點。

在園區內從事詐騙工作的人，除了緬甸與泰國本地人外，以中國、馬來西亞、台灣人最多，其次則是印尼、菲律賓，此外還有烏茲別克、巴基斯坦、尼泊爾、孟加拉、土耳其、白俄羅斯、澳洲、辛巴威、衣索比亞、烏干達等，但主要以東南亞、非洲跟中亞為主。

事實上，園區內各國人種的待遇也不同，主要與各國政府的態度有關。Sammy說，園區內以中國人的待遇最差，主要是中國政府將這些人視為詐騙犯，一旦返國都會受到嚴重的懲罰，因為中國人沒有退路，加上中國人的主管比較嚴格，因此中國人的待遇最差，打罵都是家常便飯。

其次則是講中文的馬來西亞人，待遇僅次於中國人，原因是馬來西亞失業比例最高，這些過來工作的馬來西亞人幾乎都是自願的，他們也受到中國主管的管理，因此待遇跟中國人差不多。而台灣人的待遇跟中國人一樣，不過因為台灣媒體關注，以及政府與GASO的介入，台灣人的待遇目

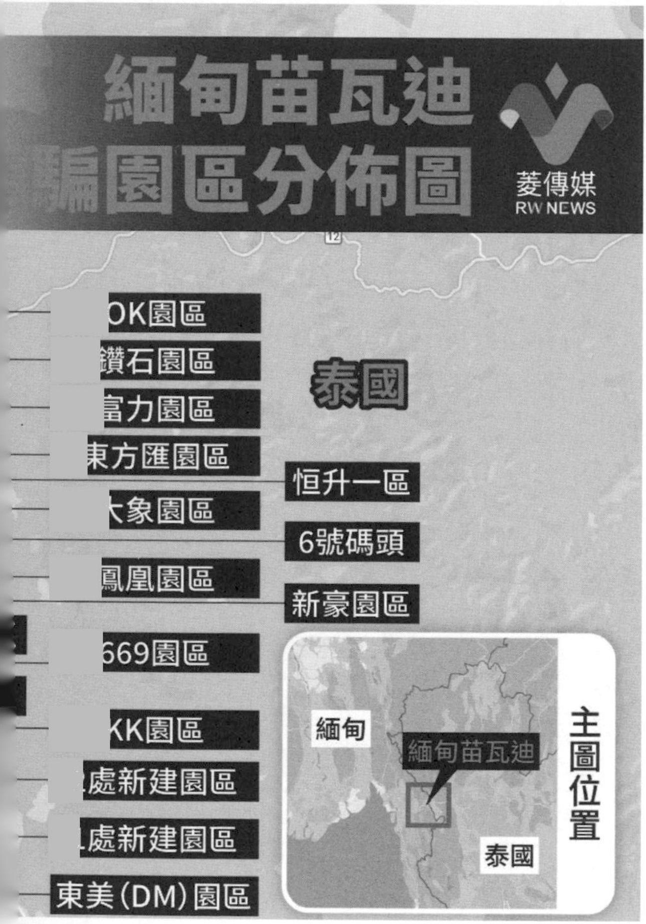

前稍微好一點，至於講英文或其他外文的人都還好，情況沒有很嚴重。

Sammy說，雖然員工身上常見大面積瘀青，但對園區來說，沒有打斷手腳、鼻樑都不算打。在園區裡面，地位最高的就是本地人，他們不能動泰國人跟緬甸人，緬甸員工可以自由進出，不能夠嚇他們，也不能夠打。

亞太城綜合產業園區
沙場碼頭
1處新建產業區
貨運碼頭
阿波羅園區
金紫檀園區
WKH園區
御龍灣綜合
SEZ園區（KK附屬）
1處新建園區
105
配套Water園區
12
金鑫園區
泰達IT園區
AH1
恒升二區
星河園區
PK園區
寰亞國際園區
AH1
環亞園區
緬甸
東風園區

緬甸苗瓦迪詐騙園區分布圖

十五、高喊改革但打人斷腿不手軟

張麗娜

過去以綁票、活摘器官聞名的緬甸苗瓦迪詐騙園區，在歷經二〇二二年九月台媒新聞延燒及二〇二三年三月的中泰緬聯合大掃蕩後，各國不斷施壓要求放人，追求獨立的克倫邦為洗刷污名，也要求園區進行改革，從過去的高壓軍事管理，改為較符合人性的企業化管理。不少公司也開始制定新的規範，包括跟員工簽合約、給員工試用期、規定不能脅迫打罵等。而台灣人也因為太難搞，被部分園區列為拒絕往來戶，並大量無條件釋放。

Sammy說，台灣人在六個月前，若被賣到苗瓦迪根本出不來，因為人蛇集團有空間，賣過去他不會損失，多少人都買，台灣人在六個月前的轉賣價是三十萬人民幣（折合新台幣約一百五十萬），跟中國人一樣。

不過，在台灣媒體大幅報導及台灣人不斷被救出來後，「苗瓦迪不要台灣人了」，因為買了台灣人，可能不小心就被救走了，被救走後公司無法營運，不是倒閉就是和別家合併，得不償失。

Sammy說，台灣人太麻煩的印象已經形成，這也導致台灣人轉賣價格大幅降低，從過去的三十萬人民幣降至六千美元（約十八萬新台幣），有些園區甚至不再收台灣人，如KK園區就願意釋放台人，並喊出「台灣人一個都不留」，台人在園區內的待遇也明顯好轉。

Sammy說，因為台灣人太麻煩了，很多公司還要台籍員工謊稱自己是福建人，就是因為中國人跟台灣人的待遇有差別，也因為台灣員工變少了，中國人轉賣價漲到四十五萬人民幣（約二百二十五萬新台幣），因為缺講中文的人，價格自然就水漲船高了。

目前不少苗瓦迪園區都要求公司與員工改採簽約制，根據我們取得部分園區的合約內容，不但明訂工作時數、薪資，還要求所有員工必須是自願入園，且要自願簽署入園需知，方可入園；員工若要離職，公司方面不能要求賠付或把人轉賣到其他任何園區，公司必須提供回國證明給園區，以確保員工真正安全回到各國。

另外，有些園區還給外籍員工十天適應期，實在適應不了也不能強留，不得有威逼利誘、恐嚇等行為；外籍人員來去自由，如要離職，仲介費、過河費等通通不能算，只須賠付機票與簽證費；另外還規定不得買賣人員，玩冰毒（強力中樞神經系統興奮劑）要罰，打K（吸食K粉）也只限在KTV。有些物業也明訂若非自願入園，將協助安排回國，公司也不得有凌虐情事，否則會被趕出園區。

「其實KK園區也是很有制度的，不錯啊，優良園區，想到KK就比個讚，我大KK走在時代的尖端！」Sammy嘲諷地這樣說。

我們以為改革後的園區應該會比較好吧？Sammy卻說，雖然很有制度，但人還是照打、照殺，「他不會亂殺人啊，你為什麼要逃跑呢？你不逃跑就不會死了啊，你逃跑我只好開槍啊，都叫你不要逃了，為什麼要逃呢？」Sammy說，我們都不懂為什麼要殺人，但他們還是要維持他們的秩序，因此還是「該殺就殺，該打就打，該斷腿斷腿，該斷鼻樑斷鼻樑」。

此外，園區也規定公司不能打人，要打要送到園區的集訓處打，也就是關禁閉操練的地方，也許操四五個小時，曬太陽、青蛙跳、鴨步、平板支撐、伏地挺身、仰臥起坐、跑操場，「如果跟不上就說你裝死，就打，所以就有人被打死了」。他說，東風園區前幾天就打死了一個人，那間打人的公司因此被請出園區，打人的主管跟安保也被痛毆一頓。

Sammy說，被趕走的公司，不是換個地方就好了，「你以為公司每個園區都認識喔，被趕出去後很可憐的，無家可歸，請出東風後，不一定能去別的園區」。

十六、Sammy三十七歲轉職當「特務」

張麗娜

一路上，Sammy一方面忙著透過社群處理救援事宜，一方面跟我們暢談東南亞詐騙園區以及國際救援的情況。而我對全球反詐騙組織（GASO）這個組織，以及Sammy為何會投入這樣危險的工作感到好奇。有一天晚餐，Sammy接受我的專訪，做了詳細的說明。

GASO成立於二〇二一年六月，為世界各地的網路犯罪受害者提供支援的美國非營利組織。Sammy說，該組織的成立與創辦人的經驗有關，創辦人是一位三十多歲的新加坡籍女生，是麻省理工學院的高材生，腦袋很好、會開飛機，而她本身也是殺豬盤的受騙者，遭到感情詐騙，搞到新加坡的房子都賣掉了。她很生氣，決定把賣房子剩下的錢成立NGO。她發現「斷人家的錢」是有用的，決定跟詐騙集團抗衡。

GASO成員約八十多人，其中只有三人是全職的，其餘的都是兼職，另有正職工作，都是利用下班時間擔任志工，而且絕大多數都曾親自遭遇過詐騙，所以他形容GASO就是「復仇者聯盟」。不過Sammy自己則不是因被詐騙才加入，會參與救援組織與他個人的人生經歷有關。

Sammy說，GASO有一半的人（四十多人）在做虛擬貨幣追查，真正幫受害者把匯去詐騙帳戶的錢拿回來，這件事是做得到的；在東南亞搞救援的有十人，另有十多人在查案，十多人在調查人口販運，這些人都是不支薪的，而GASO的經費多是靠募資，所以才這麼窮。

談到自己為何會投入GASO參與國際救援，Sammy說，自己之前曾做過生意賺到一些錢，但後來遇一些事情，人生大起大落，因此很多事情看得很開，包括生死。而他之前曾資助過柬埔寨的孤兒院，當時覺得西港的黃賭毒很嚴重，但就只是要錢。直到疫情過後發生很可怕的事，有人被活活打死，還有高空拋屍的；你去找警察，警察卻告訴你，那些人就是身上打毒品，因吸食過量死亡；甚至去領屍體時，警察還會跟你要錢。沒想到二十一世紀會有這種事情發生，這很悲慘、很可憐，「這事情誰來處理？誰在意就誰處理囉」。

Sammy說，他本來想用自己的管道去幫忙，後來發現有人走在他前面，所以他直接加入就好。他說，自己是二〇二二年才加入的，三十七歲轉行當「特務」，參與東南亞的救援任務，過程中也學習如何跟詐騙集團談判，站在對方的立場想他要的是什麼；而他也坦承救援的工作風險很大，他還曾經因此被懸賞、追殺。

二〇二二年十月，Sammy去苗瓦迪醫院，搶了一個台灣女生回來，搶了人就是非正常離職，這讓對方很不高興，但他仍要求公司交出該女生的護照，並揚言把人帶去中國大使館，要這些人等著看。在他的威逼之下，有兩家公司分別放了十一個人跟十九個人，加上這女生共三十一人。

這事嚴重影響園區利益，因為園區一個辦公室只要持續運作，園區就可以每個月持續收三四萬美元的租金，人被救出後，其中一家公司跟人合併、倒閉了，園區因此少了收入，園區業主因此懸賞二萬五千美元要殺他，線上群組都看得到。雖然他有護照可隨時離開，但他搶出來的女生沒有護照，如果帶她去移民局，她是會被殺掉的，有報復的意思。

Sammy說，那時候他剛好也從園區撈出很多台灣弟弟，這些人就在他住的酒店旁邊，有一個美索警察穿著背心到他房間，拿著他的護照、他的錢及單據問他去過哪些地方，因為十幾個人出來後，他跟警察說他在曼谷，但家屬不經意透露他還在美索，人家就循線找上來了。他住的酒店曝光，他的真名也曝光，泰國警察拿了他的護照後，他在美索被追殺了十個小時。

之後每隔兩三個小時，他就會看到一台白色的阿爾法（Alphard）在他附近出現，很多園區都開這種車，所以他大概猜出車上人的身分；接著又有中國人跟著他，他走到哪他們就跟到哪，很淒涼。他說，很希望這些人不是來找他的，他只要把燈關上就算了；結果他還是得繼續逃，最後他才在泰國軍隊安排下，即便沒有護照，也直接坐軍車離開美索。

「這事不算嚴重啦，真正危險的是我們中國組員在柬埔寨的遭遇。」Sammy接著說，有一次他們的中國組員在柬埔寨跟著憲兵還有警察去拿人，拿人時，那人已經上了車，結果二十幾個園區的保安衝過來，人還在車內就開始動手打，打到整個車都是血，然後拖出來，就在他們組員面前把人打死，還要殺他們組員滅口，這時憲兵才出面說不可以，說大使館已經報案了，所以不能動這個人。在憲兵制止下，整件事才落幕，但那人已經當場死在那邊，全部都是血，然後被拖回去。

Sammy說，救援工作多多少少都有些危險性，而我們此行在旅館被老闆娘索賄、要求刪照片，他說這些其實是小兒科，他們看多了，所以覺得還好。而我們在美索期間，也直擊GASO的國際救援行動，短短三天陸續救出二十名印尼人、六名菲律賓人、兩名台灣人、四名中國人，共計三十二人。他也說，目前苗瓦迪待救援的仍有六七十人，而果敢老街也約有三十人待救援，他坦言，果敢老街救援難度比苗瓦迪困難得多。

他估算，GASO在東南亞各園區救援大約一千人，救最多的就是中國人跟馬來西亞，台灣還算少，但也有三百多人，一個月平均三五十人跑不掉。他笑說，也是滿多的，但人沒那麼好救，最好還是不要去啦。

十七、「女豬仔」下場慘

張麗娜

「國際救援過程中，也有不少血淚史。」Sammy也跟我們述說救援二名台灣女生遇到的心酸事。

第一個案例是緬北果敢老街的案例，一位二十九歲的台灣女生小花（化名），因為做不來詐騙一直被轉賣，最後險些被賣到妓院。

小花是一開始就知道要出來做詐騙的，但她做不來，就被公司轉賣；但到了下一間公司，她還是做不來，公司就叫她賠付三百多萬台幣，不然就要把她賣到緬北的妓院，但她哪付得起？公司就傳了這個女生被虐打、全身脫光的裸照回來，叫她家人處理。

小花的媽媽找上了GASO，打算湊賠付金救人，但問題是根本不知道女兒在哪個園區，這樣要怎麼救？Sammy說：「結果你知道嘛，一個媽媽跟一個陌生的男性求助要救女兒，居然說：『你需不需要我女兒的所有裸照，會不會比較好做事？』這是很悲哀的事情。」

後來這名女生，因為已經二十九歲了，妓院嫌她太老拒收，但園區看她做不了詐騙，又賠付不起，最後連妓院都不要她，最後只好叫她自己湊好路費準備放人。女生只好找了朋友湊一湊，後來園區就把她丟在門口，讓她自己回來。

小花去了七八個月，但就是做不來。Sammy說自己其實也沒幫小花什麼忙，小花唯一幫到自己的是因為她年紀較大，賣不了妓院，又搞不了詐騙，人家看她可憐，只好把她放回來了。

另一案，Sammy則是去醫院幫忙照顧一名被強迫墮胎的女生。那是二〇二二年的小年夜，這名女生出自問題家庭，是在園區被強暴懷孕，後來因為胎兒周數太大，只能用催生的方式拿小孩。他拿水瓶幫這個女生清理下體的傷口時，只見她分泌物一直湧出來——「我覺得很難過，她也覺得很難過，兩個人在醫院過年，很淒涼。」

Sammy說，跟男生比起來，女生在這邊有好有壞：好的是不容易被打，園區對女生會比較關照一點，但是女生會被強暴，這是有好有壞的意思。所以他都跟女生說，在緬甸要把頭髮剪短，身上不要太香，不要化妝，講話粗一點，不要太軟弱，但要有禮貌，不要亂來，要保護自己。

「在緬甸，女生被強暴是很正常的事情。」Sammy說，台灣人還好一點喔，馬來西亞人十個過去可能八個被強暴。中國人對台灣人相對尊重一點，我們也在撈人，所以比較客氣一點；但馬來人沒人理你，中國人沒人理你，所以該處理就處理了。

十八、中國、台灣反詐做法大不同

張麗娜

東南亞詐騙猖獗，也連帶讓周邊國家受害，各國紛紛加入打詐行列，其中以中國的強勢打詐最為積極，而台灣雖也極力宣傳反詐，但由於台灣對詐騙犯的刑罰太輕，未能有效遏止國人前往。

在美索期間，我們也深刻感受到各國受害者在園區內面對的待遇大不同，而這些不同的對待，也與受害者的母國對詐騙案的態度有關：其中中國政府強力反詐，透過各種社群軟體及親人的力量呼籲國人不要前往，但你若執意前去，中國就會把你當作詐騙犯對待，不但不會主動救援，甚至一回國還要面臨重罪審判，甚至連家屬都會被貼標籤、打成黑五類，影響甚鉅。

中國公安部刑事偵查局二〇二一年三月發布一款「國家反詐中心」App，這款App功能強大，不僅能舉報目前發生的電信詐騙，還能檢測可能將要發生的電信詐騙，中國在各地向市民大力宣傳裝載此App，短短半年總下載量已超過兩億。

中國國家反詐中心App會對使用者手機收到的電話、簡訊或下載的App進行檢測，如果發現可疑內容，辨識為詐騙行為，會主動對使用者提出預警。同時提供「我要舉報」功能，使用者能夠將發現的可疑手機號碼、簡訊、網站與App等資訊提交至公安部門進行處理。此外，該款App還會向使用者推播防止詐騙方面的文章，進行防詐宣傳。

據中國公安部統計，二〇二一年國家反詐中心共緊急止付涉案資金三千二百餘億人民幣，攔截詐騙電話十五點五億次，成功避免二千八百多萬名民眾受騙。而當年公安機關共破獲電信網絡詐騙案件四十四點一萬起，抓獲違法犯罪嫌疑人六十九萬多名，打掉涉兩卡（手機卡、銀行卡）違法犯罪團夥三點九萬個，追繳返還民眾被騙資金一百二十億元人民幣。此外，也從境外勸返回國二十一萬人。

Sammy也說，中國的反詐很強，因為他們是用真實身分綁手機卡，再綁微信及行動支付、銀行帳戶等，所以一旦有斷卡行動，你的數位支付會整個全掛，而且是瞬間的，超有用。此外，中國公安也會恐嚇民眾，若你去搞詐騙，你的家人以後會成為黑五類，小孩不能成為公務員，不能成為解放軍，不能去上重點學校，這是基本的；然後去騷擾你家人，他舉例說，柬埔寨有一些老闆被抓了，公安押著他們家人叫他們回來，他們做事非常好笑，但很有效。

此外，由於中國用盡這種方式宣導反詐，但如果民眾不聽勸仍執意前往，公安也不手軟，甚至不會援救，除非你能證明你是被詐騙過去的。Sammy說，有些中國人被騙去園區後抵死不從，因為他知道他只要做了，他的小孩以後會抬不起頭來，因為不管你是否被迫，中國公安一定辦你。「我就算死在這裡，也不能害我小孩。」

他也舉一個案例表示，有一個中國人被騙後真的寧死不屈，然後他就被打，再被轉賣，被打再轉賣，直到最後一家園區老闆看他挺硬氣的，問他在中國做什麼，他說是做廚師，然後老闆就叫他燒道菜來吃吃看，結果還行，老闆就讓他去燒菜，一個月給他兩萬塊人民幣，然後他就做了一年的飯，湊到他的賠付後，就回去了。

「相較於中國人因不願詐騙而被打，台灣人則有百分之九十都沒事。」Sammy這樣說道，主要是因為台灣人其實很圓融，一來因為他們知道台灣人在海外詐騙，回台後其實沒事，因為沒證據，他不認識受害者，受害者也不認識他，因此不會被抓，所以公司叫他詐騙，他就乖乖詐騙；二來則是台灣人很怕死，所以配合度很高。

他形容園區裡是「不打勤，不打懶，專打不長眼」，他們很重視不能遲到，態度要好，要有精神，要能配合，不能搞員工心態，不能消沉，影響別人的心態。「如果擺爛態度差、意志消沉，或是踩公司紅線，如在園內拍照就會被揍、被修理」。

第四章

緬北行

一、仰光，我又來了

蔡日雲

哈囉仰光，我又來了！

二〇一二年初春，我初次來仰光，一切是那麼新奇。緬甸當時的情勢發展，有如春季一般，不論在政治上或民生百業上，都處於萌芽待發階段。各方各面的發展，處處充滿生機與商機。

軍政府二〇一〇年放權之後，當局採取了一系列民主改革，通過允許公民和平示威的《和平集會與遊行法》，放寬對媒體的審查，大赦政治犯，包括釋放民主派領袖翁山蘇姬；陸續與傣族、克欽族和克倫族等少數民族的武裝組織舉行和平談判，全面進行經濟體制改革。

翁山蘇姬領導的全國民主聯盟，二〇一一年十二月十三日註冊成為合法政黨，並參與二〇一二年四月一日舉行的議會補選，結果在有十七個政黨的一百六十名候選人，角逐四十五個議員席次的激烈選戰中，翁山蘇姬挾著超高民意，獲得四十三席，成為緬甸聯邦議會中的第二大政黨和最大的反對黨，翁山蘇姬也在四月二十三日首次入職聯邦議會。

緬甸的巨變，人民開心迎接新的民主未來，國際社會也高度注視著。

二〇二三年四月底，我與同事為了採訪詐騙園區的新聞，再度來到仰光。仰光雖是經濟發展重鎮，國際出入重要機場口岸，但緬甸政府其實在二〇〇五年，已將首都遷至中部平原奈比都，仰光已非首都，亦非當年我來的仰光了。

與我同行的同事是第一次到緬甸，對於仰光的一切，充滿了好奇。女人與小孩臉上塗著白白的「坦納卡」（黃香楝粉），男人穿著裙子般的籠基（Longyi，筒裙），滿街興建到一半的建築與工地，還有那從地底心，往身上竄纏的熱氣，在在讓他們感到有趣。

入境時，看到當地新聞播著，熱浪侵襲，北部大城曼德勒有人熱死，當局提醒民眾小心避暑。我們一出機場，熱風襲來，讓人窒息。中南半島國家只有乾季與雨季之分，在即將進入雨季之際，這濕熱悶的空氣，黏黏膩膩，極為不舒服。

從智慧手機Grab App叫車平台中，匆匆叫了一輛車，前往下榻的酒店。

仰光機場，仍在擴建中，早非我當年來的模樣。

坐在車上的我們，開著車窗，依舊直冒汗，窗外吹進來的是熱風啊。

繞出機場前，有個檢查哨，警察坐在亭子裡，持著槍「控管出入交通要塞的往來車輛與人」，同事拿起相機「喀嚓、喀嚓」地拍著。司機瞄了一眼，面對生活中早已見怪不怪的日常，卻成為老外鏡頭捕捉的畫面，他心中應會嘀咕著叨唸「果然是觀光客」吧!?

駛入市區時，司機才打開車上冷氣，我與同事面面相覷，原來車子冷氣沒故障，只是為了省點能源。

我們住的酒店，在大金塔山下，以往要價不菲，但是疫情後，緬甸沒有太多觀光客。在進入「後疫情時代」後，全球各國陸續鬆綁出入境限制，但緬甸依舊採取從嚴的態度。

緬甸至今出入境都還在嚴格控管中，外國人辦簽證，除了必須提供來回機票、住宿證明，還必須提供緬甸政府承認的疫苗且須接種兩劑以上，如果沒有施打或劑數不足，就必須提供入境前四十八小時的PCR陰性證明，每一位入境者還必須購買緬甸政府指定的健康保險，不管你計畫造訪幾天，最少天數就是十五天，每人五十美元。

緬甸政府不僅嚴密控管外國人，連本國人的出境辦理護照也納管。根據緬甸簽證機構透露，二〇二三年中時，線上預約人數高達三十多萬，排到年底，可能都消化不完。

我在曼德勒機場遇到一對華裔夫婦，他們在當地從事珠寶生意，打算先搭機到曼谷，再從曼谷轉機去英國探視女兒。六十多歲的父親告訴我：「等好久啊，我辦了六個多月護照才出來。」臉上塗滿坦納卡的母親，在一旁猛點頭。

父親說，小道消息說，緬甸政府這麼嚴格的控管措施，其實主要是控管不讓年輕人出走，預防他們出境後不返國，會影響國家的發展。

我們車子駛入酒店前，保全就趨前要求停下，所有車輛都必須經過底盤安檢。「沒辦法，汽車炸彈事件太多了。」

一進大廳，酒店停電中。

上一次來到仰光，仰光所有的基礎設施都處於改進中，做老外生意的高檔旅館，燈火通明，外牆還有閃耀的裝飾，這在當時，對電力供應吃緊的仰光來說，有點奢侈。入夜後的唐人街，儘管電力不足，但商家開著暈黃的燈泡，努力做生意，沒有停電這回事。

現在，住在高檔星級酒店中，迎接我們的，不是冰涼的迎賓飲料，而是提早讓我們見識到，傳說中「動不動就停電」的緬甸（免電）。

生活在這種缺電的危機中，莫可奈何，當地華人也只好自嘲「緬甸，免電」，一切註定了的吧!?

「翁山蘇姬給過我們一小段民主（日子），當作被收回去了吧，現在就是回到原來的日子。」一位已為人父的緬甸華僑阿力這麼說。

滿滿的無奈。

十年後，我重回仰光，熱氣依舊，電力吃緊依舊，大金塔上虔誠膜拜的人們依舊。只是，受全球暖化影響，熱氣更逼人，電力更不穩，就連政府的政權，也從原來充滿希望的前景，墜入軍權的不穩定恐怖日子中。

二、仰光機場的「恭喜發財」

蘇聖怡

四月三十日我們搭乘上午九點的國內班機前往臘戌。臘戌是緬甸北部撣邦重要城市，也是進入果敢老街的中途要塞，當然，也是挺進緬北的重要關口。行前，號稱「果敢三人組」的我們，兵棋推演，打著如意算盤，想著到機場後要兵分三路，跟當地華人或是會說中文、英文的人士搭訕，試試有沒有人願意讓我們包車，一路北上到老街去。

面對未知的臘戌狀況，三人的興奮刺激仍遠大於擔憂。但這平和的狀態，就在計程車抵達仰光機場後，開啟了如坐雲霄飛車般驚險刺激的一天。

星期日的仰光街頭，日光仍是那樣毒辣，進城的車輛綿延，車況一度讓人緊張會趕不上飛機，因此，抵達仰光機場國內線航廈後，兵分二路，一人先到櫃台報到，另外兩人扛著行李隨後跟上。

軍政府二〇二一年政變後，緬甸政治暴力衝突不斷，仰光的重要景點、交通樞紐、火車站、機場等地，只要進入範圍內都要進行安檢，隨身的包包都要經過X光機的檢查，還有安檢儀全身掃描，就是要防止有心人士破壞。

拖著行李進入機場航廈後，在門口的警衛人員要求出示護照及機票，順利進入大門後，卻發現同伴沒有跟上，原來，他把紙本文件保管在行李箱內，沒有第一時間拿出來給相關人員檢查，當他蹲下打開行李箱，警察和機場相關人員一邊開始圍向他，一邊也驅趕我進入安檢程序；我向警察表示：「要等同伴一起，他還在翻找文件。」

眼見圍向他的警察愈來愈多，四五人向他靠近，被其他警察一直「驅趕」進入航廈的我，只能乾著急，警察催促我先去安檢的聲音愈來愈急，我只好拋下狀似已找到紙本文件的同伴。

我安檢結束後，回過頭望，看到他也順利進入航廈準備進行安檢，稍稍放心後，才一轉頭，又看到已經通過安檢儀掃描的他，突然又小跑步回X光機檢驗區打開行李箱，我的心大力地撲通一聲後，宛若漏跳了一拍，突然覺得「機場的冷氣好強喔」地打了冷顫。

因為安檢人員在他行李的暗袋大動作地東翻西找，還不時對著我們的方向指指點點。果不其然，行前被告知當地索賄所在多有，沒想到在機場就被明目張膽地開口說了數次「恭喜發財」。一開始同伴不明所以，還反問：「tip?」海關點點頭。同伴告知警察他身上沒有錢，錢在前面那個女人那邊（同伴指了指我），他要到我這裡拿錢，才有錢可以給小費。

此時，我也走向同伴，告訴他行李拿起來，直接走。同伴一聽，一邊說去拿錢，一邊火速拎起行李箱，小跑步向我們奔。警察見我們人多，沒有追上來，同伴這才順利脫身。這一段小插曲，雖然受到小小驚嚇，但也慶幸安然渡過。誰知道，和接下來要面對的相比，這一切只是小巫見大巫。

2012年的緬甸仰光機場，行李秤重還未自動化

三、緬甸版「航站奇緣」險上演

蘇聖怡

搭上螺旋槳的小飛機，經過一個小時又五十分鐘航程，小飛機平穩地降落在臘戌機場，一下飛機，就感受到與仰光不同的沙塵，空氣灰濛濛的，似乎已在暗示接下來要面臨的小悲劇。

從停機坪走向簡陋的機場大廳，海關人員站在門外逐一查驗證件，當地人出示身分證明，外籍人士則被收走護照，開始逐筆手寫登記；持外國護照者，這趟班機約十多人，有四五個刺龍刺鳳一身紋身的青年，在一個瘦高會說中文的中年男子帶領下，被海關人員要求，排排站拿護照拍照之後便離去，在一旁看著的我們還戲謔地笑稱「好像拍嫌犯照喔」。

以為他們是因為看起來就像是要來做詐騙業等不正當行業，所以被海關註記，才需要這樣拍照，經詢問後發現，每個進入臘戌的外國人，都必須這樣做。但這時，我們還沒有意識到問題大了。

輪到我們的時候，海關人員詢問，誰來接我們？保證人是誰？問得我們一頭霧水，負責帶走排在我們前面三位女孩的小哥會說中文，這才告知：「沒有保證人，是進不去臘戌的！」

「登愣！哪裡去找保證人！」不只我們面面相覷，海關人員更是感到不可思議，連問了好幾次：「沒有認識的朋友？沒有人可以來帶？」一個正常的境內移動，卻好似是一件多麼荒謬的事情。

詢問領走三位女孩的小哥，可否權當我們的保人，小哥不敢答應，直說：「這樣我要替你們保證……」雖然無法為我們作保，但他仍好心地留下聯繫方式，「有需要幫忙可以打給我」，然後帶了三個妹子離開了。

如同氣溫一樣黏膩悶熱的心情，我們一籌莫展，找不到可以離開航廈的方式，而那家寄了email訂房卻一直都沒有音訊的飯店，雖然撥通了電話，但卻推說沒有任何訂房紀錄，也沒有收到信件通知，所以不能派人來接我們。

隨著人群逐漸離開，航廈內除了海關人員和警察外，只剩我們。

經過十數通電話的往返，我們即使聯繫其他飯店，也都說滿了不再接客，更不可能來機場做擔保。這時我們做了最壞打算，如果真的找不到飯店來接我們，我們只好買機票再回仰光，我索性也開始看起回程的機票。

期間還發生一個意外插曲：我因為實在太認真仔細記錄這次任務的畫面，沒有意識到有其他人靠近我，突然我的左手臂被拍了拍，一抬頭看，是海關人員，他指了指我的手機，示意「交出來」，隨後開始檢視所有拍攝的畫面，並一一刪除。「我的媽呀！」這時腦中閃過千萬種可能情況，想到這次任務難道到這裡就要結束嗎？一邊以無辜的語氣說著：「sorry~ I don't know can't take pictures.（抱歉呀，我不知道不可以拍照。）」一邊以眼神向同伴們示意求救，並說出行前套好招通知同伴小心的密語，大家立即進入警戒狀態。萬幸海關人員沒有刁難，刪掉所有進入航廈後拍攝的畫面，就將手機還我。

時間一分一秒過去，滯留機場的狀況仍舊無法解除。這時，一位穿著警察制服，看起來酷酷的「長官」也加入協助聯繫的行列；但他不會說英文，我們不會說緬文，比手畫腳有溝沒通。一陣忙亂後，他又拿起手機打了一通電話，找到一位好朋友、中國華僑「C大哥」，不但可以好好溝通翻譯，更重要的是，他願意做這素昧平生三人的擔保人，讓我們得以順利出關，結束一個多小時的折騰。

「沒事，大家互相幫忙，華人當然要幫華人。」這位C大哥果然不是省油的燈，熱心地為我們打點一切，連住宿問題也一併解決，甚至邀約我們共進晚餐。

經C大哥解釋，才知道臘戌自四月二十九日邊境就收緊，所有進入臘戌的外國人都必須要有保證人，才能進入城內，而且只能在臘戌內移動，不可以到其他城市或鄉鎮。這突如其來的政策轉變，讓他也措手不及，因為前一天接到的「客人」，因此被困在臘戌。

整個晚餐時間，C大哥都手機不離身，電話一通又一通。聽不懂緬甸語的我們，只覺得他生意做得可真大。

直到一通中文來電，對方那頭急著要他趕快把「客人」帶來，他只好說明臘戌現況，持外國護照就是出不了城，「偷渡也沒有辦法」；對於我們「技巧性」詢問，同行的二位越南女孩與一名男子，是否和我們一樣只能待在臘戌，C大哥才隱晦地說，他要找各種管道解決問題，「不然困在這沒工作沒收入，也不是辦法」。這也坐實了我們猜測，這些人應該就是要前往老街淘金的年輕人。

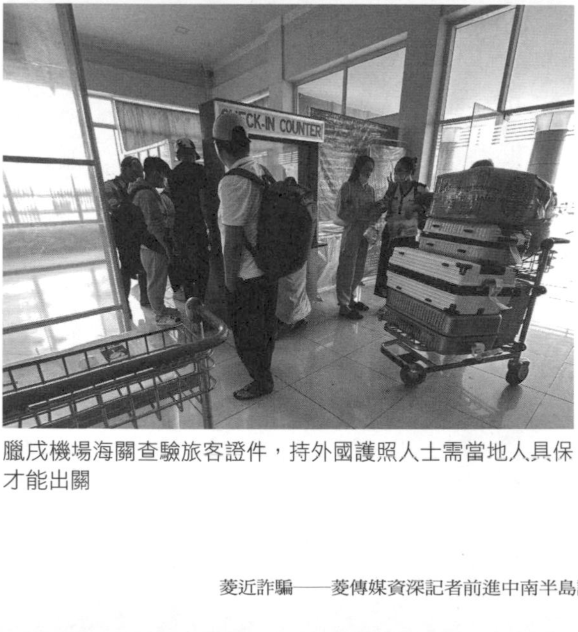

臘戌機場海關查驗旅客證件，持外國護照人士需當地人具保才能出關

四、緬甸・免電

蘇聖怡

臘戌，緬甸撣邦北部重要城市，作為滇緬公路的起點，是緬北貨物集散、公路匯總的據點，也是進入果敢老街的必經城市。

行前做功課時，關於臘戌的資料很少，對於緬甸，也僅限於旅遊雜記上仰光大金塔金光閃閃的模樣，以及茵萊湖黃昏時分漁夫們單腳撒網捕魚的謐靜畫面，然後就沒有然後了。僅能依靠想像來勾勒臘戌的可能光景，這個中南半島數一數二開發遲緩的國家，城市的建設應該不用太期待。

順利離開臘戌機場後，車子一路在公路上奔馳，底下的柏油路嶄新筆直，沿路看不到紅綠燈，兩側低矮房舍，好像三四十年前台灣鄉間的產業道路。不過，別小看這一條「產業道路」，這條近年才修葺鋪設完成的「大路」，就是中國「一帶一路」政策下，為了「中緬經濟廊道」而將木姐至臘戌公路重新鋪設，雖然因為疫情以及二〇二一年軍政府政變影響，進度延宕，但二〇二二年已完成，讓臘戌北往木姐，南往曼德勒的交通更順暢。

但，整個臘戌城市，除了這一條筆直的柏油路外，左右兩側延伸出去都是黃澄澄的泥土路。剛下過雨的道路上滿是泥濘，以及空氣裡永遠揮之不去的砂石感。「臘戌，我們來了！」

雖然遇到熱心的華人大哥做了保人，還順勢帶我們入住他熟識的旅館，人生地不熟，也不知遇到的是好人、壞人，心中忐忑地進入旅社。外表看起來一點也不起眼，門前還在敲敲打打進行工程，就像高中時期畢業旅行會入住的那種「XX賓館」，要不是學校代訂，一輩子也不會想入住的旅店，但這棟不起眼的建築竟是開業不到兩個月的嶄新旅社。

更讓人意外的是，緬甸平均月薪約二十萬緬元至四十萬緬元（三千至六千元新台幣）之間，三人入住三房，一晚就要價共三十二萬緬元（四千八百元新台幣），這可是緬甸人一個月的薪資，令人咋舌。面對這樣的天價，心裡難免犯嘀咕，但是念在華人大哥作保，「就當作是保護費吧」，這樣安慰著自己。

房間還算乾淨，網路也算順暢，但先是那間哀嚎沒有熱水，接著另一間也出現狀況，浴室排水不順暢，房間內問題不斷，讓我們興起換旅社的念頭。只是，走訪了當地老牌飯店Mansu Hotel、三星級的雙象飯店，竟然都沒有空房！櫃台人員的回答千篇一律：「要等退房才知道！」既非旅遊旺季，臘戌更不是景點城市，沒有宗教節日，到底是有沒有這麼滿！難道是在搞飢餓行銷？

詢問當地人才知道，原來很多飯店確實沒有空房，因為都被「包月」了，當地華人說，許多人要前往果敢老街園區工作，目前沒有航班，得要飛到曼德勒或臘戌轉車進入，車程花費約四小時至九小時，每個城市都有接頭的人，一個點換過一個點，一批人接著一批人，來來去去，飯店包月就成了常態。

臘戌讓人意外的，除了被當成「盤子」的高額住宿費用，「物價」也著實令人咋舌。

在仰光的最後一晚，在飯店吃了四萬二千緬元（約六百三十元新台幣）的晚餐，換算當地收入已算高價，當時心疼不已，到了臘戌才發現，動輒一餐七八萬緬元（約一千多元新台幣）起跳，若上館子一不小心就會吃到十來萬緬元，當初的金額算什麼呢？

高物價，可不代表這個城市有好的基礎建設。緬甸缺電的情況相當嚴重，在仰光這樣經濟重鎮，一個晚上也會遇到四五次的跳電，曼德勒機場也擺脫不了跳電的噩夢。因此，挨家挨戶幾乎都有自己的發電機，街頭充斥著「轟隆、轟隆」的發電機運作聲音。更加落後的臘戌則更不用說，停電幾乎是一整天的事，當地台灣人透露，「因為電都給賭場拿去用了，分區限電是家常便飯」，當地人只能自己尋求出路。

台灣偶爾停個電，民眾總是跳腳大罵，而時不時就一整天沒電的臘戌，停了電也不知何時再來，打稿打到半夜一點半，突然一片漆黑，發電機也產生不了作用，在黑暗中等待著電源，想起生性樂觀的臘戌居民自嘲，「緬甸就是『免電』，難怪都沒有電」，當時笑得前俯後仰，在伸手不見五指的暗黑空間裡，好像有點笑不出來了。

五、清晨急促的敲門聲

蔡日雲

「阿姐，李大哥跑到我房間來，他說有事情跟妳商量。」大清早七點，我接到同事語氣緊急的來電。

在臘戌這幾天，很不好睡。天氣熱是一回事，動不動停電這件事也著實令人感到煩躁；不過，被限制在臘戌動彈不得，其實才是主因。

我們此行，最重要的任務是能夠到緬北果敢自治區的老街，去現場探探詐騙園區現況。但因為護照被旅館扣住，出入老街多次的緬甸友人也一再勸說，局勢太不穩定，真的不建議我們鋌而走險。

沒睡好的清晨，手機鈴聲卻突然大聲作響，著實讓人心驚。

「什麼事啊？」我沒好氣地問同事，我腦海中也閃過千百個不同念頭。

「他不肯說，只要我趕快找妳過來，說有事要跟妳商量。」同事急著回我話。事後我才知道，李大哥到旅館櫃台打聽到同事的房號後，準時七點，「咚咚咚」地敲門。

同事住的樓層，隔壁房住的大多是中國小伙子，身上有紋身，我們推測應該也是來這裡搞詐騙或賭場「淘金」的。

還在睡的同事，聽到敲門聲，心中也是一陣緊張，心想可能是隔壁小伙子喝醉敲錯門吧，轉個身打算繼續睡。

可是門外敲門聲一直沒停，同事索性起床，走到門口出聲問：「是誰？」但門外人依舊不作聲，「咚咚咚」地猛敲門。

同事謹慎地開個門縫，一看是李大哥，才放心地將門打開，讓李大哥進房。

同事問李大哥，有什麼事一大早過來？李大哥維持一慣溫溫的聲調、神祕地低聲說：「你幫我找蔡姐來，我有事跟她商量。」

知道同事陷於為難處境，我簡單梳洗之後，便匆匆下樓到同事房間。

「蔡姐，對不起，這麼早來吵你們。我六點多就到旅館外了，我想了很久，不知道要怎麼跟你說，最後還是想上來，找你面對面談，是最好的方式。」我一進入房間，招呼都還沒打，李大哥自顧自地搶先說話。他的搶白，不僅讓我們一頭霧水，也更添我們心中的緊張。

接著李大哥取出玻璃鏡面早已摔出裂痕的手機，拿到我面前給我看。「蔡姐，這些照片是我託在老街的朋友給我的照片，我不敢用微信給妳，我們這裡傳這些，都有人在監督的。」李大哥一邊說，一邊滑動手機上的老街照片，熱心地告訴我每一張照片的背景與現況。

緬甸軍政府執政後，果敢局勢更添混亂，現任緬甸國防軍總司令敏昂萊，在二〇〇九年策反果敢武裝勢力第二大的白所成，大敗聲勢為首的彭家聲，敏昂萊藉此戰功，在二〇一一年順利登上權力之巔。自此之後，彭家武裝要打回果敢的消息，時不時就會來一次。

李大哥是果敢人，對於家鄉故土有大愛，對於局勢現況更有無限嘆息。他也是勸阻我們前往老街的人士之一。

「老街現在太不安全了，詐騙園區到處都是，有大規模的，也有小的。大規模的，有自己的軍隊；那些小的園區，每隔一段時間就會搬家、搬機房，轉移陣地避風險。」李大哥說。

他秀出手機上，一個娃娃兵拿著槍的畫面，食指指著娃娃兵說：「妳看，槍，亂打的。」藉以證明老街確實不安全，希望我們打消念頭。

礙於局勢，我們後來沒去成老街，打算走陸路折返緬北大城曼德勒時，李大哥又跳出來勸我們：「錢雖然貴了點，但是，你們外國人搭飛機，比較安全。」他說，從臘戌到曼德勒約三百公里，沿路很多崗哨，不安全。崗哨軍警連緬甸人都欺負要索「茶資」了，更何況是外國人。

我查了一下，這距離大概是台北到台南，只不過在台灣是高速公路，這段公路卻是蜿蜒的山路，Google Maps顯示靠曼德勒那端有一大段九彎十八拐、甚至三百六十度的連續髮夾彎，路況的確令人不安。

為了知道沿路崗哨狀況，我們堅持走陸路。李大哥擔心我們的安全，幫我們找了會講中文的司機。「路上有個講得通話的人，才有照應。」

我們搭車離開那一天，李大哥說他不來送行了，我打電話給他，謝謝他這段日子的照顧。沒想到他竟說：「蔡姐，我們國家這麼亂，詐騙又這麼多，讓你們辛苦了，對不起。」

李大哥一句「對不起」，讓我湧淚。是這個國家政府的領導人對不起千萬善良的緬甸百姓，怎麼會是人民代政府向外人道歉呢？

緬甸政局不穩，市區隨處可見路障

六、滿街詐騙招聘廣告

蘇聖怡

「詐騙這個行業，最早是台灣人帶進緬甸的！」這句話出自緬甸撣邦北部第二大城「臘戍」一位年輕爸爸的口中。他說來輕描淡寫，卻讓來自台灣的我們有點羞赧。

電信詐騙最早始於九〇年代的台灣，隨後因為通訊愈來愈便捷，開始將「業務基地」移轉到中國沿海城市，詐騙對象也從台灣人拓展到所有華人社會。詐騙組織、基地也一路從台灣，轉移到中國，最後落腳東南亞，大大改變了當地社會，中南半島、金三角原本就槍、毒猖獗，在詐騙集團加入後就更是可怕的人間煉獄。

走在臘戍的街頭，電線桿上貼滿招聘訊息，一看即知都是來自詐騙園區的。「大型跨國公司直招！WE NEED YOU！」「有夢想你就來！保底月薪三千外加提成，包吃住，提供推廣方案！」「只要你肯努力，下一個年入百萬的就是你！」「成熟項目模式，完整的管理系統，保證讓你有業績！公司原則是要讓每一個人賺到錢！」

總是會有個誰誰誰曾在園區內工作，誰誰誰被騙去花了多少錢才贖回來，或是誰誰誰要逃跑，跌斷了腿還是被逮住，詐騙園區工作這件事，圍繞在緬甸華人的生活中，好像是再稀鬆平常不過的一件事。

年輕的華裔餐廳老闆在果敢老街賭場當了四年高幹，擔心喝酒喝壞身體，也不想讓父母再擔憂，金盆洗手改開餐廳謀生；才驚訝於他在果敢賭場的經歷，靦腆的老闆表弟又透露，剛從苗瓦迪回來，提醒我們不論中緬、泰緬的邊境，近日都不平靜，建議我們不要到這些紛亂的地區。原本以為他是去苗瓦迪旅遊，最後才知道，他長年住在苗瓦迪，在園區內做「員工餐」，還進行快遞服務。至於快遞什麼，我們沒有多問。他還代理車輛行銷，從泰國進口車輛到苗瓦迪，主要客戶層都是沿岸的各個園區。

因緣際會下認識一位會說華文的老緬人，他有個弟弟，因為年輕不學好被公安抓走，當時詐騙公司的人去警局用一萬五千元人民幣保他出來，弟弟就幫忙打工，誰知道打工就是在詐騙園區內工作，問他會不會（詐騙），如果說不會，就會被粗竹棍暴打，「反正不要打斷骨頭就好」。弟弟雖然立刻向家人求援，但運氣不好，遇到疫情封城，家人沒有辦法即時過去，結果就一再被園區轉手，賣了好幾次，其中還有一天內轉手兩次，就這樣待了七八個月，最後家人用五萬人民幣才成功贖回。

但他也無奈說：「吃、穿都困難了，五萬要怎麼湊？很辛苦才一點點地湊出來。」而他認識的一個二十一歲青年，到詐騙園區做了一個多月就幹不下去，每通電話那頭的人都喊著「不要害我」，但賺不到錢心裡不安，賺到錢又害人家家破人亡，身心煎熬之下，雖然不做了，「但也這樣走了」。

這些故事就發生在每個緬甸人的生活中，我們聽來驚心動魄，他們說起來卻輕描淡寫，因為就是生活的日常。

我不知道，臘戌原來應該是什麼模樣，但是，多年前曾到訪緬甸的友人，時至今日仍會憶起當初的種種美好。而現在，當地人開著車載著我們在十二個保區穿梭時，隨手一指：「那一棟藍色屋頂的是賭場，黃色建築物是KTV，地下室全是賭場，隔壁這一區塊是鬥雞場，場場比賽都能下注……」我的心情仍是酸楚的，如果，詐騙這個行業沒有興起，如果，華人沒有把賭、騙帶入緬甸，如果……

臘戌街頭電線桿上滿是中文詐騙園區招募廣告

七、「上了車，會被當成豬仔賣？」

蘇聖怡

中南半島的詐騙園區惡名昭彰，而台灣人開始注意到緬甸詐騙情況，應該是從二〇二三年四月靜宜女大生失蹤，父母心碎求救，最後發現她為愛走天涯，前進緬甸果敢老街，成為詐騙集團的一員。也是這樣的緣起，讓我們決定勇闖緬北，去探究一下果敢老街的現況。

行前準備時，不論是官方、民間救援組織，或是台商系統，多方詢問果敢狀況，以及可行的前進方式，即使是已執行多次救援行動的民間組織要角，也直言他進不了果敢老街區，「因為局勢太混亂」；與緬甸高階將領極有交情的人士也在詢問後告知，「目前外國人去老街的路途並不安全，要找人安排也不太方便」，希望我們審慎評估。

最後我們決定先從仰光到臘戌，再從臘戌包車前往果敢老街，這是過去最普遍的交通方式。只是，進入臘戌就面臨「禁外令」試行，差點就進不了城，即使成功進入臘戌，護照被扣在旅館，也無法隨便前往其他地區。

透過管道認識了當地具有政軍背景的有力人士，他也力勸不要前往，因為緬北的局勢真的不太好，果敢自治區的徵兵範圍愈來愈嚴重，很多地區遭果敢同盟軍占領，他一再告誡不要貿然前往，「連我去都可能遇到麻煩」，沒人可以保障安全。更重要的是，前往老街的途中，會有數個關卡，如果只是被強行索賄也還好，怕的就是，拿了錢也不讓我們過去。

往老街不可行，往東南的大其力呢？該名有力人士搖頭搖得更大力：「大其力比老街更複雜，靠近金三角，表面看起來文明，但是特別黑暗，因為靠近老撾（寮國），毒品、軍火、詐騙都集中在那裡。」

他更透露，四月底很多臘戌飛大其力的航班遭取消，就是因為軍政府接獲情資，有人意圖搞破壞，要發動炸彈攻擊。結果我們離開緬甸後，當局在臘戌、大其力就正式發布了「禁外令」，禁止外國人進入，局勢相當緊張。

除了政治局勢的不穩定，當地人聽到我們想要前往老街，更多的是不可思議。「現在中國人相當值錢！一個人可以被賣到二十萬人民幣（約八十八萬元新台幣），轉手再轉手後，最高可賣一百萬元（約四百四十萬元新台幣）。」每個人都提醒，綁匪分不清你是台灣人還是中國人，會說中文的華人臉孔就代表著危險，處處都是危機。

懷著忐忑的心情，仍想試試前進老街的可行性，因此前往臘戌的轉運站，那裡到處都是攬客的車隊，招牌多用緬文寫著臘戌到瓦城、臘戌到滾弄、臘戌到老街等路線，也不乏中文的招牌。轉運站裡人車擁擠，要從臘戌前往緬甸各地。

走進一家有標示中文的車行詢問，兩個可愛的櫃台妹妹不會說英文，比手畫腳後，立即召喚了會說簡單英文的司機前來溝通。

司機一開口就先詢問：「NRC? license? Do you have license or passport?」要求出示護照或許可文件。我們當然沒有什麼許可文件，護照則是被扣在旅社。詢問價格後告知，一個人單程四十萬緬元，三人一輛車一百萬緬元。司機小哥急著想要知道我們的出發時間、住宿地址，相當積極攬客。

回到旅社後，三人就針對當前狀況開了一個小組會議，老街的狀況不明，包車能載到哪裡？會不會在第一個關卡就被擋下？沒有人知道。

民主社會，三個人進行了投票。當下，只覺得花那麼多錢，結果可能第一關就過不去，是不是太浪費公司的錢了？當然，也擔心司機會不會把我們當豬仔給賣了。所以，投下反對票。最後，以二比一的票數，決定不再挺進老街，而選擇往南走到第二大城曼德勒（瓦城）。

當時，心疼錢遠大於其他，回到台灣後重提此事，愈講才愈覺得害怕——華人這麼值錢，收一百萬緬元後，再把我們載去園區賣掉，最少三個人也可以賣到六十萬人民幣，這可是將近二億緬元的天價，試問，多少人可以抵擋這樣的誘惑？

八、能花小錢解決的都是小事

蘇聖怡

敲定了到曼德勒的時間，在善心人士協助下找到包車司機，但在臨行前才被緊急告知「司機換人了」；是因為太危險了不肯接單，還是因為車資不夠有吸引力，不得而知。

總之，在早上七點，已是三十多度高溫下，我們坐上小轎車展開臘戌到曼德勒（華人稱瓦城）的長途跋涉。

從Google Maps查詢，臘戌到曼德勒大約要六個小時的車程，其中有一段會經過大大小小約二十來個髮夾彎的山路，一百八十度的大甩尾，在後座可以感受著雲霄飛車般的刺激。小客車在公路上奔馳，周遭的景象，從紅土坡地，再到崎嶇蜿蜒的山路，一會兒是漫步的牛群，一會兒是沿路托缽的小沙彌，那歲月靜好的片刻，一度讓人忘記這是軍政府政變後的緬甸。

當然，現實總是隨時在敲醒你，面對沿途風光，以及可能會遇見的崗哨，身懷任務的我們當然不會錯過任何一個畫面，手機賣力捕捉前方、右邊、左側的沿路景致。突然，司機大哥伸手拍了拍坐在前座的同伴，要他不要再拍了；原來，剛剛經過軍事崗哨。但明明距離很遠，為什麼不能拍？司機大哥不放心地再交代：「等一下要你們不要拍，就不要再拍了。」

面對詢問，司機大哥沒有回答，跟這裡所有的緬甸人一樣，當被問及敏感的政局議題，他們總是迴避目光，低下頭喃喃說道：「不知道欸！」這樣的場景好熟悉，好似當年籠罩在白色恐怖陰影下的台灣，想起小時候媽媽的叮囑——「在外面不要談政治」，不安與恐懼瀰漫在緬甸的每一個地方。

當車子過了四五個收費站，和三四個由穿著制服官兵看守的崗哨後，司機大哥開著車，還在說明一路上可能會遇到的情況。他細數，交警要打點，軍人也要打點，但要打點多少錢？他突然又沉默了，小聲說「我沒拉過（拉車遇到這樣情形）」，但還是透露：「像你們的話，每個關卡大概要三十到四十萬緬幣吧！」都還在閒話家常時，司機大哥突然提醒：「等一下不要再拍了！」

如同聽到通關密語，我們繃緊神經。這時，車速慢了下來，司機大哥說前面是緝毒隊。車子被攔了下來，一名著便衣的緝毒人員，打開後車廂開始檢查行李箱的物品，每一個暗袋都仔細翻閱，藥盒、藥袋也不放過，接著，用緬語不知道問了司機什麼，就關上後車廂離開。這時另一位緝毒組人員過來收走護照，帶著司機到路旁帳蓬內，約莫三分鐘後，司機大哥走回來劈頭就說：「他們要茶錢！」

一開始還沒聽懂，查緝？查勤？司機才補充：「給他們一點茶錢嘛，一個人五萬（約七百五十元新台幣），三個人十五萬（約二千二百五十元新台幣）。」繳了茶錢，不到一分鐘就放行了。

司機大哥上了車還唸了一下：「就是剛剛聽到你們講話，你們在那裡吱吱喳喳，一聽口音就知道，原本就可過去了，接下來盡量少講話。」氣氛一度尷尬。

司機大哥稍後才透露：「原本開價一人十萬，好說歹說才講到五萬。」那如果不交呢？司機說：「就會把你們抓下來，到時勒（勒索）一下，可能就要幾百萬才放你們走，所以現在小問題可以解決就解決。」

那只找外國人開刀嗎？司機大哥說，就算是本地人持有本地身分證明，但不會講老緬話，也一樣可能會被索討茶資，五千、一萬不等，五萬、十萬也會有。總而言之，過路費是在緬甸通行，一定會面臨到的，準備好足夠的緬幣，並且，乖乖閉嘴吧。

至於到底怎麼殺價成功？原來，司機大哥跟緝毒人員說：「你們自己去要啊！」笑。

九、「就這樣吧！」回到原點的緬甸

蘇聖怡

「就這樣吧！」這大概是在緬甸與當地人聊天時，最常聽到的結論！

《國家地理》雜誌曾這樣評論：「緬甸是東南亞地區最神奇和最未被充分發現的地區，是一個充滿迷人歷史和傳統、令人驚嘆的美麗和魅力的黃金之地。」百分之九十以上佛教人口，被稱為陽光普照的微笑國度。

如果，沒有詐騙集團的進駐，如果，沒有疫情的打擊，如果，沒有軍政府的政變，也許，這個美麗又有魅力的國度，能夠持續保有她最美好的這一面。

自一九六二年落入軍權統治的緬甸，歷經數次慘烈內戰，在二〇一〇年開始民主化，外國遊客也才開始大幅度成長，探索這個神祕的國度。好景不常，二〇二一年軍政府再度發動政變，兩年間，至少有一萬多人死於政治暴力衝突，綁架、搶劫、勒贖時有所聞。

國小老師憂心地談論起孩子們不念書，一心要去詐騙園區賺錢；年輕父親憂慮師資短缺，大學學歷以上、會中文的老師，也受不了詐騙園區高薪誘惑，他的孩子未來恐怕要面臨找不到老師的窘境；餐廳大媽叨唸著：「緬甸錢不值錢，什麼都在漲，什麼都會被搶。」

咖啡店老闆說，他當然希望有生之年看到國家的轉變，但是太渺茫了，因為連去支持哪一個政權的信仰都沒有，「誰好不一定，都是幹壞事」，而他們只是回到軍政權時期，那是小時候就經歷過的，「只是回到起初的模樣」。

傍晚六點，店家匆匆關門，不要讓自己成為歹徒覬覦的目標。晚間下班的人們，快速地將車輛駛進家門，因為不知道尾隨的是不是劫財的歹徒。這樣不安定、困頓的生活，外人看來毫無希望。

「那怎麼辦呢？」我們問，緬甸人十個會有十個告訴你：「就這樣吧！」伴著一抹無奈的、自我解嘲的，或者有些淡然的微笑。

第五章

「中南半島高譚市」
——金三角經濟特區的魔幻時刻

一、一日奔三國、一眼望三國

蘇聖怡

結束緬北行程，原本計畫從緬甸大其力，前進寮國金三角經濟特區，不過，「限外令」從試行到執行，阻卻了我們打算在緬北直接搭機飛往大其力，再到寮國金三角經濟特區的如意算盤。我們改道從泰國進入金三角特區，行程硬生生多繞一大圈。離開緬甸那天，曼德勒（瓦城）機場以跳電向我們說再見。

因為同伴之一要轉往泰緬邊界的ＫＫ園區進行接下來的任務，因此，兵分二路，我們先從曼德勒（瓦城）搭飛機到曼谷，再從曼谷飛到清萊。抵達清萊後包車一路直奔清盛，一個小時的車程後，我們到了湄公河旁的渡船碼頭，渡過黃褐色的滾滾江水，在夕陽餘暉下，抵達不停在施工的灰撲撲的金三角特區碼頭。

一天之內，從瓦城到金三角，走了三個國家，從緬甸到泰國再到寮國。能搭乘的大眾運輸系統都搭了，飛機、汽車、渡輪，還有觀光遊覽車。

因為行程較緊迫也機動彈性，當時辦理泰國簽證時，申請了一般觀光最常申請的「單次觀光簽證」，相較「多次入境觀光簽證」要準備存款證明、就職證明以及英文版的來回機票等，方便快速許多。

但，因為取道大其力進入寮國的路徑不可行，所以改以從泰國方面進入寮國的我們，就面臨從寮國回泰國時，要再申請落地簽的狀況，進入寮國要再辦一次寮國的落地簽，短短一天之內，護照就蓋了好多出入境章。

除了簽證再簽證，蓋章再蓋章，更重要的是，收錢再收錢！才剛換完的泰銖，立刻全數噴飛，幣值也不停地轉換：在緬甸使用緬幣，泰國使用泰銖，前進寮國時，卻突然被告知，「收人民幣喔」。

就這樣，攝氏四十度的高溫下，像陀螺般轉呀轉的我們，轉進了金三角這個神祕的特區。因為熱氣，一直無法降下的心跳，還有不斷被收錢卻不知道實際公定價格而不斷高升的血壓，頭暈目眩下被推進了在當地討生活的中國東北青年所稱的「中南半島的高譚市」。

招牌寫滿了中國大江南北的食物，一直在挖挖挖、蓋蓋蓋的工程中，若不特別敘明，應該會以為是在中國哪個沿岸二三線城市遊覽。太陽下山後，就又呈現截然不同的光景——霓虹燈閃閃爍爍，賭場、休閒會館比比皆是。

休閒會館前，一輛Lexus轎車急煞停妥，一名男子將穿著熱褲的年輕女孩推向前詢問：「您找的是她吧？」車內的眼光上下打量搜尋著，女孩上了車，一場金錢與肉體的交易在夜幕下展開。而會館大片透明落地窗內，一個個面貌姣好、衣著性感的女孩，翹著二郎腿滑著手機，不在意窗外流連的目光，等待著的永遠不是南瓜車。這些在大城市裡只能檯面下的交易，在這，情慾如空氣中的熱浪自然流動著。

賭場裡，撲克牌洗牌時紙張交疊聲、荷官吆喝的下注聲、籌碼在牌桌上的碰撞聲、下好離手的鈴聲、吃角子老虎機器的音樂聲，在偌大的空間裡迴盪。

有趣的是，進入賭場有幾件事情要注意：「禁止視頻通話，禁止拍照，禁止上傳抖音快手，禁止大聲喧嘩、吵架，禁止攜帶違禁品，禁止帶餐入內」，還有雨傘、墨鏡、帽子、嬰兒車都不可以進入賭場內。穿梭在牌桌間的我們，異常地突兀，引來不必要的注目，賭場保全向我走來，緊張地嚥了嚥口水——「難道密錄被發現了？」保全指了指帽子，才發現，原來進場時忘了脫下阿嬤遮陽帽，難怪一直被投以異樣的眼光。

「老撾（寮國）借我一片地，我還老撾一座城。」這是金三角經濟特區主席趙偉曾經發下的豪語，他自二〇〇七年與老撾人民民主共和國簽訂合同，成立金三角經濟特區，為期九十九年，將博奕賭場帶進金三角，改變過往毒品犯濫、遍地罌粟花的景象。

站在二〇二三年一月才開幕的金三角新地標「木棉之星」五星級飯店最高樓層的最頂級房間，打著一眼看三國的景致為號召，緬甸大其力、泰國清盛以湄公河為界三分天下，盡收眼底。白天的金三角特區進入沉睡，待夕陽西下，點燈的那一刻，全城甦醒，燈紅酒綠地開啟魔幻又紙醉金迷的大千世界，不曉得有多少人迷失在其中？

金三角口岸

二、物價高沒被詐騙先被榨乾

蘇聖怡

高度自治的金三角特區，賭、黃、騙都是可經營的許可項目，當地九萬居民，有九成從事詐騙！剩下的一成，圍繞著詐騙集團的食衣住行，成為共生共榮的奇特生活圈，物價自然高得嚇人，以人民幣為流通貨幣。在金三角特區搭計程車，一上車就是五十人民幣（約二百二十元新台幣）起跳，路口餐廳吃個串串，平均也要五六百人民幣（約二千多元新台幣）。

好在，我們還是找到了平價伙食，否則不被詐騙，而是被「榨乾」了！

「金木棉簡直是詐騙集團的模範園區」，國際救援組織成員這樣形容金三角經濟特區。根據在這裡工作的中國青年說法，舉目所見的社區，都是詐騙園區，一樓出租給餐廳、按摩業、休閒會館等做生意，二、三樓可能是機房，讓詐騙集團打電話、輸入個資等的工作場域，四樓以上都是單間套房，大一點集團式經營的詐騙集團，上百人就這樣同吃、同住在同一棟大樓裡。

實地走訪，大大小小的社區分布在整齊如棋盤格的街道內，跟所有城市裡的住商大樓無異，一樓是店面，二樓以上看起來就是單純住家。

未進入這些詐騙園區的國度前，跟所有外界人士一樣，對於園區的了解，僅止於曾經曝光過的受害者口述與影片，毆打、凌虐的高壓統治，為了防止豬仔逃跑戒備森嚴。委請在緬甸果敢老街的人士協助拍攝照片，也被告知社區門口不能拍照，「管得很嚴，拍照會出大問題」，可以想像園區內高度警備的狀態。

但，上述的情況並不存在金三角經濟特區裡。這裡的詐騙園區跟你我住的社區一樣，只在出入口多了穿制服的治安局人員。「來這工作的，都是自願的啊，都知道要來幹嘛」，頂多為了方便管制，要求所有人團進團出。因此，有時街上會看到上百人一同從社區走出來的盛況。因為，園區裡最值錢的，就是這些人手裡掌握的「信息量」，詐騙對象的資料、帳戶，「錢要打去哪裡」。

「這邊的治安比你們知道的緬甸、柬埔寨好多了。」來金三角半年的青年說，他沒看過打架，也幾乎沒聽過搶劫，「治安特別好」。

治安為什麼特別好？當地人說，因為「以暴制暴」。當地治安局的警察，若是抓到你做壞事，拖到治安局內可是往死裡打，用長鞭狠狠鞭笞，一鞭下去皮開肉綻。他就曾聽說，之前有個中國人搶了十二萬，即使已經逃到泰國邊境，仍被抓回來抽鞭子，抽了兩下人昏死過去，剩下的三鞭仍無情地抽在無知覺的背上，長長五條血痕。

一般人當然不會面對這麼恐怖的責罰，但當地管得確實嚴。我們遇到的小哥，他的汽車鑰匙圈上貼著「車內查到仿真槍」貼紙，原來，在遇到他的前一周，他才剛從網路上購買了一支玩具槍，隨手放在車內儲物櫃中，沒想到就遇到警察臨檢，一番天人交戰後，決定「自首」以免引起不必要的誤會。

「等一下，我的車上有一把槍，但是是玩具槍。」話一說完，臨檢他的警察語氣立刻變了，如臨大敵，要求他立刻下車，隨即就被帶去做筆錄。一番折騰後，鑰匙圈上就貼上貼紙註記。貼紙不是不能撕下，但小哥想要留作警惕「別再幹這樣的蠢事」。

金三角的龐大商機，吸引更多的資金進駐，除了飯店、賭場，還有更多興建中的社區大樓。一想到未來還會有更多詐騙集團入住，還會有多少人的身家財產流入這些詐騙帳戶裡，頂著三四十度的高溫，我們還是忍不住打了冷顫。

三、「媽媽，她在笑我」

蔡日雲

二〇二三年五月五日，星期五。風塵僕僕的一天。

抵達金三角位於寮國那一側的金木棉經濟特區，已是傍晚時分。南國的太陽依舊高懸著，狠毒凶辣地照著，曬著趕路的我們，身與心都覺得好疲倦。

原來這一趟的計畫是，從緬北臘戌或曼德勒直接到緬甸位於金三角區域的城市——大其力。走陸路，對我們來說行不通。因為緬北東部有一大片山林是緬甸保護區，外國人要進入必須另外申請許可證，申請時間至少兩個星期，能不能拿到許可證還說不準。

因此，我們計畫先飛到詐騙行業一樣猖獗，據說治安也比老街更差的大其力，觀察大其力的詐騙園區後，再從緬甸大其力出境，進入泰國北部邊城美塞。之後再從泰國東北的清萊口岸，轉進寮國金三角經濟特區。

不過，事與願違。中國外長秦剛五月初訪問緬甸後，緬甸政府開始大規模在東北果敢自治區執行「限外令」。一位果敢族、目前住在臘戍的緬人告訴我們，緬北的詐騙園區與賭場，都是中國人在經營，緬甸軍政府對詐騙園區很頭痛，因為帶來了治安、經濟等重大問題。秦剛訪緬後，中緬聯合打詐，不讓外國人進入緬甸果敢自治區，希望有效防堵詐騙業的人口販運。

計畫趕不上變化，因為限外令，我們買不到機票，無法直飛大其力，只能先朝南飛，繞到泰國之後再搭機北轉進寮國北部。

金三角，以一條湄公河為界，分隔著緬甸、泰國與寮國。

從地理位置來說，金三角區域西北方是緬甸大其力，西南方是泰國美塞、清萊地區，東邊則是寮國的金三角經濟特區，就是以前的木棉島位置那邊。

這裡是三不管地帶，以前因為種植罌粟，是全球三大毒品供應來源地，地下經濟活絡，但治安卻相當差。

現在，已不可同日而語。

從泰國清萊口岸，我們一人付一百泰銖船資，在「嘟嘟、嘟嘟」的船隻馬達嘈雜聲中，抵達了寮國金三角經濟特區。

入住了特區主席趙偉耗資十三億五千七百萬元人民幣（約五十九點七億元新台幣），費時兩年建成的木棉之星酒店。賭場閃爍的霓虹燈、酒店的燈光秀，奔波了一天，一進入房間，大大的落地窗前，放置了一個大浴缸、king size的床上，精巧地折疊了一隻天鵝。

午夜，躺在床上，身體明明很累，但卻睡不著，面對燈火通明的街景，有著今夕何夕的恍惚感。我跟遠在台灣的同事在Line上討論著這奇幻的一天，昨晚還在停電停到心累、早早躺下卻熱到睡不著的城市，今晚卻在燈火通明、冷氣涼到要穿外套的酒店裡，面對這一切，我竟脫口跟同事說：「我有點捨不得關燈。」

第二天早上，用完早餐後，我與同事下樓時，一進電梯，已經有兩女一幼童在電梯內。母親穿著無袖上衣，面無表情。我低頭看了看小女孩，年紀約莫四五歲，但我驚訝的是，她手上拿著比她手掌還大好幾倍的仿真黑色玩具槍。

小女孩朝著天花板方向作勢發射，眼光剛好與我交會，我朝小女孩笑了一下。

「媽媽，她在笑我！」小女孩突然出聲。

我嚇了一跳。

一個只是禮貌性的招呼，小女孩竟如此防禦心態，向她媽媽投訴我笑她，這帽子扣得好大啊。

我心中糾結著要怎麼向她媽媽解釋時，她媽媽依舊面無表情冷冷地說：「她是跟你打招呼。」

但小女孩拿著手槍對著我，表情執拗地似乎在控訴我在笑她。

一時之間，我不知如何回應。還好電梯也剛好抵達一樓了，我與同事可以迅速「逃離」電梯小女孩的眼神。

在這個經濟特區裡，消費很高，因為大家花的大多不是自己的辛苦血汗錢；在這個經濟特區裡，紅男綠女，做啥勾當，你知我知大家知，透明得很——典型笑貧不笑黃、賭、毒的畸形社會。

一個天真無邪年紀的小女孩，手上的玩具是槍枝，面對友善的招呼，竟認為是惡意的嘲笑，我心中有千百個疑問：「她究竟是生活在什麼樣的環境下啊？」

金三角賭場外牆廣告

四、不得其門而入的大其力

蔡日雲

這次規劃執行東南亞四國詐騙園區現況直擊，緬泰邊境的苗瓦迪、柬埔寨的金邊和西港都屬於可以自由進出的地方，只是之前有聽聞外籍記者到園區採訪，被保全發現有攝影機，當場便被砸得稀巴爛，所以同事到園區採訪拍攝時，只要小心一點，不要被園區保安察覺，應該就可以完成任務。

不過，緬甸北部果敢老街和位於緬甸東北、金三角地區的大其力，我們百般嘗試，就是行不得也。我們在緬北臘戌時，當地人知道我們想要進老街採訪，還告訴我們說：「最危險的是大其力，擄人、殺人，什麼壞事都幹。」

我們輾轉抵達泰國最北部的城市美塞時，特意到中緬友誼大橋繞了一圈。新冠疫情發生這兩年多，聯繫緬甸與泰國的中緬友誼大橋一直關閉，直到二〇二三年二月二十日才再度開放。

以前，在這裡有一個不成文的「visa run」做法，對遊客很方便，只要花個五百泰銖（約四百五十元新台幣）就可以從泰國美塞這一端的口岸，在泰國海關抵押護照，通過海關，走過這條短短只有五十公尺的橋，到緬甸大其力那一端，玩個一下午之後，在當天大其力口岸關閉之前，返回美塞海關。當時拿台灣護照，也是可以比照辦理的。

原本我們要從緬北曼德勒搭乘國內航班飛往大其力的做法，因為緬甸發布「限外令」，無法達成後，我們便想嘗試從美塞口岸，走個visa run。

我們在美塞海關口岸，碰到一位來自挪威的年輕女孩，看起來頂多二十出頭吧，皮膚曬得黝黑，臉頰上滿滿雀斑，綁著散亂的馬尾，一直踮腳向緬甸方向盯著找人。

「你住在緬甸嗎？」我用英文問她。

「蛤？我不住那邊。」女孩說。

「可是我看你在這邊一直看緬甸那邊，那邊外國人不能進去了，所以我以為你是住在那邊，才剛出來的。」

「我只去了那邊十分鐘而已。」女孩燦笑著回答。原來，她與朋友花了五百元泰銖押了護照，去走了一趟緬甸，打卡拍照證明到此一遊。但她與朋友分散了，朋友一直沒有出泰國海關。

我問她：「花五百元泰銖，到緬甸國土走十分鐘，值得嗎？」

「看你囉，我覺得很有趣。」女孩說完，自顧自地笑。

我與同事也決定仿照她的方式，闖闖看。問了女孩怎麼做，她領了路，指了指對面的海關，叮嚀我們不要管其他人，一路走到底，走到那個海關關卡，告訴他們「我要去緬甸那邊，很快就回來」，然後給他五百泰銖就可以。

分手前，女孩還祝我們好運。

於是，我們試著到美塞海關口，海關拿起我的護照一看，劈頭就說：「你今天剛剛才從清萊海關進來，現在又要去緬甸？」並說，我們的簽證是一次簽，如果要出境去緬甸，就不能再回來泰國了。

我試探性地詢問：「不是有visa run嗎？我朋友半小時前剛剛才這樣做過，推薦我也來玩。」女海關一直說：「不行，你們沒有簽證，過去之後，就不能再入境。」被我糾纏一陣後，女海關覺得為難，便打電話找她的上級長官來處理。

經過一陣折騰，她的長官告訴我，我如果想再回泰國，必須再辦一次簽證，要二千泰銖，但只能到橋頭拍照就要回來。我堅持要走visa run，不想再辦一次簽證。他們不曉得，今天我們在寮國金三角經濟特區海關出境和泰國清萊口岸入境時，已經被簽證的事搞得煩躁透了。

男長官見我堅持，便與女海關交談一陣子後，然後轉頭告訴說：「不然簽證只要一千二百元泰銖，你去拍個照就回來。」

兩個人花二千四百元，我與同事相視而笑說：「算了，進不去大其力，在緬甸口岸拍照一遊，沒意義。」於是回絕他的提議。

男長官領我們往回走出美塞口岸後，指著緬甸大其力的方向說：「沿著這條路走，就可以拍對面的緬甸，你們也可以往山上的廟走，比較高，可以看到更多。」

我們照著他指示的方向，兩分鐘便抵達，短短十多公尺的中緬友誼大橋就在眼前。大其力，與我們隔了一條小河，雖然近在咫尺，但那距離，卻遠在天邊一般。

第六章

新型態詐騙方興未艾，小心上當！

一、認識詐騙——不是教你詐，是教你「防詐」

詐騙，是從有人類開始就已存在的行為，但隨著時代的改變，詐騙的模式也不斷推陳出新，加上手機與網路社群快速發展，人類互動模式的改變，詐騙行為也從過去金光黨單一或少數人的犯罪，漸漸朝向集團化經營。

台灣詐騙案與財損數也逐年攀升，根據警政署刑事局統計，二〇一八年以來，台灣平均每年有約二萬多件的詐欺案，二〇二二年甚至飆升至二萬九千五百零九件，財損高達七十億元，創近五年來新高。

在人們已習慣使用網路社群平台如臉書、Line、電子支付等，詐騙型態也隨之改變，網路投資詐騙已逐漸取代過往形式，光是二〇二二年的二萬九千五百零九件詐欺案件中，「投資詐騙」為六千六百件，約占百分之二十二，更不時傳出金額高的虛擬貨幣詐騙案。

詐騙集團也利用網路無疆界的特性，規避國內法規，大舉移往法制不健全的東南亞國家，如柬埔寨、緬甸等，以集團化經營模式，在當地形成一個個詐騙園區。除跨境行騙國人，這些詐騙企業為增加「從業人員」，又無法如正規公司公開招募人員，於是用拐騙方式引誘國人到詐騙園區工作，稍有不從便用暴力手段逼迫員工當詐騙苦力，更把績效不佳的員工當作「豬仔」販售，衍生人口販運犯罪。

我們整理了近年來新型態詐騙類型及手法，希望能讓詐騙犯罪無所遁形，藉此保護自己及周遭的人，避免淪為詐騙犯罪的下一個受害者。

柬埔寨西港凱博詐騙園區，出入口皆有保全看守

二、跨境詐騙席捲全球

電信詐騙源起於一九九〇年代末，該技術的起源，正是我們居住的所在地——台灣。台灣早期稱詐騙集團為金光黨，常見的手法有刮刮樂等，後來發展出「積欠話費」等各式電話詐騙手法，二〇〇六年，全台財損高達一百八十五點九億元。

隨著全球電信與金融自由化及資通科技高度發展，台灣詐騙集團的活動基地首次跨境轉移到中國大陸，並吸收大量中國人加入。當時許多電話機房都設在中國大陸沿海城市，也因此開啟了兩岸警方合作打擊詐騙的模式。

中國大陸沿岸大量機房被取締後，詐騙集團再次跨境轉向在泰國、印尼、菲律賓等東南亞國家設置機房，近來甚至朝中亞、東歐、非洲等國家發展，被形容是「台灣詐術輸出，行騙天下」。

網路興起前，詐騙集團主要犯罪工具是靠市內電話，進入網路化社會後，人手一支手機，隨時都有網路訊號可使用，加上電子支付興起，詐騙黑色產業蓬勃發展，犯罪手法更多樣化。

像是假愛情交友詐騙，詐騙集團成員盜用帥哥美女的照片當作大頭貼，再藉由臉書、Instagram或其他交友軟體等管道，鎖定單親、單身、失婚、喪偶且具有經濟基礎的中年民眾隨機搭訕，自稱是戰地軍官、軍醫或駐外工程師等成功人士，每天在社群軟體對你噓寒問暖、喊你「寶貝」、「親愛的」，讓人產生戀愛的感覺。

培養感情一段時間後，就開始用包裹寄到台灣給你保管、請你代收，接著以包裹卡在機場或港口需要繳納關稅、運費、手續費等名義，限期要求你代轉帳、匯款，關卡重重。等你匯款之後又重複以上說法並編造理由，要你持續匯款，成功騙到錢後，你就再聯繫不上對方，你的那個「愛人」從此人間蒸發。

包裹這個套路，經過警政單位強力宣導防詐後，已逐漸失效，詐騙集團又改用交友名義、分享獲利祕辛，誘騙受害人加入造假的投資網站。光騙國人不夠，他們利用網路翻譯軟體，瞄準外國人「坑殺」。我們訪問到一名從柬埔寨詐騙園區逃出受害者，他透露，他在園區就是透過臉書、交友網站專騙歐美人士，他們用Google翻譯跟對方聊天，如果聊得很好，就會叫對方投資某個網站，等對方投資很多錢後，他們就會收掉網站。

近來AI技術不斷提供，假愛情交友詐騙手法也創新，詐騙集團不須盜用帥哥美女照片，直接利用AI人工智慧可模擬人臉或是聲音的技術，在交友網站與受害人互動，進而騙取錢財。

三、虛擬貨幣詐騙金額屢創天價

在跨境詐騙中，虛擬貨幣詐騙案往往創下天價被騙金額。虛擬貨幣又稱為加密貨幣，是透過加密技術來製作保管場所，存在於區塊鏈（Blockchain）上，近幾年全球的虛擬加密貨幣市值大漲，吸引不少投資人目光。由於一般大眾不清楚「如何買到真正的虛擬貨幣」，也不了解「虛擬貨幣該如何投資」，更不知道虛擬貨幣存放在哪裡，讓詐騙集團有機可趁，往往受害人發現被騙時，已投入高金額。

二〇二三年六月就發生一起台南五十多歲婦人，在網路上認識一名男子，幾次詢問對方稅務問題，男網友皆應答如流，婦人因此相信對方，讓其代為投資虛擬貨幣以太幣（ＥＴＨ）。婦人共投入一百筆資金，購買價值一億六百萬多元的以太幣，直到發現無法兌現時，對方還藉口要她再匯數百萬元綜合所得稅，婦人才驚覺被騙報警。

詐騙集團慣用假愛情交友手法，先在社群平台、交友軟體來接觸受害者，漸漸讓目標放下戒心，等取得對方信任就露出獠牙，分享成功的投資經驗，再誘使受害者開始「投資」。有的詐騙集團會架設假的交易平台，故意使用與知名交易所非常相似的網站名稱，讓受害者以為自己進到的是正確網站。

有的詐騙集團會在受害者使用正規工具時設下陷阱，如引誘受害者將錢包資金傳送到不明錢包地址進行認證，再用疑似被盜、客服確認等話術，讓受害者展示加密貨幣錢包，甚至直接要求受害者連結到假交易所內使用該錢包，然後將錢包資金全數盜走。

虛擬貨幣具匿名性，不易追蹤，且這些詐騙集團釣魚網站往往設在境外，受害者雖即時報警，但警政單位卻很難追回受騙的錢。

我們訪問的柬埔寨詐騙園區受害者中，有多人提到他們在園區工作時，被要求在網路上引誘人購買虛擬貨幣詐騙。一名受害者說，他們常到虛擬貨幣圈具影響力的名人臉書，從追蹤者中鎖定中年男子聊天，看對方能不能使用他們開發的虛擬貨幣錢包App進行投資，該App可監控被害人錢包內的虛擬貨幣情況，然後再把對方的虛擬貨幣盜走。

另一名受害者談到逃離園區過程，提到當時詐騙集團要求他的家屬付二萬美金贖金才讓他離開，甚至還規定只能用虛擬貨幣支付。

四、小心抓交替

跨境詐騙的興起，也與賭博產業有著密不可分的關係。賭博業的興起，帶動東南亞的觀光及經濟成長，二〇一三年中國「一帶一路」大舉投資柬埔寨，大量中方資金湧入，不只基礎建設，更選定西哈努克港（Sihanohkville，簡稱西港）要發展成媲美澳門的娛樂天堂，原本是歐美度假勝地的西港，頓時成了「經濟特區」。

二〇二〇年，中國政府與菲律賓、馬來西亞、緬甸和越南政府展開合作，逮捕大批中國籍犯罪嫌疑犯，阻斷人民幣外流，光是柬埔寨頒布「禁賭令」，就造成當地超過四十萬名中國人離境，業者為求生存，改朝成本更小、利益更大的詐騙產業發展，原本的博奕賭場，頓時搖身一變成為詐騙園區。

過去台灣詐騙集團前往境外設置機房，由於高階管理人員與前往工作的民眾都是以賺錢為主要目標，較少出現內部成員遭毆打或發生生命安全等爭議情形。然而，二〇二〇年起，原本在東南亞從事詐騙的中國人遭到大量勸返，加上疫情影響，外國員工無法入境，在園區缺工的情況下，不少業者鋌而走險，以求職詐騙、當街擄人為手段，誘騙各國民眾前往園區，賺取非法利益。

跨越台灣、柬埔寨和緬甸三地的新興人口販賣產業鏈快速成形，犯罪集團將人口視為交易商品，並在多個國家邊界串聯運作。

二〇二一年起外交部開始接獲多起陳情求援案例，不斷傳出台灣人受到高額工資引誘、嚮往國外工作、疫情期間求職不易或需要金錢等原因，成為人蛇集團與詐騙集團的目標。

被詐騙的台灣人年齡分布以二十多歲年輕人為主，部分民眾因為「不需經驗、高額工資、工作輕鬆、包含食宿與機票」的工作機會而被騙出國，遭犯罪集團輾轉販賣給柬埔寨詐騙園區，從事跨境電信詐騙或線上賭博等非法工作，接著被犯罪集團沒收中華民國護照、毆打、非法拘禁、不斷轉賣與限制自由。

隔年、二〇二二年，多個國家邊境因為疫情趨緩解除封鎖，受害者開始迅速增加。最初刑事警察局國際刑警科認為只是賭博產業的勞資爭議，但隨著愈來愈多的外部情資指出，愈來愈多台灣人在柬埔寨、緬甸詐騙園區遭到非法拘禁、毆打和轉賣，認定該國際詐騙集團的案件已演變成人口販賣事件，並形成「賣豬仔現象」。

這些詐騙集團慣用手法都是打著高福利、高薪的噱頭，不少受害者分享自己受騙到當地「工作」的經驗，如「不聽話就會被打」、「沒飯吃，沒水喝，沒熱水洗澡」等，希望透過自己的遭遇，警惕大眾不要再輕易上當。

「抓交替」也是詐騙集團的慣用手法之一，集團成員利用被詐騙來工作的想回家這個弱點，要求他誘騙親朋好友來參觀工作地點、招待旅遊，再將人從機場直接擄走，甚至還有假扮異地戀的人頭帳號，會以受困柬埔寨、拿錢過來贖我等說詞，誘拐民眾前往當地。

緬甸臘戌電力匱乏，攤販車上自備太陽能供電

後記

詐騙園區採訪側記

我入了亂邦，並活著回來了

資深記者
張麗娜

古人云：「危邦不入，亂邦不居。」不過這一次，我入了亂邦，順利完成了採訪，並且活著回來了。

這一次前進泰緬邊境城市美索，採訪東南亞四大詐騙園區之一的緬甸苗瓦迪地區（俗稱ＫＫ園區），該地也被稱作東南亞人口販運最終站。之所以有「最終站」的稱呼，是因為東南亞詐騙案的中的豬仔，若沒有利用價值，就會被園區轉賣，每次的轉賣，豬仔的賠付金就會增加，但若經過轉賣還是無法執行詐騙任務，就會被當成沒有價值的人，直接送到緬甸的苗瓦迪園區，不是送妓院，就是進行活摘器官，然後再將屍體拋到公海，在將身上僅存的利用價值榨乾後，受害人通常是有進無回，因此被稱為「最終站」，不只是轉運的最終站，也常是人生的最終站。

為了順利採訪，出發前從網路上搜尋苗瓦迪的資訊，看到的不是緬甸的內戰衝突，就是詐騙園區內的凌虐、綁票、撕票、活摘器官等驚悚報導，不然就是當地軍警的惡形惡狀，包括索賄甚至參與協助人口販賣，苗瓦迪也被網路列為「絕對不要前往的地方」。

所幸，這次我們前往的不是苗瓦迪，而是與苗瓦迪一河之隔的泰國美索。

這次是我第三次前往泰國，第一次到泰國是二十多年前的泰北旅遊，前往清萊、清邁、金三角等地，看已故歌手鄧麗君生前的最後居住地，看世界僅存的少數民族——長頸族，走訪電影《異域》裡的泰緬孤軍後裔，看的都是泰國純樸的風土民情；第二次則是五年前的家族旅遊，前往曼谷及芭達雅等景點，體會泰國首都曼谷的繁華，以及芭達雅的自然美景與體驗豐富的水上活動。

然而這次的行程則是與前兩次泰國之旅全然不同，前進泰緬邊境城市美索，不再是旅遊那麼簡單，而是身負採訪重任，需要近距離觀察苗瓦迪的詐騙園區生態，心情不同，體驗也不同。此行，所幸有GASO成員Sammy的帶領，一路上不厭其煩地為我們解說苗瓦迪的政經情勢、風土人情，還有分享詐騙園區內的黑幕及國際救援過程的困難，才讓我們能夠在此次驚險的過程中全身而退，順利完成這此次艱難的採訪任務。

從事新聞工作二十多載，由於跑的是政治路線，接觸到的都是有權有勢的政治人物或是政客，雖然政治也有其黑暗面，但比起詐騙園區的黑暗內幕，簡直就是小巫見大巫，驚險程度也絕非政治新聞所能想像。

我是土生土長的台灣人，在台灣生活了五十載，從來沒有想過這世界，還有人會被如此不堪的對待，原來這社會還有如此的黑暗面，人性還可以如此殘暴，如此不堪，雖然新聞也多少會報導這種社會黑暗面，但這次卻是身歷其境，這對以前的我而言，是完全無法想像的世界。

結束了五天的採訪行程，當飛機抵達桃園機場的那一刻，我心裡只有一個感想，就是：「能回活回到台灣，真好！」我在心裡想著，或許這世界並不完美，或許詐騙與黑道永遠不可能消失，但仍期盼能夠透過我們的第一手報導，讓世人明瞭這些詐騙園區手段的黑暗，避免讓自己及朋友淪為詐騙園區的下一個受害者。

這是我們衷心的期盼。

詐騙園區採訪側記

充滿驚喜與驚嚇　由衷感謝柬埔寨

資深記者
王吟芳

這不是一次輕鬆愉快的出國行程，而是公司臨時交付的五天四夜採訪任務，目的地則是從來不曾出現在我旅遊計畫中的柬埔寨，這個從二〇二二年下半年開始，讓台灣人聞之色變的國度。

約莫從二〇二二年七、八月起，陸續傳出有來自中國與台灣的年輕人到柬埔寨求職，卻被扣押護照限制自由，並強迫從事電信詐騙及囚禁凌虐的案件，部分被害人甚至被層層轉賣到緬甸、泰國等其他東南亞國家，最後連血奴、活摘器官等駭人事件都登上新聞版面，讓柬埔寨的國際形象與觀光收入手牽手一起跌落谷底。

柬國政府為了力挽狂瀾，從二〇二二年九月開始展開幾波強力掃蕩，企圖從電信詐騙及人口販運的臭名泥沼中爬出，經過半年的沉澱，現在呢？金邊跟西港的詐騙園區都清空了嗎？還是已經轉戰到泰國、緬甸、金三角？作為一個立足台灣、放眼天下的新網媒，《菱傳媒》很想帶領讀者去看一看。

從大二實習開始就半隻腳踏進新聞圈的我，二十多年來雖然跑過大大小小的災難現場，還在不計成本派記者出國採訪的《蘋果日報》待了十幾年，卻從未有國外出差的經驗，所以在四月十九日接到總編輯來電告知可能會派我去中南半島的柬埔寨時，心跳硬是停了一拍，除了疫情期間護照過期，不知能否在出發前趕辦出來的技術問題之外，最擔心的就是人生地不熟加上語言不通，我懷疑自己身在異國，真有辦法圓滿達成任務嗎？

對記者來說，達成任務的唯一解答就是寫出好故事跟拍到好畫面。問題是，出發前我們唯一能確認的受訪對象，只有在當地從事救援工作的全球反詐騙組織（GASO）成員，其他都是未知數；但往好處想，有GASO夥伴充當引路人，代表至少在摸底金邊跟西港詐騙園區這塊是可以成行的。因此一經確認護照來得及辦成，整個採訪行程就此敲定。接下來一直到出發前，就是跟時間賽跑全力蒐集資料，規劃抵達之後要處理哪些面向的報導。

很幸運地，在世界各地都能找到線民的總編輯蔡日雲到處打聽之後，丟給我一個人名跟手機號碼，他是在柬埔寨經商多年的僑務委員張清水，也是過去一兩年來在當地致力營救台籍被害人的關鍵人物；更幸運的是，取得聯繫時他人正在歐洲世界台商總會參訪，返回金邊的時間，就在我們抵達的前一天！對於《菱傳媒》的約訪他很爽快地答應，就像許多老派政治人物，見面就是交個朋友，記者到底要問什麼，反而不是那麼重要。如此信任讓人安心。

但是，僅僅是約到了人，還不到可以安心的時候。通常在採訪之前，我會先上網爬梳資料，把對象的學歷、經歷、祖宗八代都找出來，增加面對面時的談資，等待一切發生化學作用的那一刻；萬一沒資料可查，當一張白紙去盲訪，就只能聽天由命碰運氣了。

事實上，這次柬埔寨之行訪過的對象，就屬張清水跟「和平飯店」的A董最讓我提心吊膽，因為行前沙盤推演過許多狀況，最擔心的就是他們有所顧忌，會拒談參與營救的細節，真是如此的話，到時就只能出動「八字型」問法了。

這一招，我是跟黃全祿檢察官學的。黃全祿是誰？二〇〇〇年十月三日，台北地檢署選在中時報系五十周年社慶期間搜索旗下的《中時晚報》，帶隊的主任檢察官就是黃全祿，搜索原因則是《中晚》挖到大獨家，以問答方式把劉冠軍案偵訊筆錄全文照登，這次行動引發偵查機關是否應保有搜索權的論戰，隔年檢察官的搜索權就被修法劃歸法院，檢察官也不再能充當「人肉搜索票」了，這是後話。

當時我在《中晚》社會組跑司法，雖然不是我的獨家，卻是四個掛名記者之一，所以當天也被傳喚到檢察官辦公室做筆錄。原本以為北檢只是做做樣子，沒想到一進去看到書記官跟錄音機都在，就知道他們是玩真的，沒有要跟我泡茶聊天的意思。

印象中，那天黃全祿問了好多問題，主要是在筆錄刊登前幾天，《中晚》社會組好死不死，跟承辦劉冠軍案的調查局某單位有一次餐敘，吃完飯又續攤唱歌，一夥人喝得東倒西歪，檢方懷疑筆錄外洩跟這場飯局有關，人事時地物問得分外詳細，耗掉大把時間，問題多到讓我察覺，他的問法有一個規律性，有些問題會被以不同的角度跟方式重複提起，讓我好幾次在回答前大腦當機，必須用力回想：「我剛剛到底是怎麼說的？」就像拿筆反覆畫一個八字，繞來繞去都會回到同一個點上；那些本來不想說的，經過幾次旁敲側擊、匍匐前進，也很難不漏口風。

不過，事後證實這些擔心是多餘的，我跟搭檔同事泊志根本就是「人品大爆發」，在抵達柬埔寨首都金邊的第二天中午，就陰錯陽差訪到了傳說中的「柬埔寨版和平飯店」負責人A董。

記者生涯永遠充滿驚喜，以及驚嚇。在金邊的第二天上午，我們順利錄完張清水委員的訪問，隨即依計畫搭車趕往「和平飯店」，準備採訪一名自行逃出園區，被輾轉安置在飯店的女孩，但到了飯店卻發現，女孩已經在前一晚不告而別，重要的約訪對象落跑，讓我們瞬間從天堂掉進了地獄。

之所以只約訪這個女孩，是因為前一天從GASO夥伴口中得知A董義舉時，她們直接否決了我們約訪的要求，表示A董很低調，尤其需要被保護，不宜在媒體上曝光。但當我們人在飯店，得知女孩跑了而一籌莫展的時候，突然瞥見飯店櫃台內一件屬於負責人的東西，彷彿是上帝給我們打PASS說：「嘿！給不給訪應該要問本人，不是嗎？」

由衷感謝柬埔寨。

詐騙園區採訪側記

貼近新聞核心，事實就不遠了

資深記者
林泊志

「If your picture isn’t good enough, you’re not close enough.（如果你的照片不夠好，是因為你不夠近。）」這句是出自上個世紀著名戰地攝影記者之一的匈牙利裔美籍攝影記者Robert Capa的名言，簡單道出對於新聞照的好壞判斷，卻也隱約闡述了新聞工作的核心：唯有努力不懈挖掘事實全貌，才能貼近、揭露真相。

二〇二三年二月十五日進入《菱傳媒》，同樣是從事新聞工作，不一樣的是，不須再汲汲營營每日的即時新聞，轉而以追求獨家新聞、調查報導及民調為主的深度報導。

對於出身地方的記者而言這是一大挑戰，更是檢視新聞工作多年後所累積的工作經驗、對於議題的思考深度與人脈網絡。

接到採訪工作指派的當下，正與家人在日本九州旅行，起初只知道要前往中南半島採訪，內容一概保密；直到返回台灣才得知，要前往的地方，正是二〇二二年詐騙集團最為猖獗的國家之一——柬埔寨。

就在傳出詐騙集團活摘器官消息後，外界對於柬埔寨存在不小擔憂，連外交部也把柬埔寨列入紅色「不宜前往，宜盡速離境」的旅遊警示，不少保險公司旅遊平安險也不願承保。

對於這種危地，多數人會抱持著「危邦不入，亂邦不居」趨吉避凶的心態，避免前往這個地方，但媒體工作就反其道而行，「明知山有虎，偏向虎山行」只為帶出第一手觀察與報導。

前往柬國採訪的準備時間相當有限，除得立刻申辦e-VISA，還得趕緊透過網路、書籍尋覓相關資料。

對外界而言，曾是佛教國家的柬埔寨，最為人知曉的，就是一九九二年被聯合國教科文組織納入「世界文化遺產」、位在該國暹粒省內的吳哥窟景色，但對柬國其他事物卻相當陌生，許多資訊都是透過歐美、中國等國家的媒體、通訊社發出，連柬埔寨金邊、西港等地的Google街景圖，都還停留在二〇一三年，無法在出發前精準掌握當地狀況。

因國家與文化不同，各國媒體對於同一件事的闡述存在著不同框架，如何盡力跳脫、釐清這些框架下的資訊，貼近真相，端看每個人媒體識讀能力；網路及書籍的資料，就是參考資訊，只有實地採訪才能驗證。

飛抵柬埔寨金邊機場，熱帶國家的陽光總是閃耀，空氣中瀰漫著熱度，攝氏三十五度的高溫是當地的常態。多條市區道路才剛完成柏油路面鋪設，似乎是為了東南亞國家運動會所做，市區交通相當忙碌，大小各式車輛在路上奔跑，沒有紅綠燈的街頭，路口情景忙亂卻也自成秩序。

五天的採訪工作十分匆忙，一下機就與同事和全球反詐騙組織GASO人員接洽，接連探訪多個詐騙園區，採訪被騙往柬國從事詐騙的台灣人以及協助救援的多名受訪者，試圖從實地走訪與訪問中，描繪出當地詐騙集團的大致圖樣。

人生地不熟的環境，許多事物對我而言都相當新鮮，滿街奔跑的嘟嘟車，堆積成山的榴槤，街頭隨處可見的椰子攤，十分有趣；但出發前得知柬埔寨的治安狀況不佳，連日的資料爬梳，搜尋與詐騙集團相關訊息，不諱言，在剛踏上柬埔寨土地時，確實對當地的人事物帶著一絲不信任，也對柬埔寨貼了「詐騙國度」的標籤。

或許每次艱辛、孤獨的採訪工作，都是不同且回味無窮的學習，也讓人生增添了許多有趣的片刻，這是過去二十多年媒體工作所得來的經驗，柬埔寨的採訪也不例外。

抵達第一天當晚，與同事外出用餐，走在金邊街頭，到處可見的都是中國餐館或建案，婦人推著攤車結束一天工作，有小販還在街頭人行道點著微弱的燈光擺攤，拾荒客沿街撿著可回收賣錢的物品，還有嘟嘟車司機齊聚小攤裡，啜飲一口涼茶，等候著生意上門……。金邊日常的氛圍，與事前要採訪的詐騙集團題目大不相同。

在柬埔寨的採訪行程，多是搭乘當地黃包車穿梭大街小巷，數次試圖與司機聊天，溝通、談話沒有想像中順利與容易，但司機總是面帶笑容回應。

居民和善，民風淳樸，是到柬國後的最大感受，之前存在的不信任感也隨著接觸而消散，令人更想要深入這塊土地與人民，了解當地的生活與文化。

在金邊市區搭車一度迷航，與同行的同事吟芳嘗試在街頭步行，體會這座城市的角落，某處高架橋下有母子四人在街頭販售涼飲的場景最令我印象深刻。

遇到這一家子時，豔陽高照，氣溫超過攝氏三十五度，我與同事吟芳揮汗如雨走在街頭，準備找處陰涼處稍加休息，叫車前往吐斯廉屠殺博物館，但看著年約二歲的男童，就光著身子當街沖涼，看著他拿一壺涼水從頭淋下，甚至快意，連我也感受到那絲涼快。

拿出手機跟相機當街記錄，男童的母親忙著做生意，無暇搭理我們，男童兄長好奇跑過來。雖語言不通，看他好奇眼神，我心領神會地拿出相機及手機讓他看剛剛拍的照片，他開心地笑著，似乎有些滿意，而男童的姐姐臉上掛著靦腆的笑容，繼續幫忙母親削甘蔗做生意。一家四口在街頭為了生計拚搏，或許就是柬埔寨底層的生活日常。

無論在金邊或是在中國「一帶一路」下被劃為經濟特區的西哈努克港，每個詐騙園區有著數千人在園區內向世界各角落詐騙，透過掌握貪婪、掌握需求、利用人們的不注意、操縱著同情、恐懼、迷信等心理手段，讓不知情的人們陷入詐騙集團設下的陷阱成為一個又一個受害者。

數千上萬的詐騙組織成員與無法計數的被害人，各自有著不同的人生故事與遭遇，在每起詐騙事件中，他們扮演著不同身分的不同角色。

在柬埔寨，詐騙園區與民居只是一牆之隔，比鄰地存在，居民不會因為好奇而停下腳步多瞧一眼，甚有小販或店家，倚靠著園區做起小本生意，居民與「惡」的距離，如此之近，卻也如此遙遠。

從採訪的當下與返台後不斷地反覆思索咀嚼，詐騙之所以橫行，起於貪，存於不知足與自我的疏忽，因人性弱點而讓它得以存在世界每個角落。

從犯罪學角度，就算有著重刑文化的國度，卻也因為政治體制、經濟型態、社會結構、法律制度、文化與習俗等因素，使得犯罪無法根絕，詐騙亦不例外，只能透過理解犯罪行為，發展出預防的方法、手段，增加人們對犯罪的認識，才有辦法減少被害的機率。

前往中南半島包括柬埔寨在內的詐騙園區採訪，從反詐騙組織了解各類型詐騙手法，透過與協助營救的無名英雄及來自不同地區的被害人，深入探討他們的故事，或許透過前進第一線的採訪報導，把當地的狀況帶出來，讓閱聽人對於詐騙犯罪多一些認識，從中得以借鑑，強化預防犯罪意識。

從事新聞相關工作已逾二十個年頭，回想剛踏進媒體時，正歷經千禧網路經濟泡沫，欣欣向榮的媒體產業由盛轉衰，隨著傳播科技與行動載具的快速發展，帶來媒體百家爭鳴，活力蓬勃，但公信力卻轉趨式微的時代，一再衝擊著這個產業；而當年就存在的詐騙手法，隨著新科技更被廣為使用，而且為害愈大。

年輕時懷著當戰地記者的夢想，卻從地方記者工作開啟新聞事業的征程，一度轉戰電視台國際新聞編譯，歷經恐怖攻擊興盛的年代——美國九一一攻擊事件及二次波斯灣戰爭的年代，卻也因所見所聞來自帶著各種框架的外電新聞，思考著追尋新聞本質及轉瞬即逝後，再度回到地方，從轉瞬即逝的電視台工作，轉戰平面媒體。如今進入《菱傳媒》從事更深入新聞核心的調查報導工作，職務與工作內容雖有改變，但不變的是，持續貼近新聞事實，透過求真求實，拉近與事實的距離。

柬埔寨金邊街頭一名年幼的女孩幫忙削著甘蔗，年幼的弟弟在旁嬉戲

詐騙園區採訪側記

我害怕的不是人身安全，而是任務還沒開始就要結束怎麼辦？

資深記者
蘇聖怡

結束十天中南半島採訪任務，脫離動輒近四十度的炙熱黏膩，回到初夏的台灣，剛回來的那一兩天，剛好鋒面通過，台北的氣溫停留在二十度左右，最是宜人舒適的溫度，但已被中南半島豔陽炙烤馴服的我，竟忍受不了，懷念起那幾天的「溫暖」。

那一日，在台北街頭尋覓晚餐，信步走入一家滇緬小館，熟悉的香味迎來，看著牆壁上貼著鉛筆素描的畫像——「應該是吧？」索性問了問櫃台結帳的大男孩，男孩靦腆地說道，「是我們緬甸的……」我開心接話：「翁山蘇姬，對嗎？」像是遇到同鄉一般，開始嘰嘰喳喳說道，「我剛從緬甸回來。」換來對方的一陣驚愕。

後方廚房鑽出的大姐，一邊端著盤子，一邊驚呼：「你怎麼敢去？」因為疫情，已經三年沒有回過緬甸的大姐，一臉擔憂害怕地說：「不敢回去啊，現在局勢好亂！」那個害羞的大男孩，也是二〇二二年九月來了台灣，應該是再也沒有要回緬甸的打算了。

他們的臉龐，在我眼前，總是和當時在緬甸遇到的他們、她們影像重疊著——那些談起未來，總是一句「就這樣吧」的結語，臉上不是無奈，是紛亂局勢中最淡然的回應；那些守著自己緬甸家鄉，不知道有沒有機會迎來更好未來的緬甸華僑、老緬們；那些只想安身立命，卻要面對軍權、極權政府動盪的平民老百姓。詐騙橫行、治安敗壞，這一切，都不是曾經聽說過的那個緬甸，那個被稱為微笑國度的國家應該有的樣子。

這一次的採訪，沒有例行的會議、記者會，沒有安排好的受訪者，更不是幾通電話就能問到的新聞訊息，這應該是目前職涯生活中，最最貼近調查記者的樣態。行前雖然有爬梳相關資訊，也訪問了在當地住了好長一段時間的人士，但因為緬北局勢不明，除了一再被告誡當地危險，再三叮嚀不要前往，實質有助益的資料並不多，連如何進入此行設定的目的地——果敢老街，在出發前，進度幾乎為零。

無知／不知，或許成就了勇氣，帶著憨膽，跟著總編輯就這樣進入了此生也許不會再踏足的國家。若問我：到底害不害怕？擔不擔心？只能說，唯一一次，真的有擔心到，是在臘戌機場被海關人員拿起手機刪照的那一刻；但最害怕的，不是人身安全，而是：「任務還沒開始就要結束了怎麼辦？」一面對持槍查哨、索賄的人員，最擔憂的也是畫面到底有沒有拍到，以及，若被發現了，接下來的採訪怎麼辦？

這些畫面、資訊為什麼這麼重要？因為，此行的目的，就是希望透過深入詐騙園區，揭露當地情狀，讓亞洲社會的年輕人，不要再受高薪誘惑，投入這些萬惡不赦的詐騙勾當裡，成為傷害他人的幫凶。

這些賺錢手法，對當地社會的改變甚巨。我們看著緬甸日益嚴重的貧富差距，光著身子在門口就地盥洗的貧戶，對比市中心那些從詐騙園區「榮歸」青年炒作的咋舌地皮，還有動輒平均半個月薪水的一餐飯食，純樸的民情已經愈來愈被稀釋，騙人的、被騙的人生，都在經歷天翻地覆的變化。而這一切，「詐騙園區」的進駐是最主要的因素。

在緬甸的那些天裡，滿滿的愧疚感，揮之不去。

因為，電信詐騙的緣起，台灣要負起絕大責任。從早年的金光黨開始，隨著電信產業發展，詐騙手法日新月異，從事詐騙的人口也與日俱增，受害者、受害金額更是無法估計。利用人性中「貪婪」的惡行，因為貪婪，有人受到高薪誘惑加入詐騙團夥；因為貪婪，有人受到高利誘惑被詐騙金錢。

但更可惡的是，這些貪婪的人們，利用親情、恐懼等各種手法詐騙。聽到孩子被綁架的父母、聽到辛苦勞動存款被凍結的退休人士，還有利用感情、交友詐騙積蓄，利用求職心切的年輕人假徵才等，這些詐騙團體，讓社會失去了彼此信任，讓人們失去了彼此依靠。

這些詐騙團夥，改變了所有駐地所在地區的環境、社會，而詐騙招工的首要條件就是會說中文，因為詐騙的主要對象還是「華人」。詐騙的人達不到業績，可能面對人身安全，被詐騙的人可能身家在一夕之間化為烏有，除了極少數人賺得缽滿盆盈外，整個社會都陪葬了。所以，時至今日，對於加入詐騙集團的那些年輕人，不論原因，都實在無法令人寄予同情。

正在看著這本書、這篇文章的您，不論是基於什麼原因翻閱，希望，可以透過這些文字，少受一些當、少受一些誘惑，讓更多朋友知道，「歹路不可行」，因為改變的不只是你個人的人生。

詐騙園區採訪側記

十天東南亞採訪　腎上腺素飆升到極限

資深攝影記者
林啟弘

我是一位屬台灣中生代的攝影記者，職場經歷過不少場面火爆、行程緊湊、黑暗祕密採訪現場。但唯獨這次東南亞十天採訪，讓我腎上腺素每天不間斷衝高。

與同事們約好聚集點的那些過程就直接省略，畢竟無須著墨那些瑣碎，行程抵達的第一站緬甸仰光機場，立馬就好戲上場。簡陋機場的設施，實在超乎想像！還好因為簡陋，想當然耳證照查驗等一路也寬鬆不少，不下一會功夫順利出關。踏上這個從未到過的國度，如同國門一樣，「白牌」司機親切招呼，反正語言我聽不懂就算了，正當我跟同行夥伴談話，嘿嘿，竟然出現那個你所熟悉的「普通話」問我們是否要搭計程車，天啊！見鬼嘍！

哈拉一番之後，真歹勢，老總日雲早在Grab叫車平台上安排好。在車輛尚未抵達前，我的工作就必須加緊完成攝影紀錄，接著人與行李上車，一路頂著不開冷氣的計程車，高溫難耐地開往住宿的仰光飯店。辦理入住手續同時，服務生端來三杯沁涼飲料解渴，該死的體感溫度，瞬間就像進了冷氣房內，舒服到簡直飛上雲霄。放好行李想說可以好好地吹個冷氣，同行的老總日雲，隨即在群組通知去「視察」出巡。天啊……就這樣裝備背著行軍，仰光的豔陽高溫就不再贅述。直到晚間返回飯店開始整理影像檔案，結果傳說中的「斷電」發生了，但不影響後續作業，差別在於趕緊備份，體力、眼睛累壞了，處理完洗澡趴倒就寢，畢竟隔天一早準備冒險探索。

精神不濟起床用餐，沒胃口還是沒胃口，隨便用了麵包、咖啡，馬上搭車往下一站「臘戌」，計程車一路就這樣到了仰光機場。在我以為一切都是稀鬆平常地登機報到，殊不知竟然就這樣被四、五名帶槍的人員給團團圍著。第一時間聽不懂緬語只能用簡單英語回應，嘿嘿，軍警人員看到我手持「台灣」護照，旁邊隨即冒出一位年輕官員，操著中文說：「恭喜發財！」蛤？我愣了一下。他又說一次：「恭喜發財！」心想：「這是要錢嗎？」就回他，我身上沒錢，接著手比向隨行夥伴那邊，急忙向前問了一下日雲，還好她建議我直接拖走行李。我照做，沒被進一步包圍、勒索小費成功！

原來機場奇遇記還沒結束，抵達臘戌機場後，不少乘客（看樣貌應是當地居民），偏偏只剩下我們幾位持外國護照人士，必須被「留置」仔細查驗護照並須有當地人前來「接機」才能出關，否則一律無法通關。在發現其他外籍人士陸續離開機場後，孤單又無助的我們三人，幾經周旋，來回溝通，令人感動的「貴人」派夥計來接應我們出關。離開前還必須被海關人員拍照、留下資訊，就像台灣警察局製作罪犯口卡一樣，令我傻眼。

臘戌是一個尚待開發的城市，白天街頭紊亂，民眾不太守秩序，隨意穿梭馬路。但從民眾言行，我沒感受特別緊張氣氛，反而觀察到各重要的港口、機場重要出入都有荷槍實彈的軍警人員駐守崗哨。

臘戌電力供應不穩，街頭所見店家，備有發電機是正常的。店家也告知我們，這邊時不時就會停電。不管是小吃店老闆娘或採訪的民眾都會告誡我們：「白天是還好啦，晚上就盡量不要出來，因為沒路燈，什麼光怪陸離、搶劫打殺的事都可能發生。」天佑蒼生呀！

冒險任務肯定要有不斷的「高潮」，礙於緬甸軍政局勢不穩，待了三天之後的我們，只能被迫從前線撤離轉進後方曼德勒。曼德勒這城市堪稱文明世界，所以不浪費時間寫入記事，畢竟我們三人最終還是得從曼德勒飛到泰國曼谷分道揚鑣，而我必須轉場與另一組採訪團隊會合，又開啟另一場前途未卜的採訪行程。從曼谷到美索，這一趟八個半小時車程，得知可能隨時會訪到被營救出來的詐騙案受害者。當然我整個腎上腺素爆發、聚精會神、盡其所能用足眼力，就是要完整記錄這趟旅程。

到飯店看到印尼詐騙案受害者，他們精疲力盡、睡眼惺忪的樣子讓人印象深刻。不知道他們歷經多艱辛的過程，才能逃出來？其中一位已經生病，還發高燒，同行記者還捐出身上的一整盒感冒藥。採訪完回到飯店已凌晨三點，我還得要為下一場清晨六點半的採訪再做準備。只能拚了！

隔天與外國媒體一起在飯店祕密採訪菲律賓籍的詐騙案受害者，期間被店家發現，還爆發衝突，但當外籍記者表明，要請駐地的美國大使館人員處理後，衝突場面立刻緩解。這是我第一次真的見識到，「美國大使館」有多好用。

之後到泰緬邊境的黃賭毒群聚的經濟園區拍攝，司機一直告誡我們：「千萬不要下車喔，這裡是邊境、三不管，軍警民一家親（就是到處都有眼線），但派系很複雜喔！這邊根本沒正式對外開放，只要有外來計程車開進來，馬上被盯上。」

話才剛說完，我跟同事麗娜還是提起勇氣，要求司機讓我下車拍攝。

我才拍沒幾分鐘，一個拿著衝鋒槍的軍人，騎著酷似台灣農業社會時標準載貨摩托車蘭蒂50停在我身旁，並指著我要我表明身分。我拿出護照，他看了，確認我不是偷渡客，沒多為難我，只對我微笑了一下。我稍微放鬆緊繃的心情。他跟隨我回到車邊，也檢查我們隨行團隊人員護照，就離開了。司機非常緊張地說：「快走了，等等警察可能會包圍我們。」

隔天，我們又到園區，我再度下車鼓足勇氣拍了十多分鐘的照。這次是一位國安人員直接跟司機對話，要求我們離開，警告：「這不是你們該來的地方！」回程路上，我依然保持台式風格，雖然三字經在心裡狂罵，但臉上無表情地直到回飯店。是的，最後壓軸也就是隔天陪同二位自稱遭詐騙獲救的「同胞」前往移民局自首，然後結案。

就這樣結束工作，看見群組捎來「台灣，歡迎回來」留言，心裡的起伏猶如湧浪般，更遑論坐上回台灣的小花班機（華航），我確定自己十天採訪行程結束，頓時感覺腎上腺素下降，整個人像洩氣皮球，昏昏睡去。回到台灣，只有一個感覺：回家真好！

謹記給自己：戰士需要的是戰場，舞台留給需要舞台的大家。

只要有勇氣跨出那一步，想助你一臂之力的受訪者就會出現

執行總編輯　賴心瑩

「小時候不讀書，長大當記者。」這是近年來社會上對記者職業的批評。每每聽到這樣的批評，我常在想，這樣的形容，於我而言似乎只對了一半。的確，年輕時的我不是挺愛讀書的，我真正開始自主學習新知反而是在當記者之後！

一入行就投入司法圈的我，對於之乎者也的文言文法條，彷彿在看天書一般常常有看沒有懂，對於司法程序更是完全沒概念。為了工作，我拿出採訪單位送的《小六法》，一條條研讀《刑法》、《刑事訴訟法》，從最基礎的法條開始學起。因為我至少得搞清楚，被告送進地檢署後的程序、流程，畢竟我得有基本的法律概念，不然我連怎麼開口發問都有困難啊！連問題在哪都不知道，該如何採訪受訪者呢？

新聞每天都在發生，每件個案都是我的教材，讓我從中學得相關法律；法官、檢察官等受訪者都是我的明師，引領我走入法律的世界；這些個案與受訪者，成為滋養我茁壯的養分，讓我成為現在的我。

極其有幸的是，二〇一一年時我曾一口氣以兩個調查報導同時入圍卓越新聞獎，一條是「法官輕判性侵幼童的色狼引發白玫瑰社會運動」，另一條是「司法黑幕——踢爆最高法院法官為子關說案」！白玫瑰運動是我參與甚多的調查報導，司法黑幕則是我主導的調查報導。

白玫瑰運動的起源是我和同事聯手，陸續揭發多起法官輕判性侵幼童的色狼，輕判理由都是因為這些不到七歲的幼童，沒有辦法表達他們「非自願接受」色狼的犯行，法官因此援引文謅謅的法條內容，認為色狼「未違反當事人意願」予以輕判。

此案掀起民眾怒火，上萬人手持白玫瑰走上街頭抗議，最後觸動最高法院修改刑庭決議內容，往後舉凡性犯罪受害者是七歲以下幼童時一律適用加重罰則，隨後立法院也修法，刪除妨害性自主罪章中「違反意願」等相關字眼。

最高法院法官為子關說案則是揭發法官間官官相護的黑幕，時任法官蕭仰歸的兒子肇事逃逸遭法辦，蕭透過私交希望高院審判長高明哲能輕判兒子緩刑，高因此對受命法官施壓，且遲遲不肯在判決書上簽名。

兩個題目同時入圍卓新獎同一獎項，讓當時我的東家《蘋果日報》長官們非常開心，身為當事人的我當然也是非常興奮，抱著不知是哪一個題目得獎的心情參加頒獎典禮，還準備了兩種不同版本的得獎感言。一直到最後一刻才揭曉，白玫瑰運動得獎了！

當時許多法官、同業們傳訊來道喜，報社也開心地發了同額獎金獎勵我們。許多的道賀訊息中有一封讓我印象深刻，那是已故司法資深前輩文玲姐傳來的，內容大致是：「心瑩恭喜妳了，這個獎項真的是實至名歸，但我想如果是最高法院的題目得獎了，對妳的意義應該更不同！妳很棒！」

原來我心中的小惆悵，早已被前輩看穿了！

後來我輾轉從昔日長官口中得知，原來卓新獎的評審們直到頒獎前一刻，還在開會投票到底獎項該頒給白玫瑰還是司法黑幕，經過幾輪投票，最終司法黑幕以一票之差，輸給白玫瑰。當時我一心以為長官只是安慰我的，直到後來主辦單位把開會紀錄刊登在官網上，還以「遺珠之憾」來形容司法黑幕這套新聞，我才信了，也認了。

老實說，這樣的獨家新聞、專題調查報導，過去向來是記者最重要的兩項工作重點，也是記者工作的兩大壓力。但隨著網路發達，即時新聞當道，近十年來，搶快的速食新聞逐漸成為記者工作的日常，一條稿子寫完，再一條，一路寫到下班，已成為現在許多線上記者工作的寫照。

即時新聞的威力非常強大，各家媒體不僅有「漏新聞」的壓力還有「搶獨家」的壓力，受此影響，記者彷彿成為「發稿機器」，有時候還沒搞懂新聞細節，在出稿的時間壓力下，也只能不求甚解，照抄、照貼新聞稿就交差了。

但午夜夢迴時，你可曾想過，這是你當初以為的記者工作嗎？我想過。對記者個人而言，即時新聞就像兩面刃，一方面每天把記者操得很累，因為每天要發很多稿，而且要搶快，稿件出版時間絕對不能輸別家媒體，最好還是獨家，可是這個獨家可能只有五分鐘！但另一方面，也因為每天陷入即時新聞漩渦裡，那些有深度的獨家新聞、專題調查報導都有藉口推托了！

緊湊的時間壓力對上花腦筋找題目的精神壓力，許多記者最後默默地選擇前者。但後者真有這麼可怕嗎？許多記者不知道是忘記了，還是害怕想起來，其實後者，才是記者工作的使命啊！

二〇二一年十一月二十二日《菱傳媒》創刊，前期籌備期間總編輯日雲姊找上我，要我來當調查記者，當時我內心也掙扎過，畢竟我離開司法圈、進入內勤當主管已長達十年以上，許多司法人脈已流失，我還能找到題目發揮嗎？

我曾是《蘋果日報》創報老員工，隨著《蘋果》熄燈收攤我也離開。當時的我已找到另家網路媒體內勤主管工作，負責指揮調度每天即時新聞上架的內容並監看各家即時新聞，薪水與《蘋果》相距不遠，工作內容又與《蘋果》相似，於我而言堪稱駕輕就熟。考量到自己正邁入中年，再加上離開《蘋果》後才發現罹患甲亢，實在很擔心自己無法再承受精神高壓的第一線工作。

最終，我還是轉念接受挑戰了！只因我厭膩每天為了搶快三分鐘、五分鐘而衝衝衝，也逐漸不喜歡處理那些充其量只算八卦的「新聞」。

當時同事們笑稱我從「菱」開始，但我的確是打掉重練，「從零開始」！我回到司法線上逐一拜訪當年熟識的司法官，也在昔日同事牽線下認識年輕的司法官。當時我總向大家自我介紹說：「我不當狗仔了，我想做司法新聞的深度調查報導。」

不騙你，當我鼓起勇氣跨出這一步、接下調查記者職務時，我發現許多受訪者都非常樂於幫助我！他們樂見有媒體願意正視這些沒有點閱率、卻嚴重影響社會的問題。這些受訪者比你更希望得到媒體關注，企盼透過媒體的力量扭轉這些問題造成的影響。

只要有心，人人都可以是調查記者，畢竟在沒有網路即時新聞的年代，每個記者都是調查記者，只要願意拋開即時新聞的包袱與藉口，找回當記者的初心，每位記者都辦得到。

調查報導並不是刊出就完結，還有後續的影響

資深記者
王乙徹

為什麼我們需要調查報導？什麼是調查報導？要怎麼開始做調查報導？

容我先用過去的經驗與理解，簡單說明一下調查報導概略的模樣。首先，新聞應該是努力追求真相，但在違法、護航或官商勾結案件中，一定刻意隱瞞某些事實，甚至有人會為了掩蓋真相而不斷說謊，調查報導就是克服所有的障礙、阻力、壓力，透過各種調查手法，揭穿謊言讓事實公諸於世。

最經典的調查報導作品當屬美國的「水門案」，國內外也有許許多多優秀甚至影響政局的報導，但每一件調查報導的啟動、資料取得、線索追查、事件爆發與後續影響都不同。在此，我們想藉由《菱傳媒》二〇二一年年底發表地方派系聯手奪取台中港一〇五號碼頭經營權系列調查報導，分享追查過程中，錯綜複雜的表裡情況，還有無止盡的壓力。

台中港一〇五號碼頭事件，是台中黑派掌門人顏清標、紅派掌門人張清堂家族，聯手將交通部

原先設定的公用碼頭，轉變成私人經營且成為專用碼頭的過程。當然，這樣的說法極度簡化，我們先將事件發展時序列出：

- 二〇一六年一〇五號碼頭完工，以公用碼頭模式提供各倉儲裝卸公司輪流卸煤碳。
- 二〇一七年顏家設立公司，依《促參法》申請試圖取得一〇五號碼頭三十年經營權。
- 二〇一九年碼頭工人抗議一〇五號碼頭成為專用碼頭影響收入。
- 二〇一九年年底，台中港務公司改以《商港法》辦理一〇五號碼頭招商。
- 二〇二〇年八月五日，台中港務公司辦理一〇五號碼頭公開招商。
- 二〇二〇年八月二十一日，顏清標與張清堂家族成立成豐倉儲裝卸公司。
- 二〇二一年一月二十九日，成豐倉儲裝卸公司取得一〇五號碼頭二十年經營權。

在台中港一〇五號碼頭調查報導中，由張清堂、顏清標家族，加上兩家原本就在台中港內經營倉儲裝卸的公司，四方合組的成豐倉儲裝卸股份有限公司，順利標得碼頭經營權，是事件的第一層面貌：地方派系獨攬碼頭經營權。

事件的第二層面貌，是從時間序揭開諸多巧合，也是這起事件的調查起點。一〇五號碼頭從交通部原定的公用設施，先是轉變接受民間BOT營運模式，最終以不用經由經濟部嚴格審核、只須台中港務公司決定的招商方式，讓碼頭正式公開招商後半個月才成立的顏清標、張清堂合夥公司，不到半年就成為得標廠商，取得碼頭二十年經營權估計獲利逾百億。

事件的第三層，則是當時擔任立委的顏寬恒，從二〇一六年起多次在立法院藉著質詢，要求交通部台灣港務公司不能與民爭利，應該將一〇五號碼頭開放民營，該任期開始（二〇一六年）先是與顏家公司申請BOT時間吻合，任期末端（二〇一九年）港務公司改以《商港法》辦理一〇五號碼頭招商。這一層的關鍵，比對立院公報清查顏寬恒有關一〇五號碼頭的發言，白紙黑字確認他不斷關切、要求開放民營。

第四層的調查，則是釐清顏家原本自己成立公司申請BOT，二〇二〇年改與張家合作成立公司的原因。關鍵資訊顯示，顏家的合作對象因為顏寬恒在二〇二〇年初落選而改變，最終成為顏家與張家的地方派系合作。

除了事件主軸的查證釐清，還有更多虛實交錯的支線，在一次立委會勘行程我們前往一〇五號碼頭，目睹標示著「顏」字的水桶已經擺在該處。根據多次採訪碼頭工人抗爭的經驗與聯繫管道，佐證抗爭背後都有不同勢力運作，不願讓碼頭被獨斷經營。

而顏清標家族以顏寬恒以外的二子、三子、四子投入碼頭合組公司，《菱傳媒》再據此擴大追查顏家人投資經營的公司，顏家事業帝國版圖甚至合作對象，就完整呈現在世人眼前。

層層剝開一〇五號碼頭從公用轉為民營專用、從BOT轉為招商、從顏清標家族獨資轉變成顏家與張家合夥等關鍵後，真相就更清楚顯現。

但我們很清楚，調查至此，並無任何證據顯示公部門涉弊、涉貪、包庇或是護航情節，也就是說，顏家與張家取得碼頭經營權過程一切合法。但一〇五號碼頭的報導二〇二一年年底刊出，先衝擊二〇二二年初顏寬恒投入的立委補選，最終改變政府決策，二〇二二年六月台中港務公司宣布收回，二〇二二年年底點收成為風力發電機組裝卸碼頭。

不過，調查報導並不是刊出就完結，還有後續的影響，壓力也同樣延續。一〇五號碼頭的調查過程以極為低調的方式進行，連進入台中港區拍攝，都藉由另一次不相干的立委視察行程進入，並藉著機會詢問港務公司人員碼頭現況，關鍵的採訪也切割成不同片段進行，避免正式採訪引發關注。

採訪過程的低調讓調查報導順利完成，但報導刊出後，《菱傳媒》變成身處明處，被調查者反而變成在暗處，引發一連串包括公司高層異動、駭客入侵資料庫等等不尋常情況；連顏清標因為被詢問家族長輩墳墓情況一怒之下血壓飆高昏倒入院，也算在《菱傳媒》頭上，記者遭受責難再加上警方主動關切保護，看似確保安全，卻讓壓力節節升高。

再回過頭來看本文一開始提出的問題：「為什麼我們需要調查報導？什麼是調查報導？要怎麼開始做調查報導？」透過實際案例的分享，應該可以提供一些解答。至於有沒有ＳＯＰ？與其說是ＳＯＰ，不如說做調查報導應該具備什麼樣的能耐。

首先當然是取得各種案件資料的管道。有很多媒體設有投訴爆料專線，那當然會是線索來源之一。但請相信，自己掌握甚至是自己養出來的特殊管道，才是會有真正專屬自己、不容易洩漏、可以有充分時間展開調查的獨家消息。要怎麼培養這些管道呢？民意代表監督政府的立場與媒體部分雷同，且有調閱資料的權力，當然是可以合作的對象，只是必須考量黨派與政治利益。然而，不只可透過政治人物，各行各業不同階層領域，都有可以提供有用資訊的線民。

第二是抗壓能力。投入調查報導工作與一般採訪不同，一個題目可能要長時間等待、調查分析、釐清，調查過程中甚至連家人都不能透露追查的內容，更不用說可能來自調查對象的壓力；就算完成題目且順利刊出，壓力也不一定會減退。與此同時，手上可能還有其他題目正在進行，是故壓力絕非一般。

第三是膽識。調查報導揭露不容易被人發現的真相，一定會得罪人；若揭露的對象是重量級人物，就可能會出現各種干擾。此時查證再查證當然是確保新聞內容無誤的關鍵，但有足夠的膽識，是讓工作順利進行的定心丸。

第四是資料的蒐集整理分析。政府電子採購網、商工登記公示查詢資料服務、政治獻金公開查閱平台、公職人員財產申報網站等等政府公開資訊，都是調查報導中常見的資料來源，利用時間順序、建立關係圖、說法比對等等方式，都能挖掘出問題。

最後再問一次：「為什麼我們需要調查報導？」這問題也許沒有正確答案，但每一件調查報導引發的巨大效應，總讓我們覺得，這個社會需要更多的真相。

《菱傳媒》揭發不公不義　要有被討厭的勇氣

資深記者
辛啓松

二〇二二年十一月十日台南市學甲區發生台灣治安史上，單一案件歹徒擊發子彈數最多的八八槍槍擊案，地方盛傳某政治人物涉入光電產業，其背後的政商關係相當複雜。只是學甲警方不僅否認傳言，甚至還幫政治人物卸責，這個現象誘發我龜毛又機車的工作個性，既然同業不願意碰某些議題，那就讓我來吧！反正，我在許多受訪者眼中的形象是「歹鬥陣」。

《菱傳媒》從學甲八八槍槍擊案後，一路掌握台南政壇情勢，發表獨家〈南市議長選舉傳恐嚇事件　藍營議員遭威脅〉、〈台南議長跑票案再掀波！新科副議長遭爆密謀請辭改選〉等報導。《菱傳媒》敢寫敢報的形象在台南市政壇傳開。雖然有人意圖打探我的為人，是不是那種寫新聞來威脅、拿人好處的記者？但更多的是「想要認識我，向我爆更多料」的人，就連已經離開媒體界的前輩也稱讚《菱傳媒》已在台南打響自己的風格。

二〇二三年一月初，我回台北公司開會時，總編輯日雲姐在茶水間說了一句：「三月特刊要做光電報導，有空開始規劃題目。」「好，沒問題。」當我嘴巴說答應時，腦袋立刻浮現當年提報碩士論文題目時的場景，指導教授總會問：「這個題目對社會有什麼貢獻？想要傳遞什麼訊息？」說真的，調查報導不是難事，它就像小說的研究論文，如何讓讀者輕鬆閱讀後，就能了解故事背後的涵義。

太陽能光電議題近幾年活躍在各大媒體，上網搜尋相關文章不勝枚舉，如何破題是一門學問。台南市光電建置量全國第一，市府自詡是光電之都，二〇一七年起，鹽地光電、農地光電、漁電共生等各式光電大規模展開，但已嚴重影響產業、民眾生活環境，無奈台電、政府花大錢包裝光電的正面形象，基層民眾苦不堪言，更不知道背後是政治人物玩弄政策的陰謀。

我提供兩則題目供報社參考，分別是〈農地種電死灰復燃，入侵稻米之鄉後壁〉及〈郭再欽政商光電網曝光〉。前者是政界友人提供、光電業者「計畫」到後壁區大規模種電的可靠線索，我把它歸類為「風險預知」稿件，也就是即將發生，但還來得及攔阻的事。後者是學甲八八槍槍擊案後的相關事件連結，例如學甲爐碴、正副議長賄選案、台六十一線以西土地漁電共生開發案等，這則新聞以圖表思考新聞，所以決定用樹狀圖發想。

我雖然在台南市跑新聞二十年，但鮮少跨出舊城區——也就是說鮮少到台南縣採訪，如何快速且正確地接觸到最適合的受訪者，需要同業跟朋友的幫忙。部分同業受限於公司政策，無法「嚴格」監督綠營，但他們內心依舊充滿正義感，得知我要報導光電相關議題，不僅介紹適合人選，還特別打電話幫忙引薦，讓我的採訪非常順利。

記者定出報導方向，做好背景、動機、問題的文獻研究後，接著就是選列受訪對象並親至現場採訪。記者宛如電影導演，如何規劃受訪者在適當的段落現身說法，影響深度報導的廣度跟深度。就像農漁電共生議題，地方民眾正反意見必須陳述，民間環保、愛鄉組織也是該領域的意見領袖，透過當地議員、里長協助，都可以找到適合人選。

受到光電影響的民眾大多會侃侃而談，記者除遵循訪綱採訪外，也要適時從受訪者的說詞中找出「新議題」或「言外之意」，追問更多細節，甚至是新爆料。記者走進採訪現場，要用眼睛多觀察，用耳朵多聆聽，親臨現場能增加記者對議題的熟悉度，用文字說故事時會更栩栩如生，讓讀者身歷其境，進而感同身受，讓讀者了解光電之都「台南」的美麗與哀愁。

提及報導政治新聞，記者不似政治人物在議會殿堂有言論免責權，因此對於相關傳言都要一一查證。然而，政治新聞很多消息其實是口語傳播，不能寫名字，更不能註明消息來源，此時要如何確認消息是否正確，記者必須耗費一些查證功夫。

雖然「三人成虎」的消息不一定正確，但至少有相當程度的可信度，此時就要發揮平常建立的人脈資源，透過直接或間接方式問到關鍵人物。記者也可找立場相對之有關人士打探消息，執政黨的事要問在野黨，藍營的事問綠營最清楚，光電業者的事問競爭同行最明瞭，當然還有認同記者能行俠仗義的公務員。

回憶二〇二二年十二月二十二日傍晚，藍營議員疑似遭人押上箱型車恐嚇，檢警調徹夜調查，我隔日清晨被一通電話吵醒，對方告訴我詳細案情。隨後我花了三十分鐘完稿，掛稿前，打了通電話給警界「線民」好友。我說：「國民黨議員被押走、恐嚇喔？」「你怎麼知道？」對方這樣回答，新聞可信度到達百分之五十。

「我怕我新聞寫錯，我把知道的案情說一遍，講錯的糾正我。」部分線民在某些議題非常在意「主動、被動」的角色，當記者知道內容提問，線民被動回答就可以不用擔責任。部分互信程度高的線民，則如是回應：「既然你知道了，那我就詳實告訴你，避免你寫錯，造成機關困擾。」

當記者要「言而有信」，可信任的人脈是點滴累積而來，透過彼此互信或是口碑介紹，都能協助採訪時直搗話題核心。但必須注意的是，相關傳言大多沒有白紙黑字，最好是有民代願意掛名發言，若無人協助，建議下筆時能「拐個彎」，點到為止，讓人心領神會，記者不會惹禍上身，也可以保護散布各地的線民好友。

當記者要有格，不僅是端正的人格，還有看待新聞的格局。《菱傳媒》秉持「只問是非，不問立場」的態度報導新聞，雖然常遭部分新聞主角暴怒，不僅揚言提告，還找人恐嚇，但身為媒體人要有抱持「被討厭的勇氣」，尤其是不怕被那些行為不檢者討厭。只要有人堅信你是對的，那就要堅持報導立場，絕對不要因為遭到威脅而退縮。

從國際新聞編譯到深度報導記者
每一步走來都不容易

國際中心主任
王秋燕

在人人都可以在臉書、推特上爆料，以及AI都快能寫新聞報導的年代，新聞媒體業所面臨的嚴峻挑戰已不需要多說。有過傳統新聞媒體業多年訓練，還堅守崗位的「國際新聞編譯」、「國內新聞記者」、「調查報導記者」，很快就會成為珍稀寶貝了。

在傳統新聞媒體業，「國際新聞編譯」、「國內新聞記者」、「調查報導記者」分別發揮不一樣的功能。而在新聞業待得夠久，尤其是國際新聞領域，對以下刻板印象的問題早已司空見慣。

「國際新聞編譯不就是翻譯嗎？」「編譯只是英文好而已啦，翻的不就都是別人的東西嗎？」「國際新聞編譯才不是記者咧，沒跑新聞、沒人脈，不是嗎？」

發出上述疑問的不僅止於不熟悉新聞業的一般民眾，連部分新聞業主管都可能會有類似的疑問，因為他們沒想過訓練出結合「國際新聞編譯」、「國內新聞記者」才能的人才，更或者是自己也不具備這樣的視野與能力。

國際新聞編譯絕對不是英文好就可以擔任的工作。具備好的中、英文能力僅是基本，若還有其他語言能力絕對是加分。要培養對國際新聞的敏感度、理解力，且能獨立作業的情況下，迅速閱讀、聽取外電資訊、國際機構報告，並且掌握其中重點，做好查證工作，才能夠編譯出品質優良的國際新聞報導。

多年編譯工作可以訓練出對國際時事高敏感度，以及感知到國際時事對台灣財經、政治領域的影響力。不過，我想這還不夠吧？有機會我要能夠走出辦公室，建立採訪國內採訪管道、人脈，到海外採訪報，開發自己想做的專題報導。

想轉型需要時間、空間，還有契機。所幸我有這樣的機會。

我最難忘的海外採訪是在美國紐約，原本出差目的是協助同行記者採訪跨國官司，基本任務結束後，我不想放過難得的出差機會，自告奮勇向主管提報要做金融海嘯周年報導。

憑藉著在金融海嘯時期處理大量相關新聞敏感度，隔天我來到華爾街附近觀察，突然間看見對街有位年紀約六十多歲的先生朝自己套上行動廣告看板，把自己變成「三明治人（Sandwich man）」。

好奇心驅使我過街，詳細看了看板上的文字後，發現他把在職場上的豐富經歷寫在上面，而他正在鼓起勇氣在街頭，勇敢毛遂自薦找工作。

我向這位先生表明，台灣有許多中老年人與他一樣因金融海嘯失業，亟需要找工作，希望藉由他的勇敢上街找工作的故事激勵台灣讀者。我順利採訪到這位金融業老將，完成報導不久後，除了獲得不小迴響外，更開心的是，這位金融老將真的重回職場了，還身居要職。

這次的經驗，讓我更了解國際新聞現場採訪的有趣，也加深想做深度報導的意願。來到《菱傳媒》後，主管願意給予我時間與空間，關注冷門卻重要的國際事件，更能從國際立法趨勢，對應到適合的台灣議題做報導，以及揭弊中國人權律師的#MeToo事件。

當輕薄短小、腥羶色的即時新聞成為台灣新聞點閱率常勝軍之際，具國際視野的深度報導、調查報導頗難成為人人每天的茶餘飯後的談資，但這些報導能提供人們不一樣的觀點，啟動不同層面的思維。新聞就是知識，不是嗎？

得之我幸

記者　劉奕廷

新聞系畢業後，兜兜轉轉一圈，結識百工百業，最後還是走回了新聞業。

長大後，喜歡聽到別人說我「怪」，對我來說，那是一種讚美，而我覺得《菱傳媒》也很「怪」。

回想起接到任務的那天，中國白紙革命爆發沒幾天，後續可能引發的效應眾說紛紜，加上疫情攀高，所以當我聽到長官徵詢時，心中第一個冒出的想法是：「有沒有搞錯，現在去中國？」但下一秒，脫口而出的卻是：「好哇！」其實在這之前，我完全沒有重大採訪經驗。一個菜鳥憑著憨膽，跟著資深N倍的總編輯，在疫情最嚴峻的時刻，出發前往中國。戰戰兢兢的十天過去，我們完成任務返台，但每次回想起這趟行程，我總暗自期許，下次一定要做得更好。

第二次是協助中南半島採訪。當今詐騙橫行，愈來愈多國人深受其害，輕則財產損失，重則性命不保。為了揭開東南亞詐騙產業的真面目，《菱傳媒》特派六位資深記者，分別前往柬埔寨、緬甸、寮國和泰國。

雖然這次我沒有同行，但是擔任後勤工作，不到一周的時間，要辦妥記者們前往多國的機票、轉機、簽證和住宿，過程中謹慎再謹慎，只要出了一點差錯，特刊就很可能會因此開天窗。

記者出國期間，我在台灣待命，即便是從沒去過的國家，也要幫他們在當地找好會面地點，如何到捷運站？照什麼指標走？甚至按哪個電梯按鈕都寫得一清二楚。當他們任務結束回台後跑來問我：「其實妳有去過吧？」心想，我這次應該做對什麼了吧？

感謝很「怪」的《菱傳媒》，在這個媒體生存艱難的時代，願意走別人不願走的路，不管是將主力放在政治新聞、踢爆的調查報導，還是出紙本特刊、斥資赴外國採訪。對入行不久的我來說，何其有幸能參與其中，在堅持報導真相的路上，能與這些前輩好手們一同前行。

從《菱》開始

總編輯 蔡日雲

《菱傳媒》在二〇二一年十一月二十二日創刊，首發調查報導「台中一〇五號碼頭系列」新聞，引起政壇海嘯，從中央到地方，不僅讓中央政府政策轉彎，也影響了台灣地方政治派系與地方經濟發展。

「台中一〇五號碼頭」案，主要在揭發台中黑派掌門人、鎮瀾宮董事長顏清標二〇二〇年一月與台中紅派代表、台中市議會前議長張清堂合作，兩家聯手奪下台中港一〇五號碼頭二十年經營權，粗估二十年營業額可望超過一百億元台幣。

該系列報導鉅細靡遺拆解一〇五號碼頭從公用轉變為民營的巧門，也揭露時任立委的顏寬恒多次在國會殿堂上公開質詢並提案關切此案的發言內容，且同步整理顏家橫跨砂石瀝青與營造業的龐大事業版圖。

《菱傳媒》系列調查報導出爐時，正值台中第二選區立委補選期間，該系列報導引發政壇震撼，也為顏寬恒選情投下震撼彈，顏家房產、欠債等爭議一一被掀開檢視，倍感壓力，投票結果顏寬恒敗給對手、民進黨籍候選人林靜儀。

半年後，在二〇二二年七月，交通部出資管轄的台灣港務公司發出公文，以配合國家政策為由，要求收回一〇五號碼頭經營權，後續違約賠償處理完後，由台灣港務公司接手自行經營。

新聞媒體在自由民主社會中肩負著監督政府施政、防止濫權等重要任務，這就是媒體發揮第四權功能的明證。

《菱傳媒》是由一群擁有共同價值觀的資深媒體工作者組成，主打政治、司法的揭弊新聞，我們秉持著「不問立場，只問是非」的態度，處理所有深入報導以及調查新聞。我們嚴拒置入性新聞，沒有包袱，堅持事實，不受政府、黨派、商業利益以及股東等介入影響，堅持以乾淨的版面、純淨的報導空間，為所有讀者提供最接近真實的新聞。

一年半來，我們勇於揭發官場黑幕、挑戰黑金不法，這些議題的開發與揭露，需要勇氣、毅力與智慧。每一則獨家或踢爆，都是團隊成員經過無數努力與反覆查證確認而來的成果，更是這群資深記者，累積多年人脈與寫稿功力的強大展現。

二〇二三年中，我們組成六人採訪團，冒著生命風險前進東南亞四大詐騙園區，膽大心細地將所見所聞，有計畫且完整地揭露跨境詐騙組織運作真相，不僅引起社會高度重視，政府也成立打詐辦公室，正視詐騙組織國際化後對國家發展與人民安全保障的衝擊，進行補強與導正作為。

坦白說，每一則新聞或系列調查報導刊登後，獲得的迴響與讀者的肯定，是支持我們再奮力向前走的重要力量。

我對新聞一直抱持高度熱忱，我總喜歡跟學生們和新進同事分享：「有哪種行業，老闆付你薪水，讓你去跟別人聊天，你再把聊天的內容寫出來，印出來後其他人還必須要看？」

新聞業就像有魔幻藥的行業一樣，儘管高壓、挑戰重重，但也因此有趣又多彩。

這些年，台灣新聞界的發展有惡質化傾向，大多數新聞人對環境的墮落與轉變，失望多於期待。導致很多優秀的新聞人出走，轉業、轉行或退休，人才大量流失。

所幸也有少數同業，逆向而行，創立優質網路媒體，延續新聞使命；當然也有同業，在原來媒體工作崗位上，力抗來自商業與官方的不當介入壓力。雖是鳳毛麟角，總是令人期待的良性發展。

在這個假新聞充斥、內容農場氾濫、網路操作就可以影響風向的年代，做政治新聞，有一定風險。不容易賺錢，但很容易被抵制與抹黑。

不過，總要有人堅持。如果每一位新聞工作者，堅持做新聞人該做的，堅守「第四權」的立場與「守門人」的角色，不跨越底線，我相信，台灣新聞界就會更往前進一步。

一個人，走得快。一群人，走得遠。

總要有人開始做。

頂著第四權監督政府的理想，我們從《菱》開始。

攝影集

攝影集

part.1

詐 騙

原來，騙我的人
生活在這樣的世界

接到詐騙電話、詐騙訊息幾已成爲國人生活日常，遇到詐騙集團後發生的故事，每個人或許也都能講出好幾個經驗談，可是，你可曾想像過電話另一頭正在詐騙你的人，那個他（她）身處何地？是正翹著二郎腿、手轉原子筆跟你聊天嗎？他騙到你之後天天吃香喝辣嗎？

《菱傳媒》的攝影鏡頭跨海前進中南半島，直擊柬埔寨金邊、西港，緬甸 KK 園區、緬北與金三角各地詐騙園區，親見這些騙你的人生究竟生活在怎樣的世界裡。

a

b

c

a: 遙望緬甸 KK 詐騙園區
b: 泰國美索遙望緬甸苗瓦迪
c: 柬埔寨西港四處可見爛尾樓

a

a

b

a: 柬埔寨西港金水詐騙園區
b: 柬埔寨西港金水詐騙園區外保全

柬埔寨西港金貝詐騙園區

柬埔寨西港凱博詐騙園區

柬埔寨西港凱博詐騙園區外保全

a

a

b

c

a: 柬埔寨利鑫海港城詐騙園區
b: 柬埔寨金邊警方路邊樹蔭下休憩
c: 柬埔寨金邊環球詐騙園區

柬埔寨金邊兄弟詐騙園區

柬埔寨金邊的兄弟詐騙園區門禁森嚴，內部自成一小型社會

a

b

b

a

a: 金三角唐人街
b: 夜晚金三角晶瑩璀璨

a

a

b

b

a: 緬甸臘戍往曼德勒沿途可見軍警崗哨
b: 緬甸仰光火車站警員荷槍戒備

part.2

人文

原來，中南半島
除了詐騙還有這些

萬佛之國緬甸、罌粟花海金三角、神祕 古城柬埔寨，詐騙、賭、毒之外的中南半島，《菱傳媒》用鏡頭走闖，走進貧窮的巷弄、缺電的城市、建設中的國家、掙扎中的人民。你，看見什麼？

緬甸仰光的大金塔是民眾信仰中心

緬甸仰光婦人臉上塗著傳統護膚品「坦納卡」

緬甸仰光人民樂天知命

緬甸仰光一名幼童獨自在天橋上玩耍

緬甸仰光工人在陰涼處午休

緬甸仰光一處收費公用廁所

緬甸貧富不均，路上放牧人趕著牛群

緬甸臘戌一所台人所設道館教授弱勢孩童論語

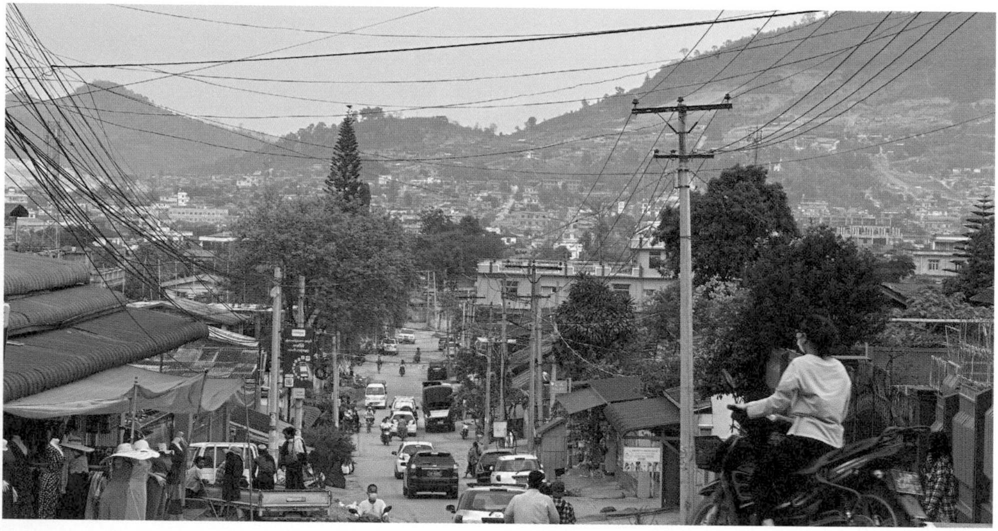

緬甸臘戌街景

緬甸臘戌交通運輸匱乏，不少民眾利用自家車輛載人或物賺取工資

金三角湄公河上遠眺木棉之星酒店

柬埔寨金邊巴薩河畔居民以鐵皮搭設簡易高腳屋居住

柬埔寨金邊一處市場外車水馬龍

柬埔寨一名黃包車駕駛在樹蔭下等候客人

柬埔寨黃包車駕駛等候客人空檔勤奮自學華語

柬埔寨金邊巴薩河畔民居，孩童在巷弄內嬉戲

柬埔寨高溫難耐，幼童在母親經營的攤販前玩水

part.3

喪禮

口銜一抔土
敬謝父母養育恩

生與死、黑與白、日與夜、陰與陽，墳前口銜一抔土，敬天謝地護鄉土。生死是人類文明中亙古不變的話題，喪葬儀式是生與死之間的過渡，文化的傳承、生者的撫慰，《菱傳媒》鏡頭下呈現果敢漢族最傳統的喪葬儀式，揭開禁忌的神秘面紗。

b

a

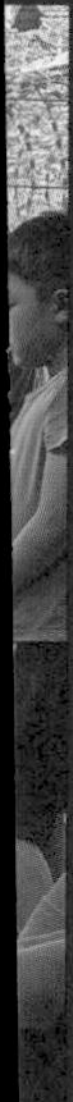

e

c

d

a: 道士引領喪家親友們繞棺
b: 家屬親友在道士引領進行法會
c: 喪家親友家屬跪拜
d: 小朋友站凳子觀看出殯儀式
e: 喪家家屬披麻戴孝

墓園裡其他墳塚上寫著華文

喪家家屬親友們最後鑽棺木

喪家親友們合力搬運陪葬物

喪家在墓地現場火化陪葬物

喪家家屬在墳前等候封墳

家屬嘴巴含土吐墳口

墓地工人準備封墳

攝影集

攝影集

刺蝟變豪豬
我海軍模擬擊沉山東號航母

（記者王烱華／台北報導）兩岸關係劍拔弩張，解放軍去年8月4日及今年4月8日2次大規模圍台軍演，造成東亞局勢緊張，國防部資深將領透露，國軍各部隊以敵為師，大幅精進備戰、反應與接戰作為，空軍防空飛彈戰備速已可在幾秒內發射飛彈反制，負責戍守台海的海軍雄風地對艦飛彈部署，則從過去30分鐘進入機動陣地，縮短到25分鐘即可進入接戰前待射姿態。

資深將領指出，立法院2021年底通過國防部「海空戰力提升計畫採購特別條例」後，中科院去年開始自製8項抗中飛彈，包括劍翔無人攻擊載具、萬劍彈、預計對台軍售的「海馬斯（HIMARS）」多管火箭系統，再搭配陸軍戰術區域飛彈、精準火箭與岸置型魚叉飛彈系統等，「現在的台灣不僅是刺蝟、飛彈島，甚至已是豪豬等級，已擁有攻擊中國解放軍的能力」。

資深將領透露，去年8月4日，解放軍派出多機型軍機侵入我防空識別區，各陣地機動雷達車即以多種模式進行追蹤及瞄準，如果目標離開此陣地的飛彈射程，或進入下一個防空飛彈陣地的範圍，各陣地都會以雷情及戰情系統進行追瞄目標的交接及確認。

擾台共機暴增 單日逾400架

一位空軍主力戰機飛行官透露，我戰機在此期間常一起執行任務，戰機座艙內的RWR雷達警告接收器常響個不停，平常時期此狀況會被認定是中共解放軍的挑釁行為，但經過去年8月4日的圍台軍演後，空軍司令部已完成反制作為，所有飛行官都能坦然面對此狀況，正常執行勤務對共機進行驅離任務。

今年4月8日中共解放軍再舉行「環台島戰備警巡和聯合利劍演習」，國防部公布的數據是每天都有70架次以上軍機、10艘以上軍艦在台灣防空識別區內侵擾，但一位知情人士透露，這次演習未侵入我防空識別區內的軍機單日逾400架次，和過去共機擾台單日約300架次相比，擾台共機足足超過平日的100架次。

面對共軍龐大的軍機侵入我防空識別區，空軍防空暨飛彈指揮部在東引、澎湖都有天弓地對空防空飛彈陣地，台灣本島北、中、南、東也都有部署，由於天弓配備相位陣列雷達的陸基型長程防空飛彈系統，具有遠程接戰、全空域、全天候作戰能力，對付中共解放軍從東南沿海起飛開始，我方雷達即全程監控、鎖定。

相關人士透露，一般中共導彈或是戰機對台灣發動攻擊的時間，約在25分鐘以內，我防空部隊的反應時間都限制在6分鐘完成接戰準備，並依作戰威脅而縮短時間，有些待命單位可在接獲發射飛彈指令幾秒內，即完成發射飛彈，將敵機或是攻擊我方的導彈擊毀。

接戰力提升 雄風25分可待射

空軍官員透露，經過中共2次的圍台軍演，空軍防空飛彈連實際監控及追瞄經驗大提升，我防空戰力已升級，「只要下達攻擊命令，台海上空的敵機存活率幾乎是零」。

另外，面對共軍此次派出山東號航母編隊，直逼我24浬鄰接區海域，解放軍軍艦只要一逼近海峽中線，海軍就會相對應派出一艘軍艦攔截、監控。

但此次解放軍派出的機艦異常多，海軍配備陸基型的雄風地對艦飛彈的海鋒大隊，將過去30分鐘進入機動陣地，縮短為25分鐘完成接戰前的待射姿態，現在只要共艦進入我24浬內的領海鄰接區，我軍即可隨時進行殲滅，對方如果進入我12浬則是必死無疑。

海軍資深人士透露，海鋒大隊的雄三、雄二機動發射車的機動陣地規劃，是以台灣為圓心，向外進行輻射型的方塊劃分；依各機動陣地配備雄二或雄三的射程進行交叉火網，再加上對台威脅的嚴重性進行鎖定攻擊的區分。

據了解，海鋒飛彈發射車曾模擬對山東號航母編隊進行首枚雄三飛彈攻擊，測試立即變換機動陣地及更換彈箱，結果成功在30分鐘內完成戰備攻擊。資深人士說，海鋒大隊以異地同時進行第一輪攻擊後，山東號航母編隊潰不成軍甚至葬身海底，預計可成功打亂共軍犯台的既定步驟。

高階將領自評國軍在2次共軍圍台軍演的表現，直指國軍部隊成功以敵為師，將共軍異於過去的動態進行研析並提出因應之道，「國軍絕對有能力打贏這場中國的侵略戰！」

更多相關新聞

國安高層出手 啟動認知戰搞外宣

（記者陳明旺／台北報導）美國眾議院前後任議長接連以訪台或與我總統會談等方式和台灣交流，中共不顧國際輿論譴責，不僅進行多波段圍台軍演強烈反擊，甚至不斷釋出影音畫面，大打心戰。據了解，國安單位主導下，祭出反制策略，責成國防部加強軍備外，也啟動認知作戰，同步「師夷長技以制夷」，第一時間釋出監控共軍畫面，安定民心外，也打外宣戰，成功扳回一城。

去年8月，為反制時任美國眾議長裴洛西訪台，共軍宣布4日至7日於台灣周邊大規模軍演，還發射導彈飛越台灣上空，對我民心士氣造成重大衝擊。當時不論是本國媒體還是外媒，都在播送中國央視提供的解放軍軍演畫面，震懾力十足，高層不諱言「氣得跳腳」。

此次蔡英文過境美國，會晤眾議院議長麥卡錫，據了解，我國安單位早早進行沙盤推演，判斷共軍將再釋出大量軍演畫面影響我民心士氣，立即規劃宣傳反制。

據透露，在解放軍山東艦通過巴士海峽時，我方即推測解放軍後續勢必會安排演訓行動，國防部立即展開例行性監控，共軍5日 宣布圍台軍演，當晚國防部立即釋出山東艦監控照供媒體引用，不僅達到宣傳目標，也向外界證實我軍確有能力隨時監控共艦。

相較之下，去年8月共軍圍台軍演，共艦上搭配中國央視隨艦採訪，我艦只有官兵手機拍攝共艦畫面，兩相對比，強弱立判；此次共軍再圍台，在國安相關單位規劃下，我軍聞社隨艦出海，以專業攝影機記錄共艦海訓，隨後釋出畫面，讓媒體不再一面倒使用央視畫面，扳回一城。

中國福建海事局4月5日宣布啟動「台灣海峽中北部聯合巡航巡查專項行動」，由「海巡06輪」領銜海事執法船艇編隊。我海巡署也隨即派艦監控應對，艦上並配備精良攝影器材，全程記錄中國海巡艦活動；此舉不但有效壓制對方偵巡作為，不敢有過當行為，我海巡也適時對外釋出監控畫面，達到宣傳目的。

知情人士透露，此次我國防相關單位及早準備相關軍演監控畫面，不再讓媒體一面倒引用中共畫面，最關鍵的公布山東艦監控畫面，更讓民眾清楚看到，我國軍對共艦確實隨時能掌控行蹤，對民心安定有強化作用，更在軍演宣傳戰上扳回一城。

經濟部證實 台南兩處光電場非法埋爐碴

◆林政翰發現北門區蘆湖段光電場掩埋的底渣，有重金屬超標情形。 辛啓松攝

◆茂泓能源北門區第一期光電場區內，隨處可見建築廢棄物。 辛啓松攝

（記者辛啓松／台南報導）台南市北門區一處光電場利用魚塭改建，去年被爆出違法使用焚化爐底渣回填地基，居民質疑底渣內含重金屬恐超標污染土地，引發各界關注，《菱傳媒》掌握，不肖業者不僅回填焚化爐底渣，還疑似回填具毒性爐碴，吹哨者指控，北門區第一期太陽光電發電系統的電力儲能升壓站及中興電工七股場區共被偷埋2335公噸爐碴，檢調已陸續傳喚相關公務員說明。

《菱傳媒》掌握，吹哨者疑似是當年參與興建工程的幹部，去年底他們備妥檢舉文件向檢調及數位民代檢舉。去年12月14日經濟部工業局發公文給台南市政府，質疑台南市北門區第一期太陽光電發電系統工程，違法使用116.1公噸爐碴回填「電力儲能升壓站」底部；台糖公司「公開招標不適耕作地建置太陽能光電發電設施案（台南市七股B區）天衡暨天禽場址PV案場」土建施工也違法使用2219.4公噸回填道路鋪面工程，希望市府協助開挖調查。

爆料者指出，事隔五個月經濟部的函文石沉大海，市府迄今未開挖調查，公文僅遭批示「存參」未進一步處理，反倒是同樣接獲檢舉的檢調單位，為釐清兩處光電案場興辦計畫書內容的回填物、2335.5公噸爐碴的來源等，四月中旬曾陸續傳訊經發局多名員工說明。

根據內政部營建署及經濟部資料，北門區第一期太陽光電「電力儲能升壓站」是太陽能廠茂迪公司旗下茂泓能源，2019年8月在北門區太陽光電電廠開發計畫案裡的設施，該計畫以閒置養殖魚塭做太陽光電使用，土地面積20.76公頃，設置容量21.168MW。

台糖公司「公開招標不適耕作地建置太陽能光電發電設施案」的台南北門B區，2019年7月初由中興電工與行政院前政務委員鄭永金家族成立的「天輔能源」參股得標，取得185公頃土地，與台糖簽訂193MW太陽能光電發電設置、經營20年。

中興電工又把合約區分給旗下天衡、天禽、天蘊能源三家子公司，天衡能源委由華南銀行統籌拿到43億元聯貸案，天蘊能源委由臺灣銀行拿到32億元聯貸。2020年2月13日中興電工另以每股34.99元，認購天輔能源1400萬股股票，總交易金額近5億元。

《菱傳媒》與台南社大副研究員林政翰走訪兩處案場，發現北門區第一期太陽光電發電系統工程在台84線北門段北側，面積約20.7公頃，場內三座電力儲能升壓站，底座被水泥覆蓋，無法看到下方回填物，但案場內隨處可見營建廢棄物；至於七股區天衡暨天禽場址PV案場，受限圍籬阻隔，無法釐清案場內是否填埋爐碴。但林政翰在700-2、800、800-1、801等4處地號發現爐碴，他已採集樣本送實驗室，檢測是否符合再利用規定。

針對中興電工「天衡暨天禽場址PV案場」疑似遭偷埋爐碴一事，地方人士直說「不意外」。中興電工的七股B區太陽能光電場興建時，經濟部籌設許可2020年8月才核准，同年3月營建商就「偷跑」施工，保安林全被砍，現場塵土飛揚，甚至沒設置圍籬。

2020年11月初，立委陳亭妃在立院質詢時，痛批業者偷跑施工、砍光樹林，台南市政府因此對中興電開出12張罰單共162萬元，一度勒令停工，但中興電快馬加鞭在2021年6月完工南北兩案場併聯發電。爆料者指出，「業者每天賣電給台電是幾百萬入庫，162萬罰金是小意思」。

台南社大環境行動小組召集人黃煥彰說，依據《經濟部事業廢棄物再利用管理辦法》規定，電弧爐煉鋼爐碴（石）」的CLSM再利用產品因僅限供作太陽能光電設施工程「管溝回填」，不得做為其他用途。兩處案場的爐碴都不是管溝回填使用，已違反再利用用途規定。

經發局表示，《區域計畫法》第21條規定，違反管制使用土地者，可處6萬元以上、30萬元以下罰鍰，並得限期令其變更使用、停止使用或拆除其地上物恢復原狀。市府將以6萬元為基數、每3個月倍數開罰，直到罰到30萬元，才會撤銷業者的興辦計畫書。

更多相關新聞

《菱傳媒》第三期特刊工作團隊
調查採訪團隊 蔡日雲、蘇聖怡、王吟芳、林泊志、張麗娜、林啟弘
編輯團隊 賴心瑩、陳秀枝、徐偉真
支援團隊 劉奕廷、王淳毅、林淑瑛、王維君、陳允信
視覺設計 仁咖多媒體設計工作室：王士銓、胡祖維、薛合淇

5000台人受困 向菱傳媒求助

◆中南半島各國邊境局勢混亂，滿街都是荷槍軍人。

（記者王吟芳、林泊志／柬埔寨報導）柬埔寨近兩年已成為詐騙集團代名詞，《菱傳媒》4月底前進柬埔寨，實地了解當地詐騙集團生態。根據台商指出，去年巔峰時期約有五千台人被拐賣到柬埔寨從事詐騙，但台灣在柬國沒有代表處，救援工作只能靠善心台商，唯一具官方色彩的是在當地經商的僑務委員張清水；即便被害人幸運逃出詐騙集團園區還得面對政府機關索賄，《菱傳媒》甫到當地就接獲被害人求助，親赴移民局送物資給遭「軟禁」的T先生。

金三角

英文名	Golden Triangle
位置	位於緬甸、寮國、泰國交界地區
面積	15至20萬平方公里
人口	苗、瑤等十多個少數民族住在該區

金邊

英文名	Phnom Penh
位置	柬埔寨中南部地區
面積	678.46平方公里
人口	213萬人

西港

英文名	Sihanoukville
位置	位於柬埔寨西南邊的施亞努省，和金邊距離240公里
面積	約196平方公里
人口	7.3萬人

柬埔寨台商總會前會長、現任僑務委員張清水是前立委張清芳的哥哥，張清水10多年前來柬埔寨金邊開工廠。《菱傳媒》到訪時，正巧有救援團體打電話告訴他，有一名被安置的台灣女子前晚自行離開飯店，目前下落不明。

張清水嘆道，被害人回台前都須繳交逾期居留的高額罰款，很多人付不出這筆錢，柬埔寨跟台灣沒邦交，中國在柬埔寨投資規模又極其龐大，台灣政府在救援工作上根本無力施展，每逢有台籍被害人被送到移民局，能代表台灣出面打探、斡旋的就只有他，「罰是一定要罰的啦，我只能拜託他們，讓我們少繳一點。」

飯店有隱形房間 專門安置被害人

張清水表示，去年一整年透過他協調回台的被害人就逾300人，他最高紀錄曾一天跟移民局談妥釋放31人，刑事局還頒獎表揚他，張清水認為自己責無旁貸，「我們國家在這裡沒有代表處，最近的代表處在越南胡志明市，管不到這裡，但我是僑務委員啊！我不救，誰來救？」

柬埔寨當地另有一位參與救援工作的重量級人物「A董」。1995年由周潤發主演的香港電影《和平飯店》，描述一家被當作「避難所」的旅店，只要到和平飯店住宿，飯店主人都會保他周全，A董在柬埔寨的飯店，就跟電影情節一樣。

從未接受媒體訪問的A董這次破天荒接受《菱傳媒》專訪，A董說，「逃出來的人都很辛苦，十個有八個沒護照，沒行李也沒錢，有的還負傷，必須先讓他們有一個可安頓的地方，才有辦法把他們送回台灣啊。」

A董回憶，柬國政府不准飯店容留無護照的外國人，當時柬國政府要求所有旅宿業者簽字，保證會檢查所有外國人的護照與簽證才讓他們入住，「簽字我們照簽，但人我也照救」，為了彼此的安全，飯店會要求被害人躲在房間不要出來，遇到警方查訪，工作人員會把入住隱形房間這些人當成隱形人。

有些被害人沒那麼幸運遇到張清水、A董伸援手，只能靠自己逃出詐騙園區。《菱傳媒》在柬埔寨期間就遇到被害人求救。T先生4月底逃出園區後，被送到金邊移民局軟禁，他透過管道向《菱傳媒》求助，傳達在移民局歷經不人道待遇，連飲用水取得都有困難，「就像來到另一個由柬埔寨政府設立的詐騙園區！」

被害人看移民局 「像政府設的園區」

T先生說，他逃出園區報警後，就被柬國警局、防騙局與移民局踢來踢去，最後被軟禁在移民局，官員還向他索賄5000元美金才肯釋放他，T先生被「軟禁」期間，吃喝得自己付費叫外送，每頓餐要另給官員2.5美元小費，金額高到他無力負擔，他因此拜託記者送水給他。

5月2日記者提了四大罐礦泉水到移民局，在大門就先被警衛攔下，記者按照NGO成員建議遞上5000瑞爾（柬埔寨幣值，折合台幣約37元）給對方，卻吃閉門羹，警衛拿起桌上的易開罐汽水，比了個「3」的手勢，指示記者去飲料攤。經過一番折騰，記者才恍然大悟，原來官員索賄招式已進化，交付賄款的方式是「用兩倍市價、一萬元瑞爾，去跟指定攤販買三罐飲料！」

直擊七園區現況 重整旗鼓復業中

柬埔寨政府去年為洗脫詐騙基地惡名，大舉清剿境內詐騙集團園區，去年9月各園區陸續歇業、轉戰他國，但事隔7個月後，《菱傳媒》實地走訪柬埔寨最多台灣人滯留的七大詐騙園區，包括首都金邊的兄弟園區、環球園區，以及西港的凱博、金水、皇瀚、金貝與綠巨人科技園區，赫然發現這些園區並未消聲匿跡，多數現正陸續回籠中，開始重整旗鼓、重操舊業。

《菱傳媒》近距離觀察發現，這些園區有的以富麗堂皇的社區外觀作掩護，有的低調不起眼猶如加工廠，但共通點都是設下重重門禁，嚴格控管進出。多數園區一樓是賣店、餐廳或飲料店，二樓是詐騙工作區，員工宿舍都在三樓以上，園區外圍通常都有3米以上高牆，牆上還會拉上蛇籠，牆內的世界持續以企業化、軍事化的經營模式，向全世界進行詐騙吸金。

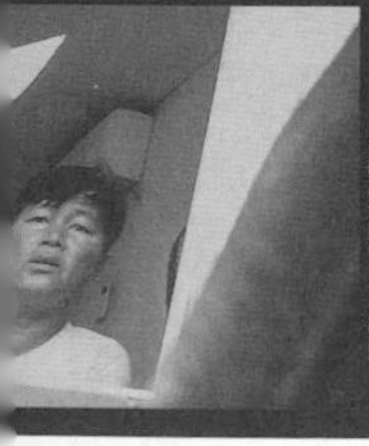

◆柬埔寨移民局貪污嚴重，連門口警衛都會開口向民眾索賄。

◆首都金邊的詐騙園區外觀像極一般加工廠。

◆西港所有的詐騙園區門口，都有黑衣人嚴格控管進出。

金三角 9萬人9成搞詐騙

蘇聖怡／寮國金三角報導）湄公河流經緬、寮、
地區，被稱為金三角，過去因盛產罌粟，是世界
源，近年詐騙集團進駐，徹底翻轉金三角形象。
年形容寮國金三角經濟特區是黃賭毒匯集的高譚
甸臘戌的華裔商人，不諱言緬甸金三角的大其力
敢老街更猖狂，金三角區只剩泰國這端轉型成旅

棉簡直是詐騙集團的模範園區」，一位從事詐騙
人士說。寮國政府以99年期限租給中資金木棉集
偉，除軍事、司法和外交權以外，全由中國人自

媒》團隊從泰北清盛邊境海關搭渡輪越過湄公
分鐘就抵達金三角經濟特區的海關入境處，一揭
秘面紗。

就像是萬惡的高譚市（Gotham City）」，到這
中國24歲東北青年下了一個極為貼切的註解。蝙
，高譚市總是烏雲密佈，表面浮華但暗巷藏污納
犯罪率最高的城市之一。

三角特區的街頭，舉目都是中文招牌，一位每天
色人的快遞業兼外幣兌換的老闆透露，不只華人
中東、巴基斯坦、俄羅斯、烏克蘭、東歐、印度
有」。

說，「這裡有9萬多人，9成都在做詐騙」，他隨手指向街邊說，「這些小區都是園區，來這做詐騙的幾乎都是自願的」。

東北小哥說，在這裡從事詐騙的台灣人屬於小團伙，5、6人一個團隊，但與中國詐騙企業相同的是，為方便控管都採團進團出，「像是早期香港電影古惑仔街頭橫行的模樣，只是沒穿黑衣」。

賭、色合法執業 燈紅酒綠的不夜城

金三角的賭場，也讓中國人趨之若鶩，帶著大把大把的人民幣豪賭，24小時營業的賭場，不論來客手持人民幣，還是泰銖，都可盡情投注。賭博合法，色情行業更是大辣辣攬客，霓虹燈閃爍，休閒會館一家又一家，敞開的大門、透明的落地窗，穿著細肩帶、短裙的小姐一字排開坐著等客人，來客將車停在門口，車伕把被點名的小姐送到車上，一場歡場交易就此展開。

特區治安由3500保安局人員負責，隔幾個路口就有執勤保安管理交通或秩序。當地人說，他半夜拎著裝了十幾萬人民幣的透明塑膠袋，也不會被搶，因為被抓進治安局肯定被往死裡打。

據指出，前不久一個中國人搶劫12萬人民幣，活生生被抽5個鞭子，第2鞭時已昏死，仍繼續鞭笞3鞭，皮開肉綻。治安局是什麼事都幹的黑道警察、有牌流氓。這個藏在炫目城市下的黑暗面，每天都在上演。

◆金三角賭博、色情都是合法產業，小姐們當街攬客不足為怪。

救援兩台人時間軸

5/6
- 13:20 東風園區釋放兩台灣人，二人步出園區門口
- 16:00 二人從御龍灣坐船，從緬甸苗瓦迪渡河到泰國美索
- 16:25 坐車抵達First Hotel（付渡河費1萬8千泰銖給司機）

5/8
- 10:00 二人到移民局自首，做完筆錄，留在移民局
- 18:00 被移送警察局拘留一天

5/9
- 移送法院，繳交偷渡罰金2000泰銖
- 改移送移民局拘留
- 一星期後從移民局送回曼谷
- 走完流程後才可搭機返台

《菱傳媒》採訪整理

直擊人間煉獄 KK園區 救出32人

（記者張麗娜、林啟弘／泰國美索報導）受去年柬埔寨詐騙新聞影響，台灣人逐漸認識中南半島各國的詐騙園區，其中緬甸KK園區被網友封為比柬埔寨更可怕的地方，由軍人武裝鎮守，還會活摘器官，素有人間煉獄之稱。《菱傳媒》採訪團隊為此勇闖數個軍人持槍鎮守的崗哨，挺進與苗瓦迪僅一河之隔的美索，近距離觀察這個讓人聞之喪膽的KK園區；此外採訪團隊也與全球反詐騙組織GASO合作，全程記錄該團體救援受困園區被害人的過程。

緬甸苗瓦迪從事詐騙的人口高達30萬人，約有40多個詐騙園區，各園區利用詐騙等方式，吸納來自中國、馬來西亞、台灣、印尼、菲律賓及部分中亞、非洲國家的民眾當豬仔，控制其行動逼他們從事詐騙，KK園區其實是整個緬甸苗瓦迪40多個詐騙園區的統稱。

泰國美索與苗瓦迪僅一河之隔，雙方交界河岸有多達30處以上渡口，供緬泰兩國人貨通行，2019年受新冠肺炎疫情影響，緬泰邊境封閉長達3年，這些口岸成為偷渡外國人進入苗瓦迪的唯一通道。

園區豬仔們若不堪凌虐企圖逃跑只能渡河，不過河岸兩邊各有緬軍及泰軍持槍駐守，逃跑的下場不是被抓回去就是被當場擊斃，鮮少成功。

菲國政府出面救 獲釋豬仔全身傷

為我們引路的Sammy是GASO負責國際救援成員之一，5月5日下午，我們從曼谷搭車前往美索，這是唯一通往美索的公路，也是傳說中從泰國運送豬仔進苗瓦迪的必經之路。

經過7個多小時的顛簸，抵達美索時已是深夜，我們直接前往酒店，探視剛被救出的印尼人，因為其中一人重感冒且頭痛欲裂，他們向GASO求助，我們緊急救援代買成藥與晚餐，讓這些人吃上一頓飽飯。

這次從百盛園區救出的印尼人共20人，第一批救出4人、第二批16人，百盛園區為緬甸果敢白家所有，園區內部實施高壓統治，印尼人常被毆打、電擊，過程中受害人偷偷將被凌虐的影片傳出來，才引起印尼社會震驚。

印尼大使館出面談判時，百盛園區一開始要求每人賠付5萬美金，但印尼政府不願意，園區遂將部分印尼人轉賣，但其他園區發現這些人是地雷不敢收，最後百盛園區只好同意放人。

第二天上午則有6名菲律賓人從四季園區被救出，該區屬KK系統，規定外國人免賠付，菲律賓大使館親自出面協調後，6人當天就被釋放，不過園區不滿人硬被救走，放人前還先動手施暴報復，6人被救出後，大腿、屁股都可見駭人的大面積瘀青。

2台人獲釋 《菱傳媒》直擊救援始末

當天下午另有2名台灣年輕男子從東風園區被釋放，相較之下兩人的狀況單純許多，兩人當初是應徵到柬埔寨的賭場工作，抵達後才知道是要從事詐騙，兩人後來跟著公司轉移陣地到苗瓦迪，他們已在園區任職一年，屬合約期滿被釋放者，「當初就是要來賺錢的，知道被騙了也要硬著頭皮走完合約，總不能叫家人幫我賠錢吧，自己的選擇要自己認」。

東風園區也屬KK園區系統，2人無需賠付，僅需支付渡河費1萬8千泰銖，接著再到泰國移民局自首，然後到法院繳交2千元泰銖的偷渡罰金，走完程序後就能搭機回台。兩人受訪時說，在園區內工作每天工時11小時、物價很高，但至少沒有被打，能全身而退，已算幸運。

河邊管制嚴 持槍軍警連番查護照

採訪團隊為一探KK園區實況，聘僱當地計程車在美索端沿著河岸實地考察苗瓦迪。行前，司機特別交待要帶護照，還要求我們全程盡量都待在車上，否則遇到盤查後果難預測，不過為了採訪所需，司機還是把我們載到一處空地隔岸拍攝，直擊KK園區內仍在大興土木，放眼所及都在蓋新樓，似乎是因詐騙業績太好，樓舍不夠用。

豈料我們才下車不久，就有軍人持槍朝我們走來，要求查護照，之後又有一名警察盤問司機，眼見另一警車又前來，司機驚覺來者不善，緊急示意要我們上車離開。上車後司機餘悸猶存，直說：「若被警察帶走，事情就大條了！」

老街

英文名	Laukkai
位置	緬甸撣邦北部果敢自治區的首府
面積	1844.5平方公里
人口	15萬人

臘戌

英文名	Lashio
位置	位於緬甸撣邦北部，撣邦第二大城市、緬北貨物運輸集散地
面積	1萬2876平方公里
人口	61萬2248人，華人約佔五成

苗瓦迪

英文名	Myawaddy
位置	位於緬甸東南部克倫邦
面積	3140.5平方公里
人口	約21萬人

美索

英文名	Mae Sot
位置	泰國達府的其中一個縣，和曼谷距離約492公里
面積	1986平方公里
人口	12萬人

緬北封鎖 老街救援路線繞道中國

（記者蘇聖怡、林啟弘／緬甸報導）3月底台中靜宜女大生隻身到緬甸果敢老街追愛，震驚台灣社會，各界擔憂女大生是遭拐賣，但台灣警方與國際反詐騙組織奔走下，才發現她是自願滯緬。了解內情人士透露，目前有29位遭誘騙的台灣人在緬甸等待救援，緬甸軍政府5月6日開始控管邊境，限制外國人進入果敢自治區，了解內情人士說，受害人救援路線因此被迫變更，必須繞遠路到中國雲南之後，再轉進寮國金三角，最後才到泰國，等待後續救援。

緬甸詐騙園區主要分布在緬北的果敢老街、金三角的大其力以及緬南的苗瓦迪。一位果敢族人告訴記者，老街這幾年變化很大，高樓大廈林立，很多新建大樓，賭場遍佈，詐騙園區更是不計其數，「大家都說老街危險，其實大其力更危險」。

3年救出70位台灣人

據了解，目前官方對於有多少台灣人自願或非自願，前往緬北果敢老街詐騙園區工作，並無相關統計數據。不過，一位熟悉救援作業的官方管道透露，這2、3年自緬甸詐騙園區救出的台灣人至少有6、70人。

這位掌握緬甸救援狀況人士透露，「每次救援行動都像在演諜報片，尋求救援人士與資料都須一再核實，避免詐騙組織反向偵蒐。所有營救行動也都單向運作，「直到安全救出人、送上飛機回台前，絕對不能鬆懈」。不過這位人士不諱言，令人氣餒的是，被救出的人中竟還有人自願重返緬甸詐騙園區。

《菱傳媒》為取得靜宜女大生工作所在地，也就是緬北果敢老街附近詐騙園區的第一手情形，4月底組成採訪團前進緬甸，取道仰光飛往東北地區的臘戌，打算進入老街。

記者在臘戌期間多次打聽赴果敢老街的訊息，原來當地人搭車一人只要幾萬緬幣，黑市卻開價到一人40萬緬幣（約6000元台幣）的單趟車資，但不保證能順利進到果敢老街。

當地人也說，從臘戌到老街，不論是往北從中緬邊境的木姐繞過去，或是從西邊滾弄過去，都會經過不少政府軍或警察，甚至反政府軍的崗哨，每個關卡都有人拿著真槍實彈，「花錢過了這一關，不一定過得了下一關」，就算到了老街，一堆拿槍的娃娃兵，安全難保，勸阻記者打消前往老街的念頭。

緬北局勢吃緊，緬甸軍政府在5月6日祭出「限外令」，讓營救工作更加困難。救援組織人士透露，最大的影響是，救援逃亡路線必須改道。舊有的營救路線，是從果敢老街將人救出後，一路往東南方，將人送到泰緬邊境金三角的大其力，渡過湄賽河後，進入泰國境內清萊即可確保被害人的安全，但現在迫於情勢，只能變更路線改往緬北與中國交界處，從雲南將人送到寮國，進入金三角的金木棉「金三角經濟特區」後，再將人送到泰國清萊，繞了好大一圈，歷經四個國家，時間、危險都加倍。

◆緬北局勢緊張導致救援路徑大挪
道歷經四個國家才能脫困。

菱傳媒 RW NEWS 特刊 EXPRESS
A1
2023.5.22 一 MON 第3期
菱傳媒官網

《菱傳媒》前進 中南半島4國 直擊詐騙園區

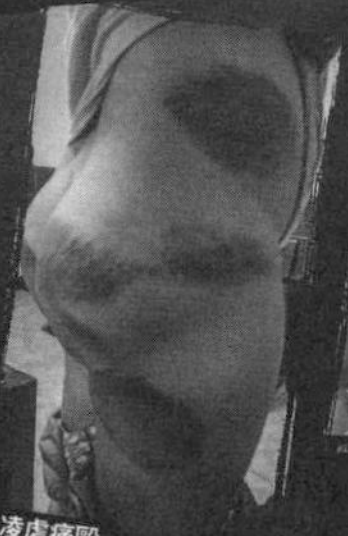

凌虐痛毆

◆菲律賓籍受害者遭幹部虐打，屁股、大腿滿是瘀青痕跡。

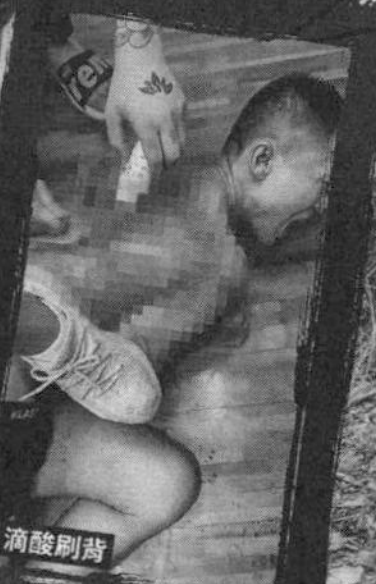

滴酸刷背

◆中國籍受害者遭壓制在地，幹部朝他背部滴腐蝕液體，還邊用刷子狂刷傷口。

◆泰國邊界美索隨處可見帶槍軍人攔車盤查。

◆金三角黃賭毒氾濫，色情行業盛行。

海外求職遇詐騙求助管道 資料來源：《菱傳媒》整理

政府單位

- 內政部警政署刑事警察局報案/檢舉專線電話（02）2765-2122~5
- 內政部移民署國境事務大隊（03）398-5010
- 勞動部「台灣就業通客服中心」0800-777-888
- 外交部緊急聯絡中心 0800-085-095
- 相關駐外館處緊急聯絡電話

民間單位

- 全球反詐騙組織（Global anti scam org, GASO）
  可上官網（https://www.globalantiscam.org/contact）
  透過線上即時聊天求助或寄信到Info@globalantiscam.org

菱傳媒採訪團／柬緬泰寮現場報導

近年各國政府卯起來打擊詐騙，台灣詐騙集團為此大舉遷徙海外，繼去年爆出柬埔寨淪為詐騙集團人肉市場後，上月再傳出靜宜女大生瞞著家人飛往緬甸果敢老街詐騙園區工作。為揭發詐騙集團犯罪產業鏈的醜陋面目，《菱傳媒》採訪團隊挺進中南半島，深入最多台灣人飛蛾撲火或被拐騙去的柬埔寨、緬甸、泰國與寮國金三角4國，獨家調查當地詐騙園區經營模式與現況，同步直擊全球反詐騙組織GASO營救被害人的過程。

詐騙集團行徑囂張猖獗，各國疲於打詐，去年台灣陸續傳出許多求職民眾被騙到東南亞做詐騙，人身自由受控制還慘遭凌虐毒打，警政署刑事警察局表示，自2022年3月至2023年5月1日共接獲701件報案，已救援440人返國，尚有261人在境外待救援，其中53人有求救，但家屬迄今聯繫不上，緊急報案者則有208人。

其中今年4月初，一對父母出面懇求政府幫忙救女兒，他們聲淚俱下說，就讀靜宜大學的女兒被騙到緬甸，非常擔心女兒人身安危，此案不僅引發政府高層關注，網路社群也熱烈討論海外淘金風險。

柬埔寨去年掃蕩 今年又回籠

詐騙集團的犯罪手法，從一開始的單純詐騙，如今黑化到拐騙、囚禁民眾加入集團，為揭開詐騙集團產業鏈醜陋真面目，《菱傳媒》採訪團隊鎖定最多台灣人遭拐騙的4個中南半島國家進行深入調查，先到柬埔寨，之後轉往手法最殘酷惡劣的泰緬邊境苗瓦迪KK園區，為瞭解靜宜女大生所處環境，採訪團也遠赴緬北臘戌，之後再轉進金三角詐騙園區。

柬埔寨詐騙集團最盛行的地方，正是被稱為「西港」的西哈努克（Sihanoukville），這是柬國最大的海港及對外貿易中心，在中國一帶一路政策下，西港被打造成經濟特區，來自中國的資金大量湧入西港，原本常住人口約8萬人的小漁村湧入大量中國人，當地人口暴增，「黃、賭、毒」全進到西港，連詐騙集團都來了，衍生嚴重治安問題。

去年9月西港中央治安局率領執法部門，展開連續5天大規模執法行動，逮捕近500名外國人，許多詐騙園區紛熄燈、轉戰他國避風頭，此行動被稱作「西港九一八事件」。

時隔7個月，《菱傳媒》直擊，西港5大詐騙園區，包括當地中國城內的「凱博」與「金水」園區、整棟綠色建築的綠巨人科技、堪稱元老級的皇樂及金貝園區等，有的外型像娛樂城，有的則像社區住宅，持續從事偷拐騙不法勾當。

當地人透露，凱博、金水園區主要是中國人跟台灣人，凱博園區出入口有多名保安看守，嚴格管控人員進出，外人難以一窺園區內部情況；金水園區原已歇業，但當地人說，3月中旬園區人員陸續回籠，原可自由進出的小門現已封閉。

全球反詐騙組織GASO透露，去年高峰期台灣有5000多位國人受困在柬國，去年救出209人，今年截至5月中旬，已救出128位台灣人。

苗瓦迪KK園區 緬泰掃蕩焦點

去年8、9月台灣人到東南亞詐騙案曝光，新聞延燒，曝光率最高的就是緬甸苗瓦迪與泰國美索邊境的KK園區。

《菱傳媒》採訪團隊隨著GASO成員Sammy前進龍蛇雜處的邊界地區，直擊GASO的救援行動，從5月6日到8日，3天內救出32人，包含2位台灣人、20位印尼人、6位菲律賓人及4名中國人，其中6名菲國人是政府出面交涉，才讓園區放人，但園區高幹不甘心，先毒打6人一頓才放人，記者直擊6人重獲自由後衣褲底下傷痕累累、滿佈瘀青的淒慘模樣。

其實KK園區只是苗瓦迪40多個園區之一，只因新聞事件聲名大噪，才讓KK園區成為整個苗瓦迪詐騙園區的代名詞。

Sammy指出，這40多個園區分由不同集團（物業）經營，園區老闆就只是房東，對外負責打點好軍隊、政府、警察，對內自訂規則、聘雇保全，每個辦公室月租金3萬美金，在裡面幹什麼房東不會管，因此去年9月柬埔寨大掃蕩後，不少詐騙集團都轉移陣地來苗瓦迪重起爐灶。

緬甸老街錢好賺 孩子不上學搞詐騙

採訪團隊另組人馬則深入緬北，欲前往果敢自治區的老街，該地目前政情局勢複雜，老街長期由4大家族各擁山頭，加上反政府軍隊，內戰連連，緬甸政府鞭長莫及，此處也正是靜宜女大生的落腳處。

據了解，靜宜女大生在某一家族工作，國際救援組織透過管道，拜託另一家族出面談判，用交換條件說服女大生工作的家族放人，未料對方把女大生送上車後，女大生卻因男友仍在園區不願離開，「人沒救成，兩大家族卻因此翻臉」，目前女大生仍留在園區且開始上線從事洗錢詐騙。

◆柬埔寨西港的詐騙園區陸續回籠，一樓餐廳開張，三樓宿舍已有人入住。

採訪團隊先抵達緬甸東北部的大城臘戌，發現街上貼滿老街園區各式招聘廣告，條件是只要會電腦打字，會國語，甚至直白說：「不會不要緊，專人培訓」。一位國小老師告訴記者，在臘戌的月薪只有20萬緬幣（約新台幣3000元），「去老街工作，薪水是十倍、百倍，很多小孩不讀書就去了」。

了解緬甸情勢人士透露，對於有多少台灣人到緬甸果敢或是苗瓦迪詐騙園區工作，官方沒有確定統計數字，「但這2年多來，至少救出60多位國人，目前約有29名台人受困苗瓦迪，正對外求援。」

金三角經濟特區 遭諷詐騙模範生

寮國政府在2010年成立寮國金三角經濟特區，享國防、外交和司法權之外的所有自治權。黃、賭、毒在當地都是「合法」產業，街上招牌全是中文，交易貨幣是人民幣，中南半島宛若「中國南伴島」。

金三角經濟特區管理委員會在4月27日發布「金三角違法經營有獎舉報通知」，鼓勵特區居民發揮監督作用，打擊管理領域盲區，以一案給500元人民幣的獎勵。

一位參與打詐行動的國際救援人士說：「金木棉街道規劃整齊，有自己的公安，治安最好，就像詐騙園區的模範生。」

更多相關新聞

寮國 Lao People's Democratic Republic	柬埔寨 Kingdom of Cambodia	泰國 Kingdom of Thailand	緬甸 Republic of the Union of Myanmar
首都 ▸永珍（Vientiane）	首都 ▸金邊（Phnom Penh）	首都 ▸曼谷（Bangkok）	首都 ▸奈比都 (Nay Pyi Taw)
人口 ▸775萬（2022年）	人口 ▸1710萬人（2022年3月）	人口 ▸7100萬（2022年）	人口 ▸5523.5萬（2022年9月）
經濟 ▸2021年GDP為188.3億美元 ▸2021平均每人國民所得2535.6美元	經濟 ▸2021年GDP為269.6億美元 ▸2021平均每人國民所得1625美元	經濟 ▸2021年GDP為5059億美元 ▸2021平均每人國民所得7066.2美元	經濟 ▸2021年GDP為650.9億美元 ▸2021平均每人國民所得1209.9美元

資料來源：外交部、World Bank

菱傳媒 RW NEWS 特刊 第2期 2023.3.22 三 WED A4

《菱傳媒》2023 未來事件簿

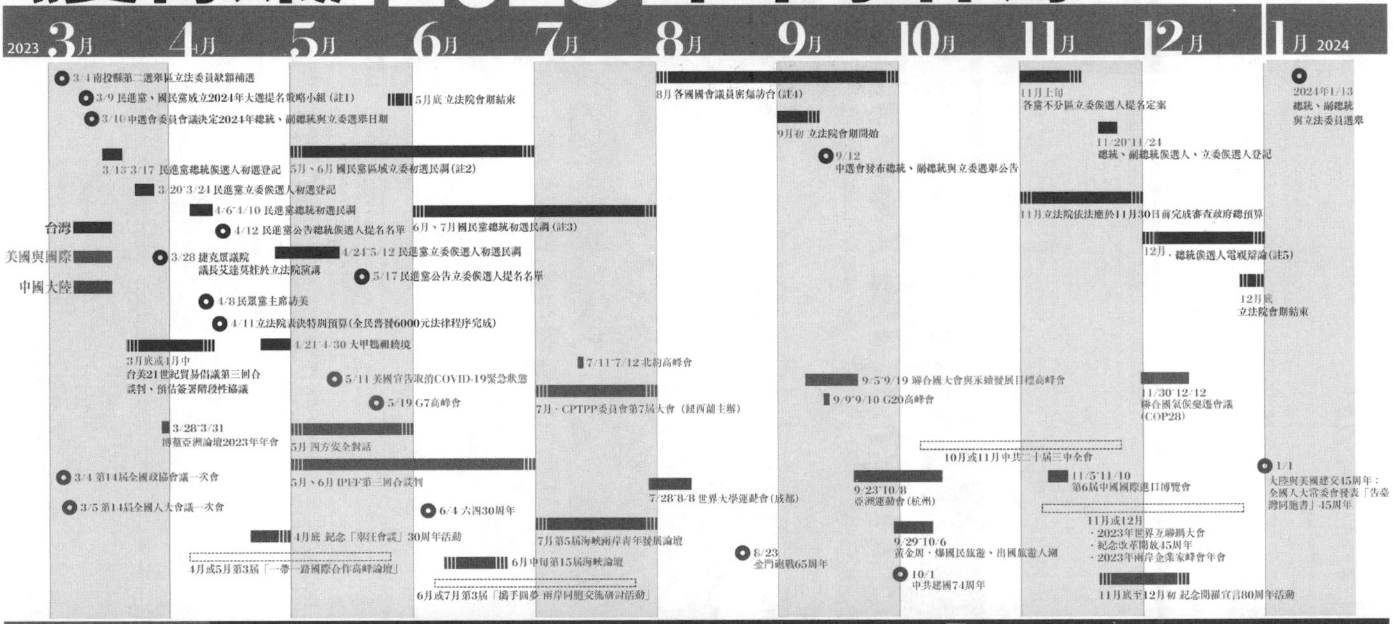

備註

註1 2019年國、民兩黨分別於3月時成立提名策略小組。

註2 2019年國民黨針對部份選區於5月中到6月初進行初選。

註3 2019年7月8日-14日國民黨總統初選民調。

註4 歷年慣例8月時各國國會議員訪台最為密集，情資顯示2023年8月時美國重要國會議員訪台至少有2團。

註5 2015年總統電視辯論於12月27日舉行；2019年總統電視辯論於12月29日舉行。

古人看農民曆規劃春耕秋收，現在國安單位用未來事件表審時度勢。未來事件表常用於情治工作判別敵友動態，公私部門也藉此掌握未來事件、觀察環境變化，思考自身優劣勢，設下目標願景時得以有系統的規劃、實行。

2024年初的總統與立委大選主導了台灣今年的政治進程，對執政黨選情加分的政策利多也將持續推出，《菱傳媒》編輯部整理未來事件簿時，便察覺政府一再提前推出美台BTA簽署的時限。

中國大陸方面，20大權力佈局去年底落幕，今年3月初的兩會以及甫閉幕的二中全會是20大的延續，形式意義居多。關於中共各次全會，慣例「一中」選領導幹部、「二中」完成國務院系統人事任命、「三中」推出經濟改革，今年下半年的三中全會將可看到具體內政措施，這是影響世界市場與台灣經濟的政治事件。今年是辜汪會談30周年以及開羅宣言80周年，這兩歷史事件攸關台灣政治定位與兩岸關係，中共國家領導階層必發布講話，儘管台灣的總統選舉結果不是其首要關注，重大講話主要講給美國聽，但台灣各陣營必嚴陣以待，屆時得各自解讀、趨吉避凶。

2023年西方主要國家沒有大選，美國也是，去年的國會選舉剛過，明年的總統大選則在年底，美國過去為了選票而施壓台灣開放萊豬、美牛，這類的措施在今年不具急迫性。但反中已是美國社會主流氛圍，成為美國兩黨共識，與台灣相關的反中措施成常態，國會方面動作可預見更頻繁。《菱傳媒》2024大選未來事件簿裡標示了幾項重要世界事件，G20高峰會、北約高峰會與四方對話等，這是美國宣示對中態度的重要場合，過去此類會議有時光說不做　有時催生具體協議，但皆是世界輿論與台灣輿論焦點。

氣候變遷是美國與中國持續穩定的合作事項，美國相當積極與中方攜手建立世界市場新秩序，這項商機關乎傳統能源與新創產業，下半年的聯合國永續發展目標高峰會與COP28中美會如何作球給對方，產業界關注所在。

除了政治，2023年的重點議題還有通膨、食物短缺、能源，是重要國際會議討論的議題，但光看未來事件表無法預測嚴重性，《菱傳媒》2024大選未來事件簿可以讓政治與產業佈局者看清前進的方向，辨識前方的地形地物，但不是推背圖。如何更進一步掌握趨勢，《菱傳媒》將持續透過報導、專欄評論、出版品與活動各界的策略思考者互動。

更多相關新聞

（記者王烱華／調查報導）台海出現隱形危機！蔡英文總統就任6年多，兩岸關係處於冰凍期，共機不時侵擾台灣海空域，根據《菱傳媒》掌握獨家訊息，中共殲-20隱形戰機去年中旬悄悄到台海中線進行「實戰化」演訓，殲-20只要啟動匿蹤「脫鎖」，連配備AESA強大雷達功能的美軍F-35都無法掌控行蹤。據了解，中共2022年起大規模在東南海域部署近200架殲-20，2027年恐以數量優勢全面取得台灣領空制空權，甚至威脅美軍在第2島鏈的空中優勢，對台灣形成極具威脅性的隱形危機。

兩岸緊張情勢持續升溫，共機與共艦擾台頻率激增，蔡英文總統在元旦談話時，向對岸釋出善意強調，台海和平穩定是各方責任，「戰爭從來都不是解決問題的選項」，但兩岸情勢依舊劍拔弩張。

時間拉回2022年6月21日，中共空軍派出29架次共機進行多機種、多空層的擾台飛行訓練，當天稍晚國防部公布共機種類，共有轟-6轟炸機6架次、蘇-30戰鬥機4架次、殲-11戰鬥機5架次、殲-16 戰鬥機8架次、運8電戰機1架、運9電戰機1架次及運8反潛機、空警-500預警機2架次以及運油20加油機等。

資深將領透露，當天中共空軍編隊模式等於一個遠距打擊的作戰編隊，而且國防部還掌握到中共悄悄出動殲-20隱形戰機，配合多機隊進行「實戰化」的訓練，但因該機未進入我防空識別區（ADIZ），所以當時國防部未對外公布殲-20動態。

之後，時任美國眾議院議長的裴洛西搭乘專機來台旋風式訪問20小時，這是台美斷交後，第二位訪台的美國眾議院議長，引發中共強烈抗議，裴洛西離台後，解放軍又在8月4日對台灣空域射出11枚導彈，還搭配海軍、空軍、火箭軍、戰略支援部隊與聯勤保障部隊等兵力，在台灣北部、西南、東部進行全天候實戰化聯合演訓，引發台海危機，兩岸戰事似乎一觸即發。

這場演習結束之後，中共隨即宣布殲-20隱型戰機在2022台海危機中是執行「作戰性使用」，甚至傳達出「台海空中優勢已經決定性、壓倒性地在大陸一方」訊息，引發我國防部與國安高層高度重視。

國軍追偵殲-20常「斷片」

《菱傳媒》調查，殲-20是中共研發自製的戰鬥機，也是繼美國生產的F-22和F-35之後，世界上第三款進入量產的第五代匿蹤戰鬥機，殲-20使用的高科技甚至比F-22還先進；一位曾駕駛E-2K空中預警機的軍官也向《菱傳媒》透露，國軍運用聯合情監偵後，可用電腦模式對殲-20動態進行預判與追蹤，但事實上還是常常「斷片」，只是國防部不敢說出真相。

不具名將領進一步透露，目前國防部只有位於樂山的長程預警雷達及E-2K空中預警機，可用來追蹤掌控殲-20隱形戰機動態，但這些雷達都必須配合F-16AM/BM配備的AN/APG-83電子掃描陣列（AESA）雷達，唯有在地空配合下，才能完整追蹤殲-20動態。

有將領不諱言指出，E-2K的雷達訊號更新率為10秒/次，一旦殲-20產生劇烈高度或航向變化時（即採取戰術動作），E-2K可能會短暫失去追蹤訊號，無法與空中任務機配合，進而無法確認地空鎖定的目標是否為同一個，讓我方空域出現黑洞。

我國軍究竟能不能掌握中共殲-20隱形戰機的飛行動態？空軍資深將領向《菱傳媒》證實，現階段國軍的聯合情監偵對於殲-20的航跡掌握絕對沒有問題，但如果殲-20進行戰術高G運動時，就會有幾秒鐘的「脫鎖」，這幾秒鐘往往是對國家安全最大威脅之處，因此空軍規劃購買美軍現役的E-2D空中預警機，讓中共的隱形戰機無所遁形。

威脅美軍第2島鏈空優

美國太平洋空軍司令、空軍上將肯尼斯・S・維爾斯巴赫在2022年3月16日證實，美軍E-3預警機無法及時發現殲-20行蹤，一度導致美軍最先進的F-35隱形戰機與殲-20「相對近距離的接觸」；而美軍也掌握解放軍空警-500協助殲-20發射超長程空對空飛彈，因此美軍對於截斷此資料鏈的能力很感興趣。

該位資深將領說，F-35配備功能更強大的AESA雷達，堪稱美軍最先進的隱形戰機，但美國最強大的戰機都無法提前掌控殲-20動態，顯示中共匿蹤科技的運用已讓美軍感到威脅，尤其在2022年中共開始大規模部署殲-20後，目前已有200架左右，預計2027年中共將因殲-20的數量優勢，達到全面取得台灣領空的制空權，甚至威脅美軍在第2島鏈的空中優勢。

更多相關新聞

◆殲20隱形戰機使用高科技，國軍電腦模式預判常斷片無法追蹤動態。

台海隱形危機 中共殲-20匿蹤 搶我制空權

空軍為監控殲-20 急買先進鷹眼E-2D

◆E-2D空中預警機可有效監控隱形戰機，是國軍亟欲採買的機種。 美國海軍網站

（記者王烱華／調查報導）中共殲-20戰機挾其隱形功能及長距離空對空飛彈，對我空防造成極大威脅，我資深空軍將領透露，殲-20只是中共空軍匿蹤化的開始，中共目前研發中的殲-31隱形戰機，未來可能作為航母的艦載機，兩者恐成國軍防衛固守的新挑戰，空軍早在2020年計畫購買6架E-2D AHE「先進鷹眼」（Advanced Hawkeye）預警機監控殲-20，卻屢遭否決，導致台海隱形危機升高。

為破解殲-20匿蹤功能，據透露，我空軍不斷模擬對策，若採取一對一方式監控，我F-16A/B性能遠不及殲-20，被命中的機率反而比較高，這方式不可行；若派出IDF，則需仰賴發射性能提升後的劍二；若以幻象戰機發射雲母飛彈鎖定殲-20，則需仰仗E-2K的協助才有機會。不過，空軍仍研擬出，同時派出2架F-16A/B升空，從不同角度以AESA雷達「死咬」住殲-20，鎖住之後再發射AIM-120空對空飛彈的命中率極高，是最好的破解方式。

目前我國正向美國新購66架F-16 C/D BLOCK70（F-16V）型戰機，F-16V的發動機推力優於國軍現役的F-16AM/BM，但現任空軍司令劉任遠上將在擔任空軍參謀長時，在立法院答詢曾坦承「F-16V與中共殲-20戰機性能在伯仲間，但對方匿蹤性能好一點。」一語點破，殲-20匿蹤性讓我F-16V在空戰上倍受壓力。

共軍殲-31研發中成我新挑戰

資深空軍將領說，殲-20只是中共空軍匿蹤化的開始，目前研發中的殲-31隱形戰機，未來可能作為中共航母的艦載機，都將成為國軍防衛固守的新挑戰。他透露，空軍早在2020年即提出購買至少6架的E-2D AHE「先進鷹眼」（Advanced Hawkeye）預警機，以取代目前已使用16年、且無法全程掌控殲-20航跡的E-2K空中預警機。

E-2D配備AN/APY-9「先進超高頻相位陣列雷達」(Advanced UHF Radar)，UHF頻譜能夠偵測類似殲-20之類的遠距離、低雷達截面積目標。在一般預警模式下，E-2D以機械旋轉配合主動相位陣列雷達，偵測到可疑訊號時還可把雷達固定在一個方向並作120度的持續偵測，讓隱形戰機無所遁形，因此E-2D被視為匿蹤戰機的剋星，就連日本防空自衛隊都已向美國採購E-2D，將強化日本偵搜匿蹤戰機的能力。

根據資料顯示，2020年時我軍方曾編列700億元台幣，以軍售模式向美購買6至8架的E-2D空中預警機，原期盼2027年交貨後可提升我偵搜殲-20戰力，但此案遭國防部長邱國正以預算編列過高、戰時沒有防護能力「否決」，據了解，邱國正認為地面機動雷達車隱密性及機動性高，應可取代E-2D。

更多相關新聞

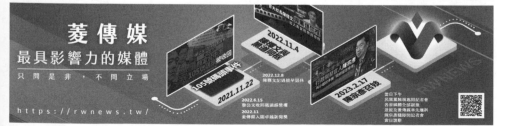

《菱傳媒》特刊工作團隊 新聞部 辛啓松｜王吟芳｜王烱華｜蘇聖怡｜賴心瑩｜陳秀枝 行政部 林淑瑛｜陳允信 數位行銷部 王淳毅 平台部 劉奕廷 視覺設計 仨咖多媒體設計工作室王士銓｜胡祖維｜薛合淇

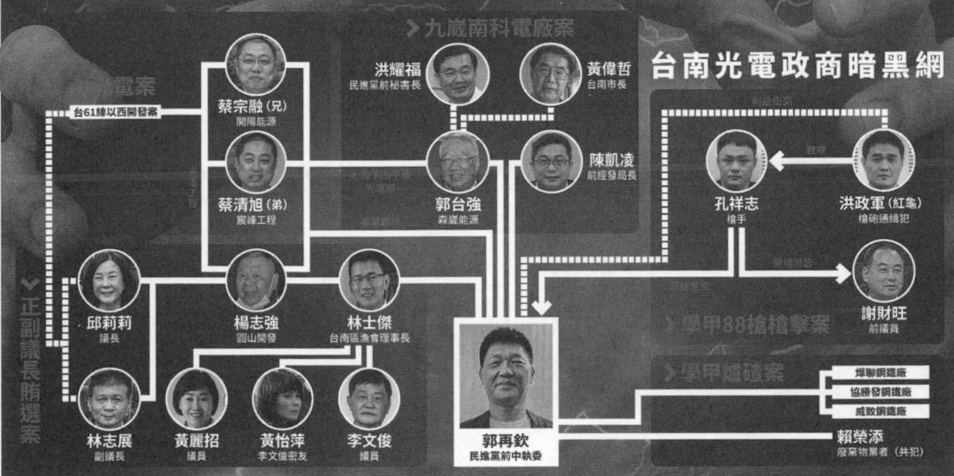

郭再欽政商光電網曝光

更多相關新聞

（記者辛啓松／調查報導）台南綠能產業蓬勃發展，龐大光電利益讓人覬覦，去年底學甲區因搶光電地盤爆發槍擊案，震驚全國。《菱傳媒》深入調查發現，民進黨前中執委郭再欽運用黨內外人脈，鎖定大型能源集團收取「幫忙通關費」，再媒介友好廠商施做光電場工程，編織成一張綠能暗黑網。地方人士直指，郭再欽敢如此囂張，全是他自恃地方與中央有人撐腰。

去年11月10日凌晨，郭再欽位於學甲工業區的立德鑫公司，遭歹徒連開58槍，隨後前議員謝財旺服務處也遭開30槍，台南警方揪出是槍砲通緝犯洪政軍教唆槍手孔祥志開槍。

搶光電地盤 爆88槍案

這兩起槍擊案都是因學甲黑道勢力仲裁者陳世銘過世後，郭、謝兩大勢力企圖吞下光電利益，洪政軍不得其門而入才開槍洩憤。司法單位調查時，循線爬梳出以郭再欽為中心的四大案，驚嘆猶如一張牢不可破的綠能暗黑網。

今年59歲的郭再欽原從事爐碴廢棄物回收，2015年郭搶把40萬噸爐碴埋在將軍溪畔農地，但因環保局認定未達毒物標準，郭逃過一劫未被起訴。

靠爐碴起家 興訟學甲

郭再欽後控告多名里長誹謗他，甚至肆無忌憚繼續掩埋高達68萬公噸爐碴，不法獲利逾21億元，居民苦不堪言，2019年檢方重啟調查，去年12月終於起訴郭再欽。

台南市前議員謝龍介曾指控，「郭再欽拿爐碴黑心錢來投資民進黨政客，然後又在市長黃偉哲推薦下成為民進黨中執委」。他還爆料指，業者傳言想到台南賺光電財，都得透過郭才能知道饋線路徑並順利獲市府許可。

地方人士指出，郭再欽只要得知有大規模光電場開發案，就會結合地方勢力向業者收取「幫忙通關費」，據聞有業者被索討高達1.5億元佣金，郭還會介紹廠商分杯羹，「建議」業者找友好廠商施做光電場工程，包括兄弟檔開陽能源負責人蔡宗融、宸峰工程負責人蔡清旭及園山開發楊志強等人。

引薦總統愛將 穿梭政商

了解內情人士透露，郭再欽專門鎖定大型能源集團下手「揩油」。台南市議員盧崑福出示一張工程告示牌照片佐證，森崴能源2021年在七股區興建一處大型光電場，承攬廠商是森崴能源，設計、監造廠商是開陽能源，「有圖有真相，所有關係全兜在一起」。

此外，森崴能源去年有意參與南科用電的燃氣發電案招標，消息人士透露，郭再欽也居間穿梭，去年7月先邀森崴董事長郭台強私會總統愛將洪耀福，接著又介紹郭台強與黃偉哲認識，爭取市府支持。不料，蓋電廠消息曝光後居民強力反彈，市府態度鬆動，相關計畫審查停擺，讓廠商相當無奈。

黑手進議會 搶台61線以西

台南市議員陳昆和說，七股區養殖居民強力反對台61線以西養殖區開發光電，2019年12月議會決議不再審查新案，但光電利益是地方錢脈所在，郭再欽、台南區漁會理事長林士傑等人為此介入正副議長選舉案，企圖掌控議會主導權。本月2日郭、林等人均因正副議長賄選案，遭台南地檢署起訴。

地方人士不諱言，郭再欽敢對能源集團予取予求，台南府會內的民進黨英系人馬扮演關鍵角色。據了解，除黃偉哲、洪耀福兩大咖之外，郭背後應還有其他高層相挺，部分看不慣的光電業者已在整理資料，近期將向檢調檢舉。

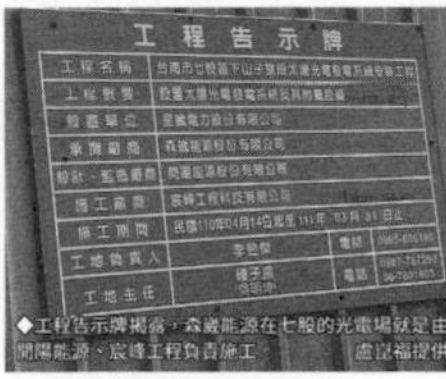

◆工程告示牌揭露，森崴能源在七股的光電場就是由開陽能源、宸峰工程負責施工　盧崑福提供

郭再欽 小檔案

- 綽號 ▸蒜頭欽、爐碴王
- 婚姻 ▸已婚
- 現職 ▸明祥馨企業負責人 ▸台南市私立樂活社會福利慈善事業基金會董事及捐助人 ▸立德鑫公司董事
- 經歷 ▸民進黨台南市黨部財務長 ▸民進黨中央執行委員 ▸黃偉哲市長競選總部總幹事
- 官司 ▸非法在農地與工業用地掩埋逾67萬公噸爐碴，不法獲利21億，2022年被台南地檢署起訴 ▸2023年涉嫌介入台南市議長賄選案，遭列被告，本月2日遭起訴並以300萬元交保
- 爭議 ▸遭立委陳亭妃等人指控介入台南學甲88槍槍擊案

資料來源：《菱傳媒》整理

◆從空中俯瞰七股，可發現光電場正逐步侵蝕魚塭、農田　尤統姿提供

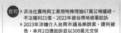

菱傳媒 RW NEWS 特刊 EXPRESS
A1
2023.3.22 (三) WED 第2期
菱傳媒官網

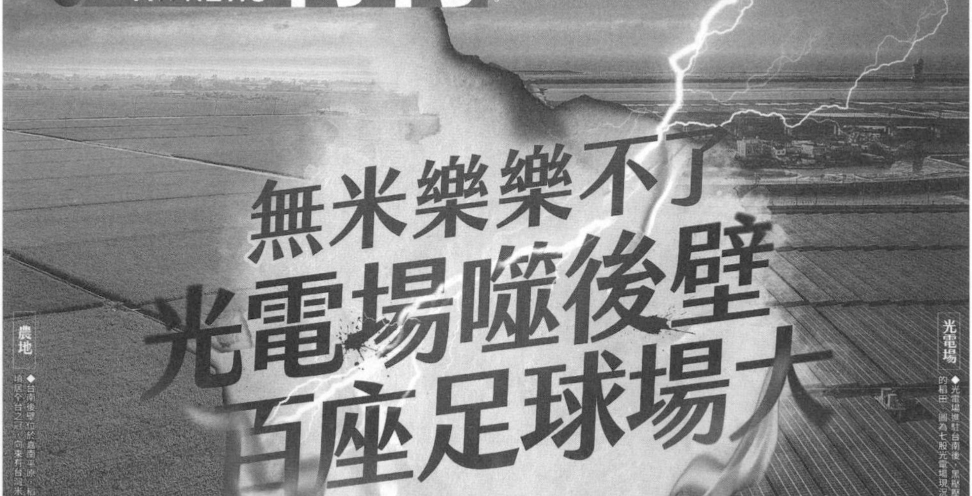

無米樂樂不了
光電場噬後壁 百座足球場大

農地 ◆台南後壁位於嘉南平原，稻米種植面積三五〇〇公頃居全台之冠，向來有台灣米倉封號。晁瑞光提供

光電場 ◆光電場進駐台南後，黑壓壓的電板逐漸取代綠油油的稻田。圖為七股光電場現況。沈統斐提供

總統蔡英文2016年就任後力推「非核家園」，積極推動再生能源，台南市擁有得天獨厚的日照條件，市府自2019年間啟動陽光電城計畫，成功打造出完整產業鏈，讓台南市光電產業蓬勃發展，截至去年11月底，台南市光電模組同意備案量已等同17.4座曾文水庫年發電量，居全台之冠，如今連擁有「台灣米倉」封號的無米樂故鄉－台南後壁，也都轉投光電業者懷抱。《菱傳媒》第二期特刊將為讀者揭開光電業者蠶食鯨吞台南後壁農地現況，完整揭露光電業者與政界、黑道間，錯綜複雜的利益糾葛。

◆光電業者內部的地籍圖顯示，業者已分三階段取得近70公頃土地。

記者辛啓松／調查報導

農地種電悄悄在無米樂故鄉死灰復燃！蔡英文政府傾全力發展綠能，《菱傳媒》取得一份「白沙屯案總圖」的地籍規劃圖，光電業者從去年12月起，分3階段在台南市後壁區承租土地，以化整為零方式，利用「小二甲」農地變更門檻，將土地切分成每筆2公頃以下，向市府提出地目變更申請，藉此規避送中央審核，據了解，業者已取得近70公頃土地，計畫設置5座光電場。

台南後壁水稻種植面積3500公頃，居嘉南平原與全國之冠，後壁因此擁有台灣「米倉中的米倉」封號，2004年紀錄片《無米樂》就是以後壁為背景，描述崑濱伯等老農樂天知命故事。

學者指出，台灣目前糧食自給率是31.75%，其餘7成仰賴進口，政府若繼續放任農地遭濫用，未來台灣不僅得面臨能源危機，還可能發生糧食危機。

《菱傳媒》從光電業者內部取得一份「白沙屯案總圖」的地籍圖，揭露光電業者大量在後壁區蒐購與承租農地，去年12月2日取得36.88多公頃，12月21日取得20.41多公頃，12月22日再取得12.5多公頃，合計約70公頃土地，換算下來等於是100個足球場大的土地，拿來大規模開發種電。

根據這份業者流出的農地種電計畫圖顯示，電塔設在白沙屯，電塔半徑5公里範圍都是種電計畫的腹地，從北到南預計有舊埔段、頂平段、頂溪洲寮小段、竹新段與新港東小段等，預計設置5座光電場；地方人士研判這應是光電業者自行統計「已獲地主授權出租的土地範圍」。

化整為零 迴避中央審核

農地種電原是政府積極推動的政策，但許多農田只要種電就放棄耕作，農地地目變更成「特定目的事業用地」後，農地不再耕作，嚴重威脅國家糧食安全。2020年7月7日農委會公告修正「農業主管機關同意農業用地變更使用審查作業要點」，規定光電開發2公頃以下土地除「被其他用地包圍、夾雜的零星農地」，才可由地方政府同意變更，否則一律不同意變更，此新制被光電業界稱為「七七事變」。當時環團就憂心，光電業者會鑽漏洞，將大面積農地切割、化整為零，變更為非農用後開始種電。

爆料者指出，業者利用「小二甲」新制，大量切割土地，採取化整為零手段偷渡種電案、躲避中央審查，接著再讓數個「小二甲」農地種電案串聯，進而成為5個大面積、合計70公頃的光電場。

爆料者加碼指控，農地種電政策2020年8月採用新法後，許多縣市為避免爭議，都將資料不全的申請案退回，「唯獨台南市政府『通融』」，不僅沒退件，還讓業者持續不斷補件，有些申請案竟可以拖2年還是過關！」

政策轉彎 台南市成缺口

賴姓農民表示，一公頃農地種田收入一年最多12萬，種電一年可以拿到40萬，而且不用揮汗勞動，他說，台南地區2021年缺水停灌，2022年輪到大區輪作，2023年又要停灌，連續三年都沒有一期作，坊間懷疑「工業用水逐年增加，排擠農業用水」，許多地主認為既然政府不幫助農民耕種，乾脆把地租人種電，就不用煩惱沒水種稻。

爆料者說，光電業者鎖定某農會退休幹部當操盤手，這名幹部利用多年人脈先取得地主資料，再採取各個擊破方式，動之以情用「既然年輕人不願農耕，你又捨不得賣『祖公仔產』（台語，意指祖產），種電的租金比較好」，讓許多年邁地主心動，直接簽下20年租約，「真擔心光電業者會昧著良心，先埋廢棄物、後種電，繼承人恐在20多年後才會發現良田已不在」。

「光電業者鎖定的農地都是特定農業區，根本不能移做他用！」台南社大研究員晁瑞光把業者收購農地的地圖，比對都市計畫跟國土計畫地籍圖，發現業者種電區域，在《區域計畫法》非都市土地使用編目上屬「特定農業區」，特定農業區在國土計畫中又屬農業第一級，依規定不能轉作其他特定事業使用。

南市經發局：未收到申請

實際查核台南市經發局太陽光電2公頃以下申請案，截至今年2月24日為止，通過審核案件數為442件、受理中未核准案件也有143件，但經發局表示，目前沒有收到業者在後壁區設置光電場的計畫案，未來若收到申請案，將視光電場大小做審核權責劃分，2公頃以上將送中央審核，2公頃以下則由市府跨局處審核，「光電場所在地是特定農業區，市府絕對會從嚴審查」。

更多相關新聞

前議長李全教 搶買魚塭做光電

（菱傳媒／綜合報導）台南地區農漁地棄本業改投光電業者懷抱，日益嚴重，《菱傳媒》調查，6年前因賄選案下台的前台南市議長李全教，正與學甲地主及養殖戶大打官司，爭搶面積約23甲的魚塭地，據李全教在訴訟中表示，他買下這片約32座足球場大魚塭地，就是要轉做太陽光電。

知情人士指出，李全教從政界轉戰商界後生意作得風風火火，正是因他早早相中光電商機。據指出，李全教家族除曾掌控豐帝投資公司，還擁有新榮光投資、茂勝投資及菱新覺羅開發公司，家族企業也曾介入上市公司凱士、億杰科技（原名元炬科研）經營，並主導公司轉型搶進太陽能產業。

2016年11月兩名學甲養殖戶向法院提起「確認優先承買權存在」訴訟，養殖戶表示，2年前他們與李姓地主簽約，租下39筆、約23甲的土地養虱目魚，每甲地每年租金4萬3千元，但地主後來卻擅自把魚塭地以1億6千萬元代價，賣給李全教與其家族經營的鑫新覺羅公司，並要求養殖戶交還土地，養殖戶主張承租戶有優先承買權，向法院起訴，一、二審都判兩名養殖戶勝訴。

未完待續 三方持續混戰

但因李姓地主早把39筆土地過戶，養殖戶們後續還得繼續打官司，改對李全教及其公司提出塗銷土地所有權移轉登記訴訟、假處分等。

至於李全教方面同樣也不放手！擋塭即將投入種電的土地，李全教已付出4千多萬元頭期款、250萬元仲介佣金，李為此主張地主尚未返還購地款及賠償違約金，拒絕塗銷登記返還土地；至於地主則稱，李全教與鑫新覺羅公司未依時程給付過戶款，違約在先，地主也要跟李全教等人解約並索討違約金，目前三方僵持中。

更多相關新聞

報你知

農委會在2020年7月7日發布「農業主管機關同意農業用地變更使用審查作業要點」，規定2公頃以上變更用地，皆要經過農委會審查同意；2公頃以下土地只有在被其他用地包圍、夾雜的零星農業用地可以變更，經地方農業主管機關審查同意後，送地方目的事業主管機關審查。業界因此俗稱2公頃以下農地為「小二甲」。

光電鯨吞台南農地

統計至今年1月底　資料來源：經濟部能源局、台南市政府官網

	太陽光電備案核准數（件）	裝置容量（瓩）	農漁面積（公頃）
台灣全區	57702	1523萬2284	稻米 22.4萬　養殖 4萬
台南全區	10902	384萬3780	稻米 2.18萬　養殖 1.62萬
後壁區	251	6萬1515	稻米 3500
七股區	259	105萬2537	養殖 4500
學甲區	289	42萬3365	稻米 1600

台版戰斧成形
雄昇巡弋飛彈外型首曝光

（記者王烱華／台北報導）國軍反制共軍的「雄昇巡弋飛彈」外型首度曝光！這款由中科院研發的地對地巡弋飛彈極為神秘，自2008年小批量生產以來，外型從未曝光，外界僅得知其外型與功能幾可媲美美國戰斧巡弋飛彈（Tomahawk）。國防部今年6月向立法院報告時才解密，雄昇巡弋飛彈射程可達1000公里，能針對中共指揮所、機場跑道進行反制作戰，是國軍目前唯一公開對中國具源頭精準打擊戰力的攻擊性武器。

被外界稱為「台灣版濤興中程飛彈」的「雄昇巡弋飛彈」，最早的名稱是「雄二E」，是由中科院以雄風二型反艦飛彈為基礎，參研美國戰斧巡弋飛彈進行研發的地對地飛彈，早在2008年即已開始小批量生產及部署，目前則由空軍防空暨飛彈指揮部所操作。

面對中共解放軍對台威脅日益加劇，行政院去年底特別向立法院提出「海空戰力提升特別預算」，預算採購項目包括天弓三型防空飛彈、雄三超音速反艦飛彈等8項武器裝備，其中即包括「雄昇巡弋飛彈」系統。

國防部今年6月送交立法院報告指出，雄昇巡弋飛彈與雄二飛彈是共用生產線，兩者合計的年產能目前為131枚，預計可提前於2024至2025年完成量產。

根據目前曝光的雄昇巡弋飛彈外觀，尾翼是採卍字型設計，與戰斧巡弋飛彈採用X型尾翼有很大差別，值得注意的是，可能是考量風阻係數，位在彈體下方的引擎進氣口還特別向內凹，除了可以獲取足夠的進氣量，也不影響引擎最大功能運轉。

進氣口內凹尾翼卍字型

《菱傳媒》調查發現，雄昇巡弋飛彈原係以固定部署方式，戰時恐易遭敵軍導彈攻擊，為提高戰場存活率，此次量產的雄昇巡弋飛彈採機動發射車方式進行機動部署。

軍中人士透露，雄昇巡弋飛彈彈體較大，長度約10公尺，彈重約7噸，飛彈在彈箱內有一定避震及角度問題需要考量與注意，再加上未來機動部署位置都在高山或在海角，因此，飛彈發射車需採一體成型的「全輪驅動（12輪）」12×12特種輪型車輛。

為配合雄昇巡弋飛彈量產計畫，國防部計劃在2024年之前，購置完成雄昇巡弋飛彈發射車輛。不過，知情人士透露，有部分黨政高層與國內代理國外知名的拖車頭業者合作，計畫搶食雄昇巡弋飛彈發射車的大餅，中科院在強大政治壓力下，已暫停向國外採詢並採購12×12特種輪型車輛作業。

知情人士說，目前國軍進行機動部署的飛彈發射車，如天弓三型防空飛彈、雄風二型反艦飛彈、雄風三型超音速反艦飛彈車，都是採用拖車頭的方式曳引發射架。

知情人士說，這些防空、反艦飛彈的重量約在2噸左右，用拖車頭曳引並無安全問題，但雄昇巡弋飛彈則因過重，用拖車頭曳引飛彈發射架，恐有安全上的顧慮。他進一步說，以拖車頭方式拖運雄昇巡弋飛彈發射架是否符合戰場需求，目前還無法作出最後決定，因此極有可能發生雄昇巡弋飛彈量產後，卻沒有機動發射車輛運載的怪異現象。

更多相關新聞

雄昇巡弋飛彈小檔案

彈重	約7噸
彈長	約10公尺
設計特點：尾翼	採卍字型設計，與美國戰斧巡弋飛彈採用X型尾翼有很大差別。
設計特點：引擎進氣口	位於彈體下方，彈體上還特別向內凹，讓進氣罩不必向外擴張，以獲取足夠的進氣量，而不影響引擎的最大功能運轉。
設計特點：平衡翼	為搭配進氣口位置，置於全彈體的中後位置。

《菱傳媒》製表

起底 寶和會黑網大現形

（菱傳媒／綜合報導）總統蔡英文在選戰倒數時高喊「終結黑金，贏回正義」，警政署今年初也點名向黑幫組織寶和會宣戰；官方誓言不斷，但目前在新北市仍爆發大規模囚禁、虐殺求職者的台版柬埔寨案。《菱傳媒》起底靠放貸、酒店圍事等不當行為壯大聲勢的寶和會，完整曝光目前台灣最大勢力的黑幫組織圖，供警政單位與蔡英文政府作為重要查緝情資。

2020年8月，新北林口區「成吉思汗健身房」前一聲槍響，「館長」陳之漢遭槍擊，震驚社會，檢警追查發現槍手劉丞浩受竹聯幫寶和會主使，寶和會這個新興的幫派組織，開始被外界關注。

館長槍擊案發後，檢警發動數波針對寶和會的掃蕩行動，先後逮捕前會長邵柏傑、會長林修伯、副會長梁智勝、大組長施俊吉、組長劉志強等人。

政商關係盤根錯節

檢警追查，寶和會由竹聯幫和堂綽號「小寶」邵柏傑創立，2013年立法院旁廣宏大樓槍擊案、2018年台北土方公會前理事長王國振遭槍擊案，以及2019年台北內湖建設公司槍擊事件，都與邵柏傑有關，但邵全盤否認。

檢警深入追查後，也鎖定天道盟美鳳會精神領袖王鑫、綽號「毛毛鑫」的土方界聞人王建翔也涉入上述案件，盤根錯節的政商關係令人咋舌。

《菱傳媒》查詢政府公開資訊顯示，邵柏傑為柏傑資產開發公司監察人、寶和投資顧問公司董事長，且還擔任王建翔名下永利聯合公司的總監；此外，根據涉及館長槍擊案的寶和會長林修伯供述文指出，現任寶和會副會長梁智勝則是王建翔公司的業務代表，至於遭控犯下館長槍擊案的組長施俊吉則是掛名顧問。檢警說，由此可見王建翔與寶和會之間關係密切。

警方追查發現，王建翔是台北市酒店經紀，深受王鑫賞識，近年來，在王鑫和邵柏傑「扶植」下，逐漸嶄露頭角，2018年2月選上台北市土方公會理事長，同年7月隨即發生前理事長王國振在北市濱江街洗車場遭人開6槍教訓一案。

王建翔露頭角居要職

2019年王建翔以「興恆投資」法人董事代表進駐永利聯合，成功拿下董事長寶座，陸續引進寶和會成員進公司，再以子公司名義經營土石方生意。《菱傳媒》去年11月創刊時，調查發現王建翔除了永利聯合之外，至少還掛名在兆遠投資、台企資產投資開發、台灣土石聯合股份有限公司、橙裕實業、柏傑資產開發與聯丞投資開發等7家公司，其中2019年底成立的柏傑資產開發股份有限公司，監察人還是寶和會前會長邵柏傑。

王建翔這些公司的登記地址，全都位於北市忠孝東路四段一處商業大樓的8樓；永利聯合公司的股東成員之一博瀚實業開發公司，登記地址也在這裡。最關鍵的是，就連邵柏傑自行成立並掛名負責人的寶和投資顧問公司，同樣設址在該地點。9家公司串連起來的關聯網，可看出邵柏傑與王建翔的緊密關係不言可喻。

進軍上市公司奪利

另外，檢警透露，王建翔入主永利聯合後，也引進深受黑幫信任、多次幫寶和會成員打官司的律師謝政翰擔任獨立董事。

去年在北市掃蕩黑幫清查都更恐嚇、槍擊案時，王鑫、王建翔曾遭警方移送到案，但因罪證不足，檢方最後依涉犯《組織犯罪條例》、《槍砲彈藥刀械管制條例》，諭令王鑫200萬元交保，王建翔100萬元交保。王建翔今年又再度涉犯《廢棄物清理法》、《刑法》偽造文書等罪嫌，以500萬元交保。

寶和會除了靠恐嚇、開槍從土石業中搶奪巨額利益外，檢警在一系列掃蕩行動中，赫然發現上櫃公司「聯合光纖通信股份有限公司」（4903）的前總顧問謝嘉入也是重要關鍵成員。

檢警當時透露，邵柏傑與謝嘉入兩人不但是舊識，私交甚篤，不僅涉入聯光通的經營權之爭，3年前也捲入聯光通、專門生產3C電子產品上市公司「捷泰精密工業」（6165）的炒股案。

更多相關新聞

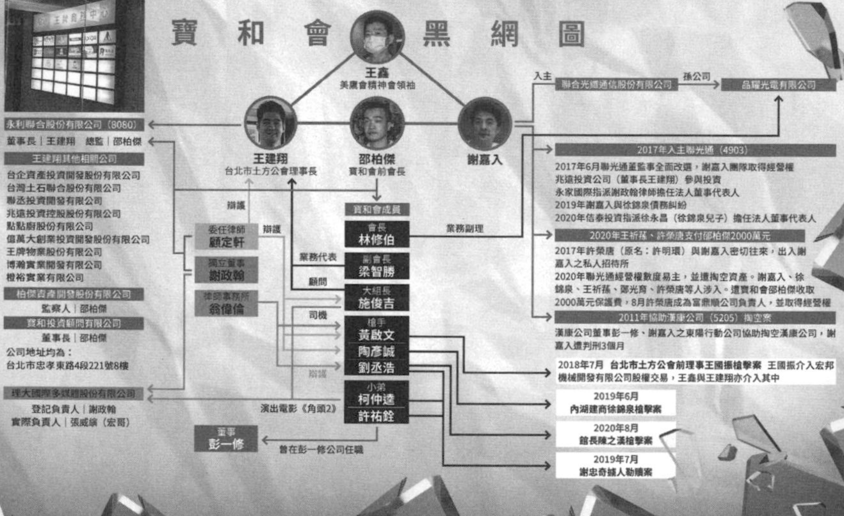

科發基金難監督 立法院、監察院都沒輒

文 承 A 1

（菱傳媒／台北報導）每年高達400億的「科發基金」預算，行政院主要是作為各部會緊急應用在重要科技發展上之用，因屬競爭型計畫不公開執行細目，每年立院審查預算時，都引發爭議與抨擊。立院人士說，幾乎每個部會單位都可以湊一腳，只要跟科技設備沾上邊就可以獲得補助，「亂湊一通贈錢，執行細節不公開，問題很大」。

為讓施政推動有更大的「彈性」，政府除了法定預算外還有數額龐大的非營業基金可供使用，但也因基金編列、使用較法定預算更具彈性，藍綠不論誰執政，基金都易淪為各部會「小金庫」，立法院難以把關，審計部、監察院多年提出批評、糾正也無法改變。

立法院在預算評估報告多次批評，科發基金計畫僅列名稱與目標，資訊揭露過於簡略、難以監督，但該基金預算書仍是年年照舊。藍綠立委過去在審議預算時也抨擊，只要跟科技設備沾上邊就能補助，完全不符合科發基金設立精神，包括故宮展覽計畫、教育部電磁論壇、調查局監聽設備甚至空總創新基地案都引發爭議，也多次遭立委大刪預算。

沾上科技邊就可補助

立委何欣純直言：「連在立法院質詢都拿不到科發基金補助計畫的詳細資料，通常只有計畫名稱跟條列式的內容。」何更說，科發基金由於是讓各部會在急迫且具時效性的情況下提出計畫，形同讓各部會搶經費，所以提案內容根本可以「粗糙」來形容；且在執行率過低屢被糾正的情況下，各部會只好以降低門檻等方式結案，導致計畫成果不如預期，等同龐大的人民納稅錢被白白浪費。

對於外界質疑，包括行政院、科會辦、科技部（國發會前身）對外都強調預算規劃與審議，均經嚴謹程序及專業把關，但知情人士透露，科會辦過去有大半的人員從資策會借調，資策會又跟許多民間廠商有深厚的關係，加上科發基金一年有400億元經費，當然吸引各方爭搶，「選舉就是重新檢驗的時刻」。

更多相關新聞

顏清標家族事業版圖

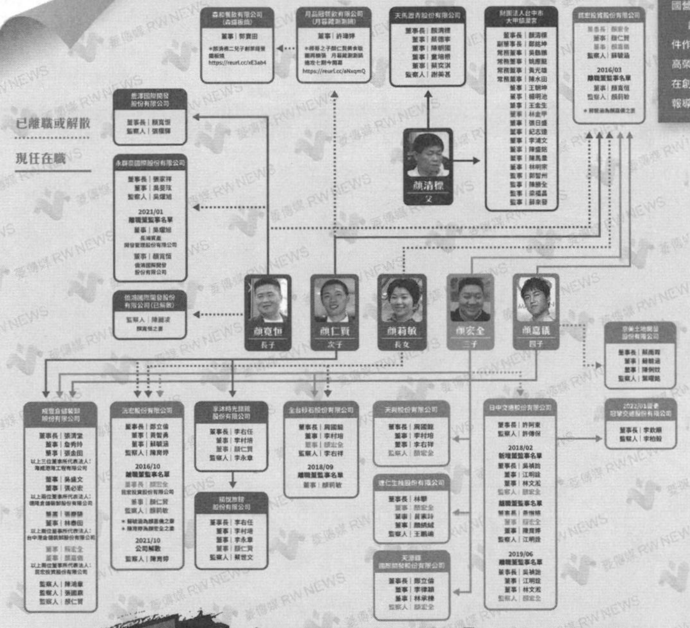

《菱傳媒》去年11月22日創刊首發砲推出「台中105號碼頭系列報導」，鉅細靡遺拆解105號碼頭從公用變民營巧門，揭發代表台中黑派、紅派兩大家族，如何聯手奪下碼頭20年經營權內幕過程，今年6月台灣港務公司終於決定收回國營，終結亂象。

該系列報導今年11月獲卓越新聞獎評審青睞，在900多件作品中脫穎而出入圍特寫新聞獎。卓新獎是台灣新聞界最高榮譽獎項之一，《菱傳媒》秉持「入圍即是肯定」理念，在創刊一周年特刊上，帶領讀者回顧「台中105號碼頭系列報導」重點摘要。

台中港105號碼頭大事記

2013.07.06

▶105號碼頭工程開工。

2016.01

▶105號碼頭啟用，成為公用卸煤碼頭。

2016.03.07

▶顏寬恒交通委員會質詢指港務公司自建煤炭碼頭設備與國家減煤政策不符，且有違法疑慮。

2016.10

▶顏清標三子顏宏全、二子顏仁賢退出沅宏股份有限公司不再擔任董事，女兒顏莉敏也辭去監察人。該公司目前由四子顏嘉儀妻子蘇敏涵擔任董事、顏宏全妻陳育婷任監察人。

2016.12.19 顏寬恒立院連續提案

▶臺中港務分公司否決民間投資105號碼頭的意願未辦理招商，又編列經費興建碼頭設施準備委託營運，違反立院決議與港公司成立原則，減列並凍結預算。

▶105號碼頭將採露天方式卸運，與原始規劃密閉式不符，將增加污染源，嚴重影響港區附近居民及碼頭工人健康。

▶未來臺中港105號碼頭興建方式，必須比照102、103及104號碼頭，採密閉式興建，降低污染源，以確保廣大台中市民健康。

◆台中港105號碼頭。

2019.04.28

▶交通部授權港務公司依《促參法》相關規定辦理民間申請人為提昇裝卸作業效率規劃於臺中港105號碼頭投資經營散貨裝卸儲轉業務。

2019.12.19

▶臺中港務公司舉辦105號碼頭招商說明會。

2020.08.21

▶成豐倉儲裝卸股份有限公司成立。

2020.10.23

▶公告「臺中港105號碼頭及後線土地裝卸儲轉業務投資興建經營案」公開甄選作業。

2021.01.29

▶「臺中港105號碼頭及後線土地裝卸儲轉業務投資興建經營案」公開甄選結果，「成豐倉儲裝卸股份有限公司」為最優投資人。

2022.06.15

▶臺灣港務公司發文成豐倉儲終止契約，收回經營。

資料來源：《菱傳媒》採訪整理

採訪團隊：蔡日雲、王乙徹、陳明旺、賴心瑩、蘇聖怡、林啟弘、陳秀枝、王吟芳、王秋燕、辛啓松、王烱華、張麗娜

紅黑兩派聯手 奪105號碼頭

《菱傳媒》踢爆後經營權遭收回

（菱傳媒／綜合報導）去年11月22日，《菱傳媒》創刊後首發調查報導「台中105號碼頭」案，揭露台中地方政壇要角、黑派掌門人顏清標與紅派要角張清堂兩家族聯手搶下台中港105號碼頭20年經營權內幕；詳細拆解長達20年、營業額達100億元經營權案運作過程。報導推出時正值台中第二選區立委補選，代表顏家參選的顏寬恒選情備受衝擊、敗選，105號碼頭經營權終遭港務公司收回，對台灣傳統地方政治生態產生深遠影響。

2021年10月23日，台中市第二選區台灣基進立委陳柏惟遭罷免，因任期未過半，於2022年1月9日補選；國民黨徵召顏清標長子顏寬恒投入補選，顏家家族事業、房產與欠債等新聞不斷被挖出，但最引人注目的是顏清標與台中市前議長張清堂於2020年8月21日成立成豐倉儲裝卸股份有限公司，該公司於2021年1月依《商港法》取得台中港105號碼頭經營權。

遭批公資源被私人掌握

《菱傳媒》記者深入調查發現，成豐倉儲是由當年與顏清標一起涉入公費花酒案的台中市議會前議長張清堂擔任董事長，顏清標的三子、四子分別擔任董事，次子擔任監察人。預估以煤炭為主的裝卸業務一年營業額可達5.736億元。地方人士直言是「政府有限資源被私人掌握」。

105號碼頭位於台中港區內，港務公司當年規劃在2016年完工後，由交通部編列預算興建卸煤設備，供應中部地區燃煤需求。因利益龐大，不少民間業者覬覦這塊大餅，積極推動依《促參法》申請投資興建設備，爭取經營權。

時任立委的顏寬恒還透過1次質詢、4次提案在立法院關切本案，指碼頭不應與民爭利，之後業者依據《促參法》提出申請，該碼頭從此轉向民間投資興建。政壇人士直言，顏寬恒「名為為地方議題謀福，實則為家族事業鋪陳，根本不避嫌，觀感很差啦」。

港區人士爆料說，顏、張毫無倉儲專業背景，故陸續找台中港倉儲、德隆倉儲合作。成豐倉儲後依招商流程，通過審查與評選，2021年1月29日取得碼頭經營權。

配合國家政策收回經營

成豐倉儲預計投資9.48億興建12座筒倉作為煤炭與一般散雜貨裝卸、暫存、發貨基地，初估年裝卸量約400萬公噸，裝卸費每噸143.4元，年營業額估達5.736億元。

105號碼頭案在立委補選期間成焦點，立委補選落幕半年後，《菱傳媒》也獨家取得台灣港務公司今年6月15日發出公文，以「配合國家政策」為由終止契約，顏家總營收估計破百億的碼頭事業正式告終。

更多相關新聞

◆2022年台中市第2選區立委補選顏寬恒落敗，鞠躬感謝支持者一路相挺。

顏氏王朝 最具影響力政治家族 事業橫跨砂石瀝青營造

（菱傳媒／綜合報導）顏清標家族深耕台中市，顏清標與兒子顏寬恒先後擔任五屆立委，女兒顏莉敏更是現任台中市議會副議長，政治實力雄厚。在商界，顏家從瀝青入手，經過近30年拼搏，版圖橫跨砂石、土地開發、旅宿、餐飲等，相關企業逾10家，綿密政商網絡傲視中台灣。

身為台中黑派龍頭，顏清標從台中縣議員切入政壇，歷任台灣省議員、台中縣議會議長，2002年當選立委，連任4屆，直到2012年因台中縣議長花酒案定讞，與政治盟友、台中紅派掌門人張清堂同時入獄，喪失立委資格。

長子顏寬恒隔年投入立委補選成功接棒，直到2020年敗給已遭罷免的台灣基進立委陳柏惟；2022年顏寬恒投入補選再輸給民進黨提名的林靜儀。顏莉敏仍是台中市議會副議長，延續顏家政治勢力。

由政轉商縱橫台中

顏家縱橫台中政壇外，在商界的耕耘也十分驚人。顏清標在1994年創設天馬瀝青股份有限公司投身商界，經過近30年布局，事業版圖橫跨瀝青、砂石、土地開發、旅宿、餐飲、生技、運輸。顏家第二代也在商界展露頭角。

顏寬恒曾任家族所投資的昆宏投資公司董事，2016年離任，董事長由三子顏宏全出任，顏宏全還是成豐倉儲裝卸公司董事，董事長則是張清堂；該家公司2020年成立不久就拿下台中港105號碼頭經營權，成注目焦點；而顏清標次子顏仁賢則是在成豐倉儲擔任監察人。

顏仁賢除在成豐倉儲擔任監察人外，也出任享沐時光旅館公司董事，是顏家跨足旅館業的代表人。顏莉敏曾任昆宏投資監察人、沅宏公司監察人，以及全台砂石公司董事。

台中港105號碼頭經營權爭議，在台灣港務公司今年6月15日發文成豐倉儲收回碼頭落幕，但是碼頭風暴否會波及顏莉敏副議長寶座連任，將成黑派勢力消長觀察指標。

菱傳媒 RW NEWS 特刊 EXPRESS A1 2022.11.22（二）TUE 創刊號
菱傳媒官網

10年4千億帳目成謎

科發基金淪藍綠小金庫

科發基金補助遭質疑案件

資料來源：《菱傳媒》採訪整理

補助時間	補助案件	金額	情況
2012-2014	故宮領航新媒體藝術展演示範計畫	5300萬元	審查時遭立委質疑浮濫
2013-2015	經濟部工業局開放資料（OPEN DATA）應用推動計畫	9200萬元	不符急迫性
2015-2018	故宮4G行動博物館計畫（實際投入4G僅500萬元，另有2750萬元做為故宮辦理院慶費用）	4531萬元	審查時遭立委質疑浮濫
2015	教育部電磁教育跨校聯盟計畫（教具教材都由科發基金支應）	1500萬元	審查時遭立委質疑浮濫
2015	安心食品履歷追溯雲端應用計畫（2011.9-2012.8執行）	4600萬元	已執行才申請
2015審查	國發會政府網站引進民間創意計畫	未公開	已執行才申請
2015審查	環保署 化學雲-跨部會化學物質資訊服務平台計畫	未公開	已執行才申請
2016-2025	經濟部工業局空總TAF創新基地推動計畫	4325萬元	已執行才申請
2021	台鐵「以多元通訊為架構之行控4.0系統」	6068萬元	廠商資格爭議
2021	總統杯黑客松比賽	1950萬元	不符急迫性

（菱傳媒／調查報導）行政院國家科學技術發展基金竟成藍綠「小金庫」！為增進國家科學技術發展，政府每年編列400億元預算挹注科發基金，但《菱傳媒》追查發現，科發基金近10年補助的計畫案僅一成提出完整報告，其他都以專利或智財等「機密」為由迴避，4千億元預算用到哪了無從監督，弊端叢生；知情人士痛斥，「科發基金宛如藍綠小金庫，誰執政都一樣，一邊罵一邊搶錢」。

這次桃園市長選戰，意外扯出了國民黨候選人張善政任職宏碁副總時擔任農委會研究計畫主持人，該計畫拿了農委會5736萬經費，被質疑內容大量抄襲他人創作，但張反駁，這個計畫還為農委會爭取到科發基金在內的補助金額，成長高達169%。另與民進黨新北市長候選人林佳龍交好的廠商，也曾藉台鐵搶得5640萬補助款，但該廠商卻曾偽造成績才取得政府標案，科發基金也完全未調查。科發基金管理運用，成外界注目焦點。

科發基金成立於1969年，自1998年起，政府逐年拉高預算金額，到每年編約400億元經費作為基金來源之一。依《科學技術基本法》規定，各部會只要投入數位化、科技化轉型時缺經費，都可申請補助，學術單位、政府機關若有類似需求也可比照辦理。

公開揭露資訊不足

但科發基金運作卻屢遭詬病，主因是基金預算龐大，資訊揭露卻明顯不足。《菱傳媒》調閱監察院與立法院相關資料顯示，科發基金有未強制要求受補助者登錄成果、報告免公開及事後查核不實等3大漏洞，致每筆動輒破億元的補助款，未能攤在陽光下監督；至少10年共4千億元的人民納稅錢，淪為朝野提款機。

攤開預算書，今年「推動整體科技發展計畫」編列390億6554萬9000元預算，其中有11項新增計畫，但預算書僅簡列計畫概要目標；明年預算案同樣簡單條列計畫名稱與概要，就匡列369億987萬2000元預算。

預算書14字索14億

其中「科技會報跨部會署科發基金計劃」項目更誇張，這計畫是為跨部會重要科技議題彈性提供支援，但預算書只寫了計畫名稱與預算金額，說明欄更只有「科技會報跨部會署科發基金計劃」14個字，就要立法院同意編列14億1600萬元，細目為何、如何執行，沒人知道。

此外，科發基金補助審查也備受質疑。《菱傳媒》追查發現，台鐵公司去年以「行控4.0系統」獲科發基金6068萬元補助，台鐵該標案是由美國台商理立公司以5640萬元得標；林佳龍任交通部長時與理立交情不錯，林2017年以台中市長身分訪美時就曾與理立簽MOU，理立陸續在台取得台中花博水湳園區自駕巴士、台南自駕巴士標案及台鐵行控4.0案標案。

但《菱傳媒》年初跨海調查曾踢爆，理立其實是捏造在美國參與多項自駕系統成績才拿下這些標案，顯見科發基金完全未調查，輕易就撥款補助給民間「問題廠商」。

遭批預算多監督少

科發基金「預算多監督少」弊端也被審計部揪出。審計部110年決算審核報告直指，科發基金預算執行率連續四年（2018-2021年）未達八成，不如預期，補助計畫成果也未依規定登載系統，「亟待檢討妥適編列預算及加強執行」。

科發基金亂象頻傳，《菱傳媒》追查發現原因有三，首先，依規定各項成果報告應在執行滿3個月內上傳政府研究資訊系統（GRB系統）、科發基金補助計畫作業系統兩系統登錄。但審計部統計，2017年至2020年執行期滿3個月的187件補助案件，有83件未在GRB系統登載、52件未上補助計畫作業系統登載，這些未登錄者全無罰則，科發基金也無從管考。

第二，科發基金原要求產學合作計畫執行期滿後要繳交成果報告，但因多數研究涉及專利、技術轉移或智慧財產權等，統計近10年來應繳交報告共8214件，實際「自願公開完整報告」僅883件，只佔10.34%，其他都以機密為由迴避監督。

10年僅一成上傳報告

第三，依規定科發基金管理會應針對已結案的計畫實地查核，抽查計畫補助金額應達當年度總數5%以上，但國科會資料顯示，實際查核比重逐年縮水，2017年查核比重還有4.7%，2018年僅剩1.89%，2019年與2020年因疫情影響，甚至未實際辦理任何查核作業。

知情人士痛批：「科發基金是個小金庫，藍綠政治人物檯面上都在罵，但檯面下也都在幫忙搶，如果不趕快補漏洞，政府財政只會更艱辛。」

今年7月起科發基金已改隸屬國科會，且同步設立科技顧問制度導正過去不健全體制，但知情人士直言：「過去政商把持與浮濫的補助情況還是必須公開，讓外界了解是誰申請補助、誰獲利以及各計畫執行結果」。

更多相關新聞

相關文轉A3

《菱傳媒》第1至3期特刊

RWNEWS SQUAD

WITNESSES THE SCAM COMPOUNDS

IN INDOCHINA

菱
近　詐騙

RWNews Investigative Team

國家圖書館出版品預行編目

菱近詐騙：菱傳媒資深記者前進中南半島詐騙園區的第一手獨家報導 / <<菱傳媒>>採訪團隊著.
-- 初版. -- 臺北市 : 菱傳媒, 2023.09
面； 公分.
ISBN 978-626-97697-0-4(平裝)

1.CST: 採訪 2.CST: 新聞報導 3.CST: 中南半島

895.3 112013250

RWNews Squad Witnesses The Scam Compounds In Indochina

社長 陳申青 | **副社長暨總編輯** 蔡日雲 | **執行總編輯** 賴心瑩 | **編輯** 陳秀枝、劉奕廷 | **採訪記者** 蔡日雲、王吟芳、林泊志、張麗娜、蘇聖怡、林啟弘

目次

contents

A1

《菱傳媒》前進中南半島4國　直擊詐騙園區

RWNews Investigative Team Headed To The Indochinese Peninsula To First-hand Witness The Scam Compounds In Four Countries

菱傳媒採訪團／柬緬泰寮現場報導

RWNews Investigative Team/ from Cambodia, Myanmar, Thailand, and Laos

—

近年各國政府卯起來打擊詐騙，台灣詐騙集團為此大舉遷徙海外，繼去年爆出柬埔寨淪為詐騙集團人肉市場後，上月再傳出靜宜女大生瞞著家人飛往緬甸果敢老街詐騙園區工作。為揭發詐騙集團犯罪產業鏈的醜陋面目，《菱傳媒》採訪團隊挺進中南半島，深入最多台灣人飛蛾撲火或被拐騙去的柬埔寨、緬甸、泰國與寮國金三角4國，獨家調查當地詐騙園區經營模式與現況，同步直擊全球反詐騙組織GASO營救被害人的過程。

More and more countries joined forces to crack down on fraud crimes in recent years, and for this reason, Taiwanese scam syndicates have been moving overseas on a large scale. Following last year's revelation that Cambodia had been turned into a house of ill fame by scam rings, it was reported last month that a female Providence University student had flown to Myanmar to work in a scam park in Laukkai, Kokang without telling her family.

To expose the ugly reality of the criminal industry chain of scam syndicates, our team went into the Indochinese Peninsula, trekking through the Golden Triangle across Cambodia, Myanmar, Thailand, and Laos, where most Taiwanese have been abducted or lured, to exclusively investigate the operating models and current situation of the scam compounds there. We also witnessed the process of rescuing the victims by the "Global Anti-Scam Organization (GASO)".

詐騙集團行徑囂張猖獗，各國疲於打詐，去年台灣陸續傳出許多求職民眾被騙到東南亞做詐騙，人身自由受控制還慘遭凌虐毒打，警政署刑事警察局表示，自2022年3月至2023年5月1日共接獲701件報案，已救援440人返國，尚有261人在境外待救援，其中53人有求救，但家屬迄今聯繫不上，緊急報案者則有208人。

The scam syndicates are blatant, and countries are struggling to fight fraud crimes. Last year, many job seekers in Taiwan were deceived into committing scams in Southeast Asia. Their personal freedom was restricted and they were abused and harshly beaten. According to Criminal Investigation Bureau in Taiwan, from March 2022 to May 1, 2023, there were a total of 701 reported cases, where 440 people have been rescued back to Taiwan, while 261 people were still waiting for rescue abroad, of which 53 people had requested for help, and a total of 208 emergency cases were filed by the families who are not able to contact the victims.

其中今年4月初，一對父母出面懇求政府幫忙救女兒，他們聲淚俱下說，就讀靜宜大學的女兒被騙到緬甸，非常擔心女兒人身安危，此案不僅引發政府高層關注，網路社群也熱烈討論海外淘金風險。

In early April this year, the parents of a female student at Providence University begged the Taiwanese government to save their daughter tricked into Myanmar. They said in tears that they were so worried about her. This case not only aroused the attention of top government officials, but the risks of the overseas gold rush were also heatedly discussed in the online community.

柬埔寨去年掃蕩今年又回籠◇
Cambodia Cracked Down Fraud Crime Last Year. Scam Compounds Are Resuming Business This Year.

詐騙集團的犯罪手法，從一開始的單純詐騙，如今黑化到拐騙、囚禁民眾加入集團。為揭開詐騙集團產業鏈的醜陋真面目，《菱傳媒》採訪團隊鎖定最多台灣人遭拐騙的4個中南半島國家進行深入調查，先到柬埔寨，之後轉往手法最殘酷惡劣的泰緬邊境苗瓦迪KK園區，為瞭解靜宜女大生所處環境，採訪團也遠赴緬北臘戌，之後再轉進金三角詐騙園區。

The operations of fraud crime gangs have changed from simply scams at the beginning to enticing and imprisoning

people to join scam rings. To reveal the ugly truth of the criminal industry chain of scam syndicates, we explored four Southeast Asian countries where most Taiwanese have been abducted to for our in-depth investigation reports. Firstly, we went to Cambodia and then moved to the Myawaddy "KK Garden" on the border of Thailand and Myanmar. To dig deep into the workplace of the female student at Providence University, we also visited Lashio, Myanmar, and then traveled to the "Golden Triangle Economic Zone".

柬埔寨詐騙集團最盛行的地方，正是被稱為「西港」的西哈努克（Sihanoukvillc），這是柬國最大的海港及對外貿易中心，在中國一帶一路政策下，西港被打造成經濟特區，來自中國的資金大量湧入西港，原本常住人口約8萬人的小漁村湧入大量中國人，當地人口暴增，「黃、賭、毒」全進到西港，連詐騙集團都來了，衍生嚴重治安問題。

Sihanoukville, the largest seaport and foreign trade center in Cambodia is the place where scam syndicates are most prevalent. Under China's "Belt and Road Initiative", Sihanoukville has been turned into a special economic zone with a large influx of capital from China, and a large number of Chinese to this fishing village with an original resident population of about 80,000, which has led to a population explosion and the entry of "sex, gambling and drugs" into Sihanoukville. Even scam syndicates have come to town, causing serious security problems.

去年9月西港中央治安局率領執法部門，展開連續5天大規模執法行動，逮捕近500名外國人，許多詐騙園區紛熄燈、轉戰他國避風頭，此行動被稱作「西港九一八事件」。

In September last year, the Sihanoukville Central Public Security Bureau led law enforcement agencies to launch a large-scale law enforcement operation for five consecutive days, arresting nearly 500 foreigners. Many scam compounds were closed, and scammers took refuge in other countries. The operation was called the "Sihanoukville September 18 Incident."

時隔7個月，《菱傳媒》直擊，西港5大詐騙園區，包括當地中國城內的「凱博」與「金水」園區、整棟綠色建築的綠巨人科技、堪稱元老級的皇樂及金貝園區等，有的外型像娛樂城，有的則像社區住宅，持續從事偷拐騙不法勾當。

After seven months, our team visited five major fraud crime compounds in Sihanoukville, including the "Kaibo" and "Jinshui" in the local Chinatown, the green building of the Green Giant Technology, "Huangle" and the oldest compounds, such as the "Huangle" and"Jinbei". Some of them look like entertainment cities, while others look like residential houses, and continue to engage in illegal activities of abduction and deception.

當地人透露，凱博、金水園區主要是中國人跟台灣人，凱博園區出入口有多名保安看守，嚴格管控人員進出，外人難以一窺

園區內部情況；金水園區原已歇業，但當地人說，3月中旬園區人員陸續回籠，原可自由進出的小門現已封閉。

Local people revealed that “Kaibo” and “Jinshui” compounds are mainly operated by Chinese and Taiwanese. The entrance and exit of Kaibo Park are guarded by many security guards, who strictly control the entry and exit of people, so it is difficult for outsiders to get a glimpse of the inside of the compound. The "Jinshui” compound has been closed, but local people said that the staff have gradually returned since mid-March, and the small gate that allowed free access to the compound is now closed.

全球反詐騙組織GASO透露，去年高峰期台灣有5000多位國人受困在柬國，去年救出209人，今年截至5月中旬，已救出128位台灣人。

“GASO” revealed that more than 5,000 Taiwanese were trapped in Cambodia at the peak last year. 209 people were rescued last year and 128 Taiwanese have been rescued this year until mid-May.

苗瓦迪KK園區緬泰掃蕩焦點 ◇

Myawaddy "KK Garden" Was The Focus Of Thai And Myanmar Raids

去年8、9月台灣人到東南亞詐騙案曝光，新聞延燒，曝光率最高的就是緬甸苗瓦迪與泰國美索邊境的KK園區。

Last August and September, the scam cases of Taiwanese being tricked into Southeast Asia came to light and the news spread. "KK Garden" on the border between Myawaddy, Myanmar, and Mae Sot, Thailand, gained the most coverage.

《菱傳媒》採訪團隊隨著GASO成員Sammy前進龍蛇雜處的邊界地區，直擊GASO的救援行動，從5月6日到8日，3天內救出32人，包含2位台灣人、20位印尼人、6位菲律賓人及4名中國人，其中6名菲國人是政府出面交涉，才讓園區放人，但園區高幹不甘心，先毒打6人一頓才放人，記者直擊6人重獲自由後衣褲底下傷痕累累、滿佈瘀青的淒慘模樣。

We followed the "GASO" member Sammy to the border area where the mobster hang out, and witnessed GASO's rescue operation. Thirty-two people were rescued from May 6 to 8, including two Taiwanese, twenty Indonesians, six Filipinos, and four Chinese. Among them, the six Filipinos were released after the government negotiated with the fraud crime compound. However, the compound's high-level gangsters were unwilling to let them go

and beat them up before releasing them. We witnessed the scars and bruises of the six people under their clothes after being freed.

其實KK園區只是苗瓦迪40多個園區之一，只因新聞事件聲名大噪，才讓KK園區成為整個苗瓦迪詐騙園區的代名詞。

In fact, “KK Garden” is merely one of the more than 40 compounds in Myawaddy. It is only because of the news incident that made KK Garden synonymous with the overall Myawaddy scam compounds.

Sammy指出，這40多個園區分由不同集團（物業）經營，園區老闆就只是房東，對外負責打點好軍隊、政府、警察，對內自訂規則、聘雇保全，每個辦公室月租金3萬美金，在裡面幹什麼房東不會管，因此去年9月柬埔寨大掃蕩後，不少詐騙集團都轉移陣地來苗瓦迪重起爐灶。

“Different business groups operated in more than 40 compounds. The compound owner is the landlord, who sets up the compound management rules, hires security guards, and maintains good relations with the military, officials, and police. The landlord charges USD$30,000 for each office every month and does not concern what tenants do inside. Therefore, after the Cambodian raid last September, many fraud rings have moved to Myawaddy to start up again.”, Sammy said.

緬甸老街錢好賺孩子不上學搞詐騙 ◇

Money Is Easy To Come By In Laukkai, So Children Do Not Go To School But Engage In Scam

採訪團隊另組人馬則深入緬北，欲前往果敢自治區的老街，該地目前政情局勢複雜，老街長期由4大家族各擁山頭，加上反政府軍隊，內戰連連，緬甸政府鞭長莫及，此處也正是靜宜女大生的落腳處。

Our other team went north of Myanmar, intending to visit Laukkai in the Kokang Autonomous Region. The current political landscape in the region is complicated as Laukkai has long been dominated by four prominent families and the anti-government army for a long time. Laukkai has been involved in perennial civil wars, and the Myanmar junta can't control the area. The region is where the female Providence University student is staying.

據了解，靜宜女大生在某一家族工作，國際救援組織透過管道，拜託另一家族出面談判，用交換條件說服女大生工作的家族放人，未料對方把女大生送上車後，女大生卻因男友仍在園區不願離開，「人沒救成，兩大家族卻因此翻臉」，目前女大生仍留在園區且開始上線從事洗錢詐騙。

It is understood that the female student at Providence University works for one of the four prominent families. The international rescue organization asked another family to negotiate

with the family where the female university student works for release in exchange. Unexpectedly, when the female student was released and about to get in the car, she hesitated because her boyfriend prefers to stay. The rescue of the female student finally failed and even caused the two families to turn against each other because of this. The female university student is still in the park and has started engaging in money laundering scams.

採訪團隊先抵達緬甸東北部的大城臘戌，發現街上貼滿老街園區各式招聘廣告，條件是只要會電腦打字，會國語，甚至直白說：「不會不要緊，專人培訓」。一位國小老師告訴記者，在臘戌的月薪只有20萬緬幣（約新台幣3000元），「去老街工作，薪水是十倍、百倍，很多小孩不讀書就去了」。

We first arrived in Lashio, a large city in northeastern Myanmar, and found all kinds of job advertisements all over Laukkai. The job requirements only entailed, “Mandarin speaker. Know how to type on a computer”. Those job advertisements even plainly said, “It doesn't matter if you don’t know how to do the tasks. Special training is offered." An elementary school teacher told us that the monthly salary in Lashio is only 200,000 kyats (about NT$3,000). “The salary is ten or a hundred times higher if you work in Laukkai. Many children prefer these kinds of jobs instead of schooling", she said.

了解緬甸情勢人士透露，對於有多少台灣人到緬甸果敢或是苗瓦迪詐騙園區工作，官方沒有確定統計數字，「但這2年多來，至少救出60多位國人．目前約有29名台人受困苗瓦迪，正對外求援。」

According to sources familiar with the situation in Myanmar, there were no official statistics on the number of Taiwanese working in the Kokang or Myawaddy fraud crimes compounds in Myanmar. "However, over the past 2 years, at least 60 Taiwanese have been rescued. There are currently about 29 Taiwanese trapped in Myawaddy and are seeking help from outside," said the informant.

金三角經濟特區遭諷詐騙模範生

The Golden Triangle Special Economic Zone Is Mocked As The Scam Model

寮國政府在2010年成立寮國金三角經濟特區，享國防、外交和司法權之外的所有自治權。黃、賭、毒在當地都是「合法」產業，街上招牌全是中文，交易貨幣是人民幣，中南半島宛若「中國南伴島」。

The government of Laos established the "Golden Triangle Special Economic Zone" in 2010, which enjoys all autonomy other than national defense, diplomatic, and judicial rights. Sex,

gambling, and drug industries are "legitimate" businesses there. The Indochinese Peninsula resembles the "South Peninsula of China", with signs on the streets all in Chinese and the currency of transactions in the Renminbi.

金三角經濟特區管理委員會在4月27日發布「金三角違法經營有獎舉報通知」，鼓勵特區居民發揮監督作用，打擊管理領域盲區，以一案給500元人民幣的獎勵。一位參與打詐行動的國際救援人士說：「金木棉街道規劃整齊，有自己的公安，治安最好，就像詐騙園區的模範生。」

The "Golden Triangle Special Economic Zone" management committee issued the "Golden Triangle Illegal Business Reward Reporting Notice" on April 27, encouraging local residents to play a supervisory role in combating the blind spots in the area by offering a reward of RMB 500 for each case. An international anti-fraud operation worker said, " Streets in DonSaoIsland in Golden Triangle are well planned, have their own public security, and have the best law and order. It seems like a role model of fraud crimes compounds," said an international relief worker who participated in the scam crackdown.

A2

去年5000台人受困 T先生向菱傳媒求助

5,000 Taiwanese Trapped In Cambodia Last Year, And Mr. T Seeking Help From RWNews

記者王吟芳、林泊志／柬埔寨報導

RWNews Investigative Team/ from Cambodia

—

埔寨近兩年已成為詐騙集團代名詞，《菱傳媒》4月底前進柬埔寨，實地了解當地詐騙集團生態。根據台商指出，去年巔峰時期約有五千台人被拐賣到柬埔寨從事詐騙，但台灣在柬國沒有代表處，救援工作只能靠善心台商，唯一具官方色彩的是在當地經商的僑務委員張清水；即便被害人幸運逃出詐騙集團園區還得面對政府機關索賄，《菱傳媒》甫到當地就接獲被害人求助，親赴移民局送物資給遭「軟禁」的T先生。

Cambodia has become synonymous with fraud crime in the last two years. We headed to Cambodia to understand the operation of local fraud crime compounds. According to Taiwanese business people in Cambodia, about 5,000 Taiwanese citizens were abducted there and forced to commit fraud crimes at the peak last year.

Taiwan and Cambodia don't have diplomatic relations, so Taiwan does not have a representative office in Cambodia. Rescue

work could only rely on good-hearted Taiwanese business people. Chang Qingshui, a committee of the " Overseas Chinese Affairs Council", is the only business person with a political background. Even if the victims escaped from the fraud crime compounds, they still had to face government agencies asking for bribes. We received the victim, Mr.T's request for help as soon as we arrived in Cambodia. We went to the Cambodia Immigration Bureau to deliver supplies to Mr. T who was under custody.

柬埔寨台商總會前會長、現任僑務委員張清水是前立委張清芳的哥哥，張清水10多年前來柬埔寨金邊開工廠。《菱傳媒》到訪時，正巧有救援團體打電話告訴他，有一名被安置的台灣女子前晚自行離開飯店，目前下落不明。

Chang Qingshui, the former leader of the Taiwan Commercial Association In Cambodia, also the older brother of former legislator Chang Qingfang, came to Phnom Penh to set up a factory more than ten years ago. During our visit, he was told by a rescue group that a Taiwanese woman who had been resettled left the hotel by herself the night before, and she was missing from then.

張清水嘆道，被害人回台前都須繳交逾期居留的高額罰款，很多人籌不出這筆錢，柬埔寨跟台灣沒邦交，中國在柬埔寨投資規模又極其龐大，台灣政府在救援工作上根本無力施展，每逢有台籍被害人被送到移民局，能代表台灣出面打探、斡旋的就只有他，「罰

是一定要罰的啦，我只能拜託他們，讓我們少繳一點。」

Chang Qingfang said, "The victims have to pay a hefty fine for overstaying before returning to Taiwan. Many people needed help to raise the money. Cambodia has no diplomatic relations with Taiwan, and the scale of Chinese investment in Cambodia is enormous, Taiwanese government simply could not do anything on rescue work". Every time a Taiwanese victim was sent to the Cambodia Immigration Bureau, he is the only one who can represent Taiwan to inquire and mediate. "Victims must pay their fines. I can only bargain to pay less", he said.

飯店有隱形房間專門安置被害人◇
The "Invisible Room" In The Hotel For Victims

張清水表示，去年一整年透過他協調回台的被害人就逾300人，他最高紀錄曾一天跟移民局談妥釋放31人，刑事局還頒獎表揚他，張清水認為自己責無旁貸，「我們國家在這裡沒有代表處，最近的代表處在越南胡志明市，管不到這裡，但我是僑務委員啊！我不救，誰來救？」

Chang Qing-Shui revealed that more than 300 victims returned to Taiwan through his intervention last whole year. Chang Qing-Shui had set a record to have 31 people released in one day after he negotiated with the Cambodian Immigration Burea, and he was

rewarded by Criminal Investigation Bureau in Taiwan. Taiwan has no representative office here, the nearest representative office is in Ho Chi Minh City, Vietnam. I am a committee of the Overseas Chinese Affairs Council. "If I did not help them, who would?", he said.

柬埔寨當地另有一位參與救援工作的重量級人物「A董」。1995年由周潤發主演的香港電影《和平飯店》，描述一家被當作「避難所」的旅店，只要到和平飯店住宿，飯店主人都會保他周全，A董在柬埔寨的飯店，就跟電影情節一樣。

Mr. A is another key man in Cambodia who participated in the rescue mission. Mr. A runs a local hotel, and he uses his hotel as a shelter, just like in the Hong Kong movie "Peace Hotel" featured by Chow Yun Fat.

從未接受媒體訪問的A董這次破天荒接受《菱傳媒》專訪，A董說，「逃出來的人都很辛苦，十個有八個沒護照、沒行李也沒錢，有的還負傷，必須先讓他們有一個可安頓的地方，才有辦法把他們送回台灣啊。」

Mr. A, who had never been interviewed by the press, kindly agreed to do an interview with us. Mr. A said, " Every escaped victim had gone through a tough time. Eight out of ten of the victims don't have a passport, luggage, or money, and some were injured. A place to settle down is the first priority, then we can send them back to Taiwan."

A董回憶，柬國政府不准飯店容留無護照的外國人，當時柬國政府要求所有旅宿業者簽字，保證會檢查所有外國人的護照與簽證才讓他們入住，「簽字我們照簽，但人我也照救」，為了彼此的安全，飯店會要求被害人躲在房間不要出來，遇到警方查訪，工作人員會把入住隱形房間這些人當成隱形人。

Mr. A recalled that the Cambodian government prohibited hotels to accommodate foreigners without passports. At that time, the Cambodian government required all hotel owners to sign, promising their staff would check the passports and visas of all foreigners before providing accommodation to them. "Of course, I sign on the government's paper and agree to do so. However, I would still take the risk of rescuing people.", he said. Mr. A asks victims to stay in hotel rooms, whenever police come by, hotel workers hide the victims to hide in their rooms, and those rooms seemed to be "invisible" to the law enforcement officers.

有些被害人沒那麼幸運遇到張清水、A董伸援手，只能靠自己逃出詐騙園區。《菱傳媒》在柬埔寨期間就遇到被害人求救。T先生4月底逃出園區後，被送到金邊移民局軟禁，他透過管道向《菱傳媒》求助，傳達在移民局經歷不人道待遇，連飲用水取得都有困難，「就像來到另一個由柬埔寨政府設立的詐騙園區！」

Some victims were not so lucky to get helped by Chang Qingshui and Mr. A. They only could depend on themselves to escape from fraud crime compounds. While we were in Cambodia, the victim-Mr.T asked for help. Mr. T escaped from the compound at the end

of April and was then sent to the Cambodian Immigration Bureau in Phnom Penh under custody. He contacted our team through a specific channel, conveying that he experienced inhumane treatment at the Immigration Bureau and had difficulty obtaining drinking water. "It's like moving to another scam crime compound set up by the Cambodian government", he said.

被害人看移民局「像政府設的園區」◇ Victims See Immigration Bureau As Another Scam Compound Set Up By The Government

T先生說，他逃出園區報警後，就被柬國警局、防賭局與移民局踢來踢去，最後被軟禁在移民局，官員還向他索賄5000元美金才肯釋放他，T先生被「軟禁」期間，吃喝得自己付費叫外送，每頓餐要另給官員2.5美元小費，金額高到他無力負擔，他因此拜託記者送水給他。

Mr. T said that after he escaped and filed a police report, the police department, the Gambling Prevention Bureau, and the Immigration Bureau kept passing the buck for his case. He was finally taken custody by the Immigration Bureau, and some officials asked him for a USD$5000 bribe in exchange for his release. During his time in custody, he needed to pay for food and water and bribe the officials to USD$2.5 per meal. He simply could not afford the price, so he asked our team to bring him water.

5月2日記者提了四大罐礦泉水到移民局，在大門就先被警衛攔下，記者按照NGO成員建議遞上5000瑞爾（柬埔寨幣值，折合台幣約37元）給對方，卻吃閉門羹，警衛拿起桌上的易開罐汽水，比了個「3」的手勢，指示記者去飲料攤。經過一番折騰，記者才恍然大悟，原來官員索賄招式已進化，交付賄款的方式是「用兩倍市價、一萬元瑞爾，去跟指定攤販買三罐飲料！」

On May 2, we brought four bottles of water to the Immigration Bureau and were stopped by the guards at the front gate. We followed the suggestion of the NGO members to give the guards 5,000 riels (NTD$37), but we were rejected. One of the guards picked up the easy-open can of soda on the table, made a "3" hand gesture, and directed us to the beverage stand. After much guessing, we finally realized that the guard wanted us to bribe him by "buying three cans of beverages from his designated vendor with twice the market price, about 10,000 riels!"

直擊七園區現況重整旗鼓復業中◇

Witnessed Seven Compounds Resume Business

柬埔寨政府去年為洗脫詐騙基地惡名，大舉清剿境內詐騙集團園區，去年9月各園區陸續歇業、轉戰他國，但事隔7個月後，《菱傳媒》實地走訪柬埔寨最多台灣人滯留的七大詐騙園區，包括首都金邊的兄弟園區、環球園區，以及西港的凱博、金水、皇

樂、金貝與綠巨人科技園區，赫然發現這些園區並未消聲匿跡，多數現正陸續回籠中，開始重整旗鼓、重操舊業。

To get rid of the notorious reputation of fraud crime haven, the Cambodian government conducted a large-scale raid to crack down on fraud rings last year. Last September, fraud rings closed down businesses in compounds and moved overseas. After seven months, RWNews Investigation Team visited seven compounds in Cambodia, where most Taiwanese were stranded, including "Brothers", and" Global Park" compounds in Phnom Penh, and "Kaibo", "Jinshui", "Huangle", "Jinbei" and "Green Giant Science and Technology" compounds in Sihanoukville, surprisingly found that most of those compounds were not closed. Staff in the compounds have gradually returned to most of the compounds, and they are prepared to start up again.

《菱傳媒》近距離觀察發現，這些園區有的以富麗堂皇的社區外觀作掩護，有的低調不起眼猶如加工廠，但共通點都是設下重重門禁，嚴格控管進出。多數園區一樓是賣店、餐廳或飲料店，二樓是詐騙工作區，員工宿舍都在三樓以上，園區外圍通常都有3米以上高牆，牆上還會裝上蛇籠，牆內的世界持續以企業化、軍事化的經營模式，向全世界進行詐騙吸金。

We found that some of the compounds look like wealthy residential communities, while others seem like low-profile factories, but the common point is that they all have strict access control at the entry and exit gates. In some buildings in those

compounds, the first floor is a store, a restaurant, or a beverage stand, the second floor is a workplace for fraudsters. The staff dormitory is above the third floor. There are usually walls over three meters high around the building and razor wires positioned on top of walls. Inside the building, the fraud syndicates continue to use corporate and militarized management to engage in fraudulent schemes to swindle people from all over the world a big money.

A2

金三角9萬人9成搞詐騙

90% Of The Population Of 90,000 In The Golden Triangle Engaged In Fraud Crime

記者蘇聖怡／寮國金三角報導
RWNews Investigative Team/ Golden Triangle, Laos

—

湄公河流經緬、寮、泰三國交界地區，被稱為金三角，過去因盛產罌粟，是世界毒品主要來源，近年詐騙集團進駐，徹底翻轉金三角形象。一位東北青年形容寮國金三角經濟特區是黃賭毒匯集的高譚市，住在緬甸臘戌的華裔商人，不諱言緬甸金三角的大其力的詐騙比果敢老街更猖狂，金三角區只剩泰國這端轉型成旅遊景點。

The Golden Triangle is a region where Thailand, Myanmar, and Laos meet and the Mekong River flows through. It was once the crucial source of narcotics for the world because of its abundance of opium poppies. Since more and more scam gangs organize crime in the Golden Triangle, the image of the area is entirely different from that of before. A young man from Northeast China described the “Golden Triangle Special Economic Zone” in Laos as “Gotham City,” where porn, gambling, and drug are prevalent.

A Chinese businessman living in Lashio, Myanmar, said that fraud crime is even more rampant in Tachileik, in Myanmar's Golden Triangle than in Laukkaing, Kokang. Only part of the Golden Triangle in Thailand has transformed into a tourist attraction.

「金木棉簡直是詐騙集團的模範園區」，一位從事詐騙救援工作的人士說。寮國政府以99年期限租給中資金木棉集團董事長趙偉，除軍事、司法和外交權以外，全由中國人自治。

"DonSaoIsland is simply a role model for scam compounds," said an individual who rescues victims of scam crime. The Lao government leased it to Zhao Wei, chairman of the Chinese-backed Kings Romans Group for 99 years. Except for military, judicial, and diplomatic powers, this is the autonomy area of the Chinese.

《菱傳媒》團隊從泰北清盛邊境海關搭渡輪越過湄公河，不到10分鐘就抵達金三角經濟特區的海關入境處，一揭法外特區神秘面紗。

We crossed the Mekong River by ferry from the Chiang Saen border customs in northern Thailand and arrived at the customs entry point of the "Golden Triangle Special Economic Zone" within ten minutes. Our team hoped to reveal the mystery of the extrajudicial zone.

「這裡就像是萬惡的高譚市（Gotham City）」，到這工作半年的中國24歲東北青年下了一個極為貼切的註解。蝙蝠俠電影裡，高譚市總是烏雲密佈，表面浮華但暗巷藏污納垢，是美國犯罪率最高的城市之一。

"This place is like the evil Gotham City.", a 24-year-old man from northeast China who has been working there for half a year made a precise comment. In "Batman" movies, Gotham City is always overcast, glorious on the surface but full of filthiness in the dark alleys. It is one of the cities with the highest crime rate in the United States.

走在金三角特區的街頭，舉目都是中文招牌，一位每天接觸形形色色人的快遞業兼外幣兌換的老闆透露，不只華人來工作，「中東、巴基斯坦、俄羅斯、烏克蘭、東歐、印度和非洲人都有」。

The streets of the Golden Triangle Special Economic Zone are full of Chinese shop signs. A courier, who is also a foreign exchange dealer, gets along with all kinds of people every day said, "Not only Chinese come here to work, but also people from the Middle East, Pakistan, Russia, Ukraine, Eastern Europe, India, and Africa".

當地人說，「這裡有9萬多人，9成都在做詐騙」，他隨手指向街邊說，「這些小區都是園區，來這做詐騙的幾乎都是自願的」。

The locals said, "There are more than 90,000 people here, and 90% of them engage in fraud crime activities." He pointed to the street and said, "These communities are all scam compounds, and those fraudsters are voluntary."

東北小哥說，在這裡從事詐騙的台灣人屬於小團伙，5、6人一個團隊，但與中國詐騙企業相同的是，為方便控管都採團進團出，「像是早期香港電影古惑仔街頭橫行的模樣，只是沒穿黑衣」。

The young man from northeast China told us, "Taiwanese scammers usually act in a team with 5 or 6 people, similar to Chinese fraud crime gangs, in order to well manage and access control. They look like the gangsters in old Hong Kong movies, except they don't wear black clothes. "

賭、色合法執業燈紅酒綠的不夜城◇

A City That Never Sleeps, Where Gambling And Porn Are Legal

金三角的賭場，也讓中國人趨之若鶩，帶著大把大把的人民幣豪賭，24小時營業的賭場，不論來客手持人民幣，還是泰銖，都可盡情投注。賭博合法，色情行業更是大辣辣攬客，霓虹燈閃爍，休閒會館一家又一家，敞開的大門、透明的落地窗，穿著細

肩帶、短裙的小姐一字排開坐著等客人，來客將車停在門口，車伕把被點名的小姐送到車上，一場歡場交易就此展開。

The casinos in the Golden Triangle are popular among Chinese people, who gamble with a lot of renminbi cash. The 24-hour casinos allow visitors to bet as much as they want, regardless of using renminbi or Thai baht. Gambling is legal, the sex industry is thriving here. With wide-open doors, transparent floor-to-ceiling windows, and dazzling neon lights, leisure clubs are everywhere. Young female employees of leisure clubs wear thin strap tops and short skirts and sit in a line waiting for customers. Visitors could only park the car at the front door, and the waiter guides "the appointed lady" to the vehicle.

特區治安由3500保安局人員負責，隔幾個路口就有執勤保安管理交通或秩序。當地人説，他半夜拎著裝了十幾萬人民幣的透明塑膠袋，也不會被搶，因為被抓進治安局肯定被往死裡打。

3,500 Security Bureau personnel are responsible for the security of the "Golden Triangle Special Economic Zone", and there are security guards on duty every few intersections to manage traffic or order. The locals revealed that he would not be robbed for carrying a transparent plastic bag containing more than 100 thousand renminbi in the middle of the night. Because the robber would be beaten to death if caught and sent to the Security Bureau.

據指出，前不久一個中國人搶劫12萬人民幣，活生生被抽5個鞭子，第2鞭時已昏死，仍繼續鞭笞3鞭，皮開肉綻。治安局是什麼事都幹的黑道警察、有牌流氓。這個藏在炫目城市下的黑暗面，每天都在上演。

Not long ago, it was reported that a Chinese robbed of 120 thousand renminbi and was whipped five times. He passed out the second time and continued to be flogged three times, and his skin was torn apart. The Security Bureau policemen are “gangsters with licenses” who do everything. The dark stories are happening every day underneath this glorious city.

A3

直擊人間煉獄KK園區　救出32人

Witnessed 32 Scam Victims Rescued Out Of "KK Garden"

記者張麗娜、林啟弘／泰國美索報導
RWNews Investigative Team/ Mae Sot, Thailand

—

受去年柬埔寨詐騙新聞影響，台灣人逐漸認識中南半島各國的詐騙園區，其中緬甸KK園區被網友封為比柬埔寨更可怕的地方，由軍人武裝鎮守，還會活摘器官，素有人間煉獄之稱。《菱傳媒》採訪團隊為此勇闖數個軍人持槍鎮守的崗哨，挺進與苗瓦迪僅一河之隔的美索，近距離觀察這個讓人聞之喪膽的KK園區；此外採訪團隊也與全球反詐騙組織GASO合作，全程記錄該團體救援受困園區被害人的過程。

Affected by the massive amount of fraud crime news reports in Cambodia last year, the Taiwanese gradually became aware of the scam compounds in Indochinese Peninsula countries. Among them, "KK Garden" in Myanmar was named by netizens as a more terrifying place than Cambodia. "KK Garden" is guarded by armed soldiers and would harvest organs alive, which is described as purgatory. We bravely broke through several sentry posts guarded by soldiers with guns, marched into Mae Sot, which is just across the river from Myawaddy, and observed the frightening

"KK Garden" at close range. In addition, we also cooperated with the Global Anti-fraud Organization, also known as "GASO", and witnessed how "GASO" rescue the victims trapped in those scam compounds.

緬甸苗瓦迪從事詐騙的人口高達30萬人，約有40多個詐騙園區，各園區利用詐騙等方式，吸納來自中國、馬來西亞、台灣、印尼、菲律賓及部分中亞、非洲國家的民眾當豬仔，控制其行動逼他們從事詐騙，KK園區其實是整個緬甸苗瓦迪40多個詐騙園區的統稱。

The population of Myawaddy in Myanmar who commit fraud crimes is as high as 300,000, and there are more than 40 scam compounds. The fraudsters abduct people from China, Malaysia, Taiwan, Indonesia, the Philippines, and some Central Asian and African countries. Those victims are called "pigs", they are forced to commit fraud crimes. "KK Garden" is a collective name for more than 40 scam compounds in Myawaddy, Myanmar.

泰國美索與苗瓦迪僅一河之隔，雙方交界河岸有多達30處以上渡口，供緬泰兩國人貨通行，2019年受新冠肺炎疫情影響，緬泰邊境封閉長達3年，這些口岸成為偷渡外國人進入苗瓦迪的唯一通道。

There is only one river between Mae Sot, Thailand, and Myawaddy in Myanmar. There are more than 30 ferry ports along the river banks on two sides. Affected by COVID-19, the Myanmar-

Thailand border has been closed in the last three years. These ports have become the only channel for foreigners to smuggle into Myawaddy.

園區豬仔們若不堪凌虐企圖逃跑只能渡河，不過河岸兩邊各有緬軍及泰軍持槍駐守，逃跑的下場不是被抓回去就是被當場擊斃，鮮少成功。

Those victims who can no longer bear the abuse in scam compounds could only escape by crossing the river. However, there were Burmese and Thai troops stationed on both sides of the river with guns, the victims who tried to escape were either captured or shot to death on the spot, seldom would be able to escape.

菲國政府出面救獲釋豬仔全身傷 ◇

After The Philippine Government Negotiated, The Victims Were Freed But With Serious Body Injure

為我們引路的Sammy是GASO負責國際救援成員之一，5月5日下午，我們從曼谷搭車前往美索，這是唯一通往美索的公路，也是傳說中從泰國運送豬仔進苗瓦迪的必經之路。

Sammy, who is a "GASO" member, guided us on the trip from Bangkok to Mae Sot by car. We went on the only road leading

to Mae Sot and learned it was the only road for the scam crimes victims to be transferred from Thailand to Myawaddy.

經過7個多小時的顛簸，抵達美索時已是深夜，我們直接前往酒店，探視剛被救出的印尼人，因為其中一人重感冒且頭痛欲裂，他們向GASO求助，我們緊急救援代買成藥與晚餐，讓這些人吃上一頓飽飯。

After more than seven hours of a bumpy ride, it was late at night when we arrived in Mae Sot. We went to the hotel to visit the Indonesians who had just been rescued. Because one of them had a severe cold and headache, they asked "GASO" for help. Therefore, we rushed to buy them dinner and medicines, just to let them have a good meal.

這次從百盛園區救出的印尼人共20人，第一批救出4人、第二批16人，百盛園區為緬甸果敢白家所有，園區內部實施高壓統治，印尼人常被毆打、電擊，過程中受害人偷偷將被凌虐的影片傳出來，才引起印尼社會震驚。

Twenty Indonesians were rescued from the "Parkson" compound in different batches this time. Four victims were in the first batch and sixteen people were in the second batch. The "Parkson" compound is owned by the "Bai family" in KoKang, Indonesian victims were often beaten or given electric shocks here, and some abuse videos were then released to shock Indonesia.

印尼大使館出面談判時，百盛園區一開始要求每人賠付5萬美金，但印尼政府不願意，園區遂將部分印尼人轉賣，但其他園區發現這些人是地雷不敢收，最後百盛園區只好同意放人。

When the Indonesian embassy negotiated with the fraudsters of the "Parkson" compound, they asked the embassy to pay USD$ 50,000 for each victim, but the embassy refused. The fraudsters then would like to resell some Indonesians, but other fraud rings found that these Indonesians might cause some trouble and rejected them. Finally, the fraudsters agreed to release those Indonesian victims.

第二天上午則有6名菲律賓人從四季園區被救出，該區屬KK系統，規定外國人免賠付，菲律賓大使館親自出面協調後，6人當天就被釋放，不過園區不滿人硬被救走，放人前還先動手施暴報復，6人被救出後，大腿、屁股都可見駭人的大面積瘀青。

The next morning, six Filipinos were rescued from the "Four Seasons" compound, which belongs to the "KK Garden" system, which stipulates that foreigners are exempt from compensation. After the Philippine embassy came forward to negotiate, the six Filipinos were released on the same day. However, the fraudsters were unwilling to let go of those six Filipinos, they were beaten up hard for revenge before being freed. We witnessed those six rescued Filipinos' thighs and buttocks almost covered with bruises.

2台人獲釋《菱傳媒》直擊救援始末◇

Two Taiwanese Rescued, And RWNews Witnessed The Rescue Operation

當天下午另有2名台灣年輕男子人從東風園區被釋放，相較之下兩人的狀況單純許多，兩人當初是應徵到柬埔寨的賭場工作，抵達後才知道是要從事詐騙，兩人後來跟著公司轉移陣地到苗瓦迪，他們已在園區任職一年，屬合約期滿被釋放者，「當初就是要來賺錢的，知道被騙了也要硬著頭皮走完合約，總不能叫家人幫我賠錢吧，自己的選擇要自己認。」

Two young Taiwanese men were released from the "Dong Feng" compound in the afternoon, they were originally recruited to work in a casino in Cambodia, but then they realized they needed to commit fraud crimes in Myawaddy, Myanmar. Even knowing that they were cheated, they had to bite the bullet to finish the contract. They could not ask their family to pay compensation for their freedom. "It's our own decision to come, we needed to bear with it.", they said.

東風園區也屬KK園區系統，2人無需賠付，僅需支付渡河費1萬8千泰銖，接著再到泰國移民局自首，然後到法院繳交2千元泰銖的偷渡罰金，走完程序後就能搭機回台。兩人受訪時說，在園區內工作每天工時11小時、物價很高，但至少沒有被打，能全身而退，已算幸運。

The "Dong Feng" compound also belongs to the "KK Garden" system. Those two Taiwanese young men don't need to pay compensation but only need to pay 18,000 baht for crossing the river. They surrendered themselves to the Thai Immigration Bureau, and then pay a fine of 2,000 baht for smuggling to the court, then they could return to Taiwan. They said, "We worked eleven hours a day in the scam compound and had to pay high prices for necessities, but at least we were not violently treated, and luckily got away."

河邊管制嚴持槍軍警連番查護照 ◇
Armed Soldiers And Police Strickly Control The Riverside and Check Passports Constantly

採訪團隊為一探KK園區實況，聘僱當地計程車在美索端沿著河岸實地考察苗瓦迪。行前，司機特別交待要帶護照，還要求我們全程盡量都待在車上，否則遇到盤查後果難預測，不過為了採訪所需，司機還是把我們載到一處空地隔岸拍攝，直擊KK園區內仍在大興土木，放眼所及都在蓋新樓，似乎是因詐騙業績太好，樓舍不夠用。

To reveal the real situation of the "KK Garden", we hired a local taxi to travel along the river bank in Mae Sot to watch Myawaddy closely. Before we hit the road, the taxi driver asked us

to bring our passports and stay in the taxi throughout the trip to avoid any unpredictable interrogations. For our in-depth reports, we asked the taxi driver to take us to an open space across the river bank for us to take photos of the "KK Garden", where some buildings were still under construction. It seemed that there were not enough buildings due to the rampant fraud crime business.

豈料我們才下車不久，就有軍人持槍朝我們走來，要求查護照，之後又有一名警察盤問司機，眼見另一警車又前來，司機驚覺來者不善，緊急示意要我們上車離開。上車後司機餘悸猶存，直說：「若被警察帶走，事情就大條了！」

Unexpectedly, not long after we got out of the car, an armed soldier approached and asked us to check our passports. Afterward, another policeman questioned the driver and we saw a police car approaching. The driver urged us to get into the taxi and leave. "We would be in serious trouble if taken by police", the driver said with lingering fear.

A3

緬北封鎖　老街救援路線繞道中國

Detour To China For Rescue In Laukkai Due To Lockdown In Northern Myanmar

記者蘇聖怡、林啟弘／緬甸報導
RWNews Investigative Team/ Myanmar

3月底台中靜宜女大生隻身到緬甸果敢老街追愛，震驚台灣社會，各界擔憂女大生是遭拐賣，但台灣警方與國際反詐騙組織奔走下，才發現她是自願滯緬。了解內情人士透露，目前有29位遭誘騙的台灣人在緬甸等待救援，緬甸軍政府5月6日開始控管邊境，限制外國人進入果敢自治區，了解內情人士說，受害人救援路線因此被迫變更，必須繞遠路到中國雲南之後，再轉進寮國金三角，最後才到泰國，等待後續救援。

At the end of March, a female student of Providence University from Taichung, Taiwan went to Kokang, Myanmar alone to pursue her love shocked the society of Taiwan. Everyone was worried the female student was abducted, but the Taiwanese police and Global Anti-Scam Organization (GASO) found that she was voluntarily staying in Myanmar.

According to sources familiar with the situation, there are currently 29 abducted Taiwanese citizens waiting for rescue

in Myanmar. Myanmar junta has been controlling the borders since May 6, and foreigners were restricted to enter Kokang. The informants said that the rescuers have to make a detour to Yunnan, China to the Golden Triangle in Laos, and finally to Thailand for further operation.

緬甸詐騙園區主要分布在緬北的果敢老街、金三角的大其力以及緬南的苗瓦迪。一位果敢族人告訴記者，老街這幾年變化很大，高樓大廈林立，很多新建大樓，賭場遍佈，詐騙園區更是不計其數，「大家都說老街危險，其實大其力更危險」。

Scam compounds in Myanmar are mainly distributed in Laukkaing, Kokang, in northern Myanmar, Tachileik in the Golden Triangle, and Myawaddy in southern Myanmar. A local Kokang Chinese said, "Laukkaing has changed a lot over the years. Skyscrapers and new buildings were erected, casinos are everywhere, and scam compounds are countless. Everyone says Laukkai is a dangerous place, but it does not match Tachileik."

3年救出70位台灣人◇
Rescued 70 Taiwanese within Three Years

據了解，目前官方對於有多少台灣人自願或非自願，前往緬北果敢老街詐騙園區工作，並無相關統計數據。不過，一位熟悉

救援作業的官方管道透露，這2、3年自緬甸詐騙園區救出的台灣人至少有6、70人。

It is known that there are no official statistics about how many Taiwanese are working in the scam compounds Laukkai, Kokang in northern Myanmar, either willingly or unwillingly. However, an official familiar with the rescue operation revealed that there have been at least 60 or 70 Taiwanese rescued from the scam compounds in Myanmar over these two or three years.

這位掌握緬甸救援狀況人士透露，「每次救援行動都像在演諜報片，尋求救援人士與資料都須一再核實，避免詐騙組織反向偵蒐。所有營救行動也都單向運作，「直到安全救出人、送上飛機回台前，絕對不能鬆懈」。不過這位人士不諱言，令人氣餒的是，被救出的人中竟還有人自願重返緬甸詐騙園區。

An individual familiar with the rescue situation in Myanmar revealed, “Every rescue mission is like a spy movie. We must check time and again the information of those to be rescued and avoid countersurveillance from the scam syndicates. All rescue operations are also done in one way. We can not let down our guard until we save the victims and bring them on the plane to Taiwan.” However, he also stated, ”in frustration, that some of the victims are willing to return to the scam compounds in Myanmar.

《菱傳媒》為取得靜宜女大生工作所在地，也就是緬北果敢老街附近詐騙園區的第一手情形，4月底組成採訪團前進緬甸，取道仰光飛往東北地區的臘戌，打算進入老街。

To obtain first-hand information about the female student workplace, which is a scam compound near Laukkai, Kokang in Northern Myanmar, RWNews formed a squad team at the end of April and went to Yangon and then flew to Lashio in northeast Myanmar. From there, our team would get access to Laukkai.

記者在臘戌期間多次打聽赴果敢老街的訊息，原來當地人搭車一人只要幾萬緬幣，黑市卻開價到一人40萬緬幣（約6000元台幣）的單趟車資，但不保證能順利進到果敢老街。

During the time in Lashio, we tried to collect information about entry to Laukkaing. We found out that the locals only need tens of thousands of kyats per person for a ride, but the black market asks for a high price of about 400,000 kyats (about NTD$6,000) per person in a one-way trip, even without a guarantee to get into the right place.

當地人也說，從臘戌到老街，不論是往北從中緬邊境的木姐繞過去，或是從西邊滾弄過去，都會經過不少政府軍或警察，甚至反政府軍的崗哨，每個關卡都有人拿著真槍實彈，「花錢過了這一關，不一定過得了下一關」，就算到了老街，一堆拿槍的娃娃兵，安全難保，勸阻記者打消前往老街的念頭。

The locals also revealed that from Lashio to Laukkai, there are checkpoints set by the military, the police, or even other local resistances in Muse in the north or Kunlong in the west. Every checkpoint is garrisoned by firepower. “You may spend some money to pass this point, but not necessarily the next.” Even they successfully reached Laukkai, there are still child soldiers with firearms; safety is not guaranteed, and the locals kept telling us to forget about the matter.

緬北局勢吃緊，緬甸軍政府在5月6日祭出「限外令」，讓營救工作更加困難。救援組織人士透露，最大的影響是，救援逃亡路線必須改道。舊有的營救路線，是從果敢老街將人救出後，一路往東南方，將人送到泰緬邊境金三角的大其力，渡過湄賽河後，進入泰國境內清萊即可確保被害人的安全，但現在迫於情勢，只能變更路線改往緬北與中國交界處，從雲南將人送到寮國，進入金三角的金木棉「金三角經濟特區」後，再將人送到泰國清萊，繞了好大一圈，歷經四個國家，時間、危險都加倍。

The situation in northern Myanmar is tense. On May 6, the junta began to ban foreigners from entering this area, making the rescue missions even more difficult. According to the rescuer, the greatest impact is that rescue routes must be detoured. Originally, after saving the victims, they would go to the southeastern side, bring them to Tachileik in the Golden Triangle, cross the Mae Sai River, and then enter Chiang Rai, Thailand, where their safety can be ensured. Now, however, they have to make a detour and bring

the victims to northern Myanmar, bordering China. The victims will be brought to Laos from Yunnan, enter the *DonSaoIsland* in the "Golden Triangle Special Economic Zone" and then to Chiang Rai, Thailand. The trip takes a longer route across four countries with increased time and level of danger.